文學史如何可能

——台灣新文學史論

孟 樊／著

序

　　文學史的研究在學界向來都屬冷門的一個領域,這或許跟文學史不好寫(因爲是個「大工程」)有關——文學史既不易爲之,則何必再費心去搞文學史的研究?國內在「台灣文學」獨立設科(系)之後,同行之間也跟著面臨「文學史寫不寫(得出來)?」的問題。這問題其實還有點尷尬,因爲在我們還來不及回答之前,海峽彼岸早已爲我們台灣「端」出好幾道「台灣文學史」的大菜、小菜了,雖然之前葉石濤先生有先爲我們炒了「開胃菜」(《台灣文學史綱》)。這些大菜、小菜「可不可口」是另一回事,畢竟人家已先我們炒出來了,而我們的若干廚師此刻還在自己的廚房內「作業中」或「準備作業中」,真的有點不是滋味。

　　佳餚美菜既然尚在烹飪之中,同桌等候的美食家們當然也就無菜可以品嚐,頂多只能就已上桌的搭配小菜或開胃菜先來「解饞一番」。治台灣文學史論者,尷尬之處莫此爲甚。上述這個比喻雖然不夠精確,卻也說明了從事台灣文學史後設研究者的窘況與困境。

　　情況儘管如此,文學史的研究仍然要有人關心,主菜雖然還未上桌,但品嚐品嚐先上來的「開胃菜」和「搭配」的小菜

也是之前必經的程序，因而與文學史相關的論文（乃至於一般短論、短評）也就不能放過，可以納入研究的範圍；而且在等待的當中既有別人先行代為烹煮端上桌的菜餚，順道品嚐又何必客氣？品嚐的意見當可做為還在廚房中的廚師料理的參酌依據。

所以我不認為文學史論是一項吃力不討好的工作，至少對於開設一門「台灣文學史」的課程來說，它是具有學術及教學意義的，畢竟關於「台灣文學史」，總是要有人為之「說東道西」的，而這也是我從台灣現代詩的研究轉而兼及台灣文學史研究的初衷。平心而論，文學史難寫，因為它除了要出以宏觀的角度之外，更要進一步微觀地去細讀眾多的文本，而這才是吃力不討好的工作；相形之下，文學史論就較易為之，這或許也是形成「還沒有台灣文學史（非指『史綱』或『思潮史』），就先有台灣文學史論」的怪現象的原因。

本書是我改行踏入學界從事研究的第二本論著，忽忽五年時間已過，當初落腳於礁溪林美山上的歲月，與克華、潔祥、維樑諸君秉燭夜談的情景，一晃如夢，已成為過往的一段記憶。本書隨著我從溫泉鄉回到台北，帶進十年樹木、百年樹人的北教大校園裡，同時見證了這一段轉換環境、轉換心情的日子，值得紀念。在寫作過程中，與宗翰曾就若干文學史觀的問題，交換心得，頗有收穫，甚至也因此啟動了我們合撰的《台灣新詩史》的寫作計劃（目前已完成一半），該書由我執筆的〈導論〉——代表著我們共同的主張與看法，在此也率先收入

了本書中（第三章）。此外，在編輯過程中，富萍幫忙排版，以及台文所蔡依伶同學的細心校對，讓本書最終得以順利出版，在此一併衷心致謝。

　　台灣文學史論的研究工作僅是一個小小的起步，希望未來有更多的人投入這塊領域，開拓更豐盛的成果。是為序。

目　錄

緒 論

第一節　從中國文學史到台灣文學史

　　文學史（literary history）的撰寫，是文學研究中最爲重要
的一項工作，而關於中國文學史的寫作，包括文學史的觀念以
及著述的體裁，原是近代西方的舶來品，就二十世紀初的中國
學者來說，文學史本來就是西方的一種學術語言，他們接觸到
的這種文學史的敘述語言，基本上係以近代西方對文學歷史的
理解爲依據，對文學構成與文學時序進行獨特觀察和敘述的一
種言說方式，誠如戴燕所說：「它體現的是近代學術思想的內
在邏輯，並規定著特殊的分類文學、言說歷史的方法步驟。」
（2002: 26）

　　或許正因爲如此，最早撰寫中國文學史的不是中國人，而
是東洋的古城貞吉、笹川臨風以及西洋的翟理士、顧路柏（同
上引，1, 24）。直至一九〇四年，始由林傳甲在北京京師大學
堂以及黃人在蘇州東吳大學的課堂中編出了中國人自己撰寫
的《中國文學史》，從那時開始到今天爲止，已出版之「中國
文學史」著述已有數百部之多，成績頗爲可觀，但這乃是用了
一世紀的時間，始有如今的成果。回想一九〇四年當年，那時
正值弱冠之齡的林傳甲以一百天的速度匆匆趕寫出第一部《中
國文學史》的講稿，恐怕對於如何以近代西方的文學史觀念與
著述體裁著手進行《中國文學史》的撰寫，仍然懵懂無知，即
如戴燕所說的：「他的腦袋裡雖然也裝了些西學知識，不過真

正起作用的，還是傳統的文章學、修辭學和尊經的觀念，以及表達這一套觀念的語言詞彙。」（2002: 27）

　　當時文學史的研究者後來逐漸了解到，「文學史」的觀念與語言是歐洲人在對西方文學的整理過程中形成的[1]，有其產生的異域背景，與中國人談論自己的文學向來使用的方式與語言有所不同。因此落實在文學史的寫作上，「似乎就再不能夠把中國文學史，也寫得跟西洋文學史一模一樣」，換言之，中國文學史的寫作不能完全襲用西洋文學史的套式。西洋人講述的文學史，即等同於詩歌、小說與戲劇的歷史，但對中國的學者來說，諸如小說和戲曲這一支，乃是後來始被人發掘提拔的，五經、諸子與史傳長期居於正宗地位，而這才是中國文學的事實。有鑑於此，像曾毅編《中國文學史》一書，就「以詩文為主，經學史學詞曲為從，並述與文學有密切關係之文典文評之類」，圖的是在向西洋取經之餘能夠同時兼容中國固有的「文學事實」。然而為了維持這樣「一個中西璧合、不偏不倚的局面」，卻也讓早期中國文學史的寫作明顯受到傳統史學的影響，使得其著述「給人以停留在傳統學術史龐雜寬大陰影下的印象」（同上引，31-32）。

　　如此「中西合璧」的寫史企圖，造成寫作體例的不夠嚴謹，以及文學史與學術史、文化史界限的混淆不清，連一九三〇、

---

[1] 近代西方的文學史著述，以泰納（Hippolyte Adolphe Taine）的《英國文學史》（*History of English Literature,* 1864）最富盛名也最具代表性，在十九世紀下半葉到二十世紀上半葉，泰納這部文學史發揮了相當大的影響力（戴燕，2002: 1）。

四〇年代的學者也看不過去，況乎出以現今的眼光，例如譚正璧即批評道：「過去的中國文學史，因為根據了中國古代的文學定義，所以成了包羅萬象的中國學術史」（1929: 2）。易言之，早期中國文學史中摻雜了太多非文學的因素，「當時的中國文學史講經史子書籍，講學校科舉制度，講地理人文風物，後人都嫌講得太多，喧賓奪主，淹沒了對詩、散文、小說和戲曲的敘述」，以致後來的文學史乃巧妙地將這些內容加以刪減，「統統當作『文學』的背景，將它們推到幕後很遠」（戴燕，2002: 39），例如我們從林庚分別於一九四七年與一九九四年出版的《中國文學史》及《中國文學簡史》二書[2]，即可發現，一九三〇、四〇年代以後的文學史，在經過逐步的調整與修正敘述的策略及語言之後，已較能摸索出一條自己的撰史道路，以西方文類的概念來編派文學史的進程，同時也讓較不相關的學術史／思想史退居背景的位置。

　　走過一個世紀的「中國文學史的歷史」，來到台灣文學終也能脫離中國文學的羽翼而獨立成科之際，一開始便面臨「台灣文學史是否可能？」乃至「台灣文學史如何可能」的質疑。台灣文學史雖然短暫，但「短史」並非即為「無史」（如相較

---

[2] 《中國文學簡史》於一九五四年初次出版時，林庚只寫到唐代的「上卷」，一直到一九九四年（也就是四十年後）才在葛曉音的協助下，始完成下卷的寫作，並於翌年由北京大學出版社出版上下卷的完整版。《簡史》分為三十三章，是以一九四七年出版的《中國文學史》為藍本寫成的，後書雖比《簡史》多了三章，但內容其實是比《簡史》更為簡略（二書的名稱應該對調才對）（林庚，1995: 737）。林庚該二書是相當具有代表性的中國文學史著作。

於英國，美國的歷史即非常短暫，但仍有自己的國史；至於在
第一、二次世界大戰之後始獨立的國家，其歷史之短便不在話
下）。台灣文學史的寫作，面對的挑戰主要是環繞在後一個「如
何可能」的問題上。幸運的是，上一個世紀初中國文學史撰寫
所面臨的西學模式的套用問題，歷經百年歷史早已獲得解決，
以詩、散文、小說以及戲劇爲文學史撰述的主要對象如今已獲
得共識，而學術史、思想史與文學史的區分則顯而易見，甚至
連文學運動史與文學思潮史與文學史本身的差異也爲人所共
知[3]。我們現在已能從西方近代以來的文類觀念以及文學體裁
來看待文學史的寫作。如今「如何可能」追問的是研究方法的
問題，這涉及的不只是撰史者所選擇的立場問題而已，進一步
要探究的還有其批評進路的問題，乃至關乎研究對象的取捨問
題。

第二節　文學史及文學史論的對象

那麼，就先來看看研究對象的問題。這得分爲兩個層面來
談。

首先是台灣文學史研究（或者說是撰述）對象的層面。毋
庸置疑，台灣文學史針對的對象──也就是它包含的內容，當

---

[3] 例如代表統派的由趙遐秋與呂正惠合編的《台灣新文學思潮史綱》
（2002）以及代表獨派的彭瑞金的《台灣新文學運動四十年》（1991）
二書即爲文學思潮史/運動史著作的顯例。

然就是「文學」,但這有什麼問題呢?「文學」一詞所指涉的
涵義,歷經「中國文學史百年歷史」的探討,早已獲得澄清;
今有疑義者係指文學史撰述的對象究竟要以「文學作品」(即
今所稱之「文本」)為主?或者以「文學現象」(包括文學思
潮以及文學流派的演變)乃至「文學家」為主?彭瑞金的《台
灣新文學運動四十年》(1991)以及趙遐秋與呂正惠合編的《台
灣新文學思潮史綱》(2002)二書,由於從其書名即已顯示「文
學現象」乃是他們撰述的主要對象,其為「文學運動史」與「文
學思潮史」而非「文學史」,於理甚明,可擱置一旁不論;惟
葉石濤的《台灣文學史綱》──迄今為止仍是台灣人執筆的第
一部也是唯一的一部台灣文學史,其論述對象亦非以文學作品
為主,在該書中他所談論的作品,基本上都是隸屬在作家的論
述之下,成了作家「生平介紹」中附帶出現的資料,可見作家
做為他撰史的要角,已成為其論述的主要對象「之一」。至於
其論述的主要對象「之二」,顯而易見,乃是在該書中花費他
筆墨最多的文學現象,作品似乎反成其文學史中的背景,而這
樣的結果──就其研究或著述對象來說,則與彭、趙、呂諸氏
上面二書的寫作沒啥兩樣。

　　就對岸現已出版的幾部台灣(新)文學史的著作而論[4],
作品做其研究或論述的對象,情形有稍見「好轉」,如劉登翰
等人編撰的《台灣文學史》(1991; 1993),便予作品(含作

---

[4] 對岸迄今為止已出版之台灣(新)文學史著作,在底下各章中多有論
　　及,也可參見本書書末的「引用書目」,即可一目瞭然,茲不贅。

家的創作風格與作品特色）花費較多的筆墨；雖然如此，該書仍佔掉太多篇幅去處理文學現象與作家傳記的相關資料，換言之，作品也非其撰述的唯一或最重要的對象。然則，文學作品是否即應成為文學史唯一或最主要的研究對象？這就涉及文學史觀的問題了。不同的文學史觀則會影響論述取徑與研究方法的選擇，而由於研究取徑（approach）的不同，由研究取徑所決定的文學對象也就有所差異，換句話說，不同的史觀就會寫出各種版本不同的文學史。

　　其次是台灣文學史論研究對象的層面。這一問題不像前面那麼複雜，文學史論研究的對象自然是文學史本身，所以我們可以拿葉石濤上書來做為論述的對象；此外，對岸已出版之多部相關著作，既名之為「『台灣』文學史」，則不管其撰述者是芋仔或蕃薯，自亦為「台灣」文學史論的論述對象，甚至是因其係來自寶島之外的聲音，更應加以討論。惟上述是就已成書的通史類著作而言，史論的涵義與對象當不只窄化如此，未成書的相關史料，包括與文學現象及思潮演變等有關的論述性文字，以及有「斷代史」意味的研究成果，應該都在史論的討論範圍之內，亦即所謂的「文學史論」，實係針對上述相關文字（含專書、論文、短論、短評，以及其他文字資料等）的一種後設批評（meta-criticism）。本書即持此一廣義的觀點，儘管所論述的對象仍以成書出版的文學史專著為主。

第三節　文學史及文學史論的方法

　　「文學史如何可能？」以及「談論文學史如何可能？」這個問題，涉及的即是從事文學史研究的方法。在此所謂的「方法」不是指資料或文獻處理的技術（technique）或技巧（skill）而言，而是指文學研究的取徑（approaches）。按照克雷熱（Mario Klarer）的說法，當代的文學研究視其研究側重的面向不同，可分為文本的（text-）、作者的（author-）、讀者的（reader-），以及社會脈絡的（context-oriented）四種不同的研究取徑，這些不同的研究取徑背後都有相應的文學理論派別分別予以支持，試看下圖即能一目瞭然（1999: 77-78）：

文本
語言學
修辭學
形式主義與結構主義
新批評
符號學與解構論

作者　　　　　　　　　　　　　　　　　　讀者
傳記式批評　　　　　　　　　　　　　　　接受理論
精神分析批評　　　　　　　　　　　　　　接受史
現象學　　　　　　　　　　　　　　　讀者反應理論

社會脈絡
文學史
馬克思主義文學理論
女性主義文學理論
新歷史主義與文化研究

　　以不同的研究進路來撰寫即便是同一個時代的文學史，勢必會得出版本不同的文學史。首先，因為方法決定了對象的選

擇，不同的研究取徑就會有相異的主要研究對象，例如傾向作者與社會脈絡的研究進路，則作家本身（心理、生平背景，及其內心感應等）和歷史社會環境的變遷將是其文學史爬梳的主要對象，也是文學史的後設式批評主要的探討內容。其次，在涉及對其主要研究對象的詮釋（interpretation）、分析（analysis）與評價（evaluation）上，不同的研究取徑也就會得出不同的結果，甚至影響作家及其作品歷史地位高下的排列。準此以觀，可以想見，一位持新批評（new criticism）研究取徑的史家與另一位女性主義（feminism）研究取徑的史家，不僅其撰述的對象會有所差別，對個別作家的歷史地位的排列與評價也會因此不同，乃至寫出不同版本的台灣文學史；至於對於這二種不同版本的文學史的後設評論（亦即文學史論），也會因為論述者所持的不同進路而對之做成不同的評價——對文學史選擇同一進路的史論家自會有較高的評價，反之，不同進路者的批評性意見只會多而不會少。

　　上述克雷熱對於文學研究取徑的劃分，若拿到文學史及文學史論的研究上來看，它們其實只是兩種不同取徑的進一步擴大而已，易言之，這四種取徑可再分為以作品為主的內部研究（intrinsic study）取徑，以及以作品之外的對象（包括作者的、讀者的、社會脈絡的）為主的外部研究（extrinsic study）取徑兩項。如上所述，不管是以內部研究或者外部研究取徑做為架構並撰述文學史的依據，勢必寫出面貌及內容均不相同的台灣文學史。

　　顯然，對於台灣文學史的撰寫，不可能完全以內部研究或外部研究中的一種研究取徑著手，以內部研究取徑為主的撰述，多多少少也會運用到外部的研究取徑，反之亦然。至於到底是哪一種研究取徑可以撰寫出較為「正確的」文學史，其實也沒有最後的答案，端視撰史者個人的立場及其所抱持的動機與目的如何而定。惟一可以肯定的是，同樣「一部」台灣文學史，卻有各種不同的寫法與版本──正如現今我們所看到的情形一樣。

第四節　　本書的研究對象與方法

一、本書的研究對象

　　基於上述那樣的理念，本書首先檢視的對象係以台海兩岸相關的文學史著述為主，在這些著述中又以已成書的「通史」性著作為主，當中又將著力的焦點放在新詩史這一「文類史」上，係因筆者多年來花費較多的心力在台灣新詩的考察上，相對而言，對於新詩的研究較有心得[5]。第一章〈新歷史主義的台灣文學史觀〉、第五章〈中國的台灣新詩史觀〉、第七章〈台灣散文的系譜史觀〉等章，論述的主要對象多放在成書的文學

---

[5] 另外一個重要的原因是，除了新詩已有「台灣新詩史」之類的專書出版外，其他文類的專史迄今仍未見出版。楊照寫有一篇〈四十年台灣大眾文學小史〉，收入《文學、社會與歷史想像──戰後文學史散論》一書（1995），但也非單獨成書的著述。

史專著上，包括葉石濤、彭瑞金、趙遐秋、呂正惠、劉登翰、洪子誠、古繼堂、徐學……等人的著作，這幾章的論述文字也是最典型的「文學史論」。

　　惟誠如上述，史論的論述範圍並不限於已成書的通史類著述，所以像第六章〈台灣小說的接受史觀〉，雖然迄今為止有古繼堂的《台灣小說發展史》由文史哲出版，惟該書不從讀者接受的角度出發，因此該章在探討「接受史觀」的問題時，便將檢視的對象擺在幾個相關的文學現象上，畢竟文學現象原本就在文學史涵蓋的範圍內，當然也就成為文學史論的探討對象。

　　此外，第三章〈台灣新詩史如何可能——台灣新詩史的書寫原則〉、第四章〈以詩選撰寫詩史〉與第九章〈以文學史料建構文學史〉等三章，其中除第三章前半部（如前述第一、五、六、七章一樣）具後設批評意味外，主要係針對文學史這一議題發出的一種後設式思考，也就是做為一名史論者所提出的一種主張。較特別的是第三章，第三章是筆者與楊宗翰二人正在撰寫中的《台灣新詩史》一書的〈導論〉（由筆者執筆），代表了我們二人對於新詩史撰寫共同的看法與主張，也是我們寫史的依據——自然這也是屬於一種「文學史論」。

　　至於第二章〈戰後台灣通俗文學史的考察〉、第八章〈戰後台灣新詩集出版史的考察〉，以及第十章〈台灣同志書刊出版文化史的考察〉，三章章名皆曰「考察」，其實在撰述之初即有寫成「史」的構想（尤其是前兩章），例如第二章將之易名為〈戰後台灣通俗文學小史〉（仿楊照〈四十年台灣大眾文

學小史〉一文的名稱）也說得通；但後來考量本書寫作體例的
要求，加上即便是「小史」，作品的蒐羅與細讀亦非短時間內
可以奏功，遂思以夾敘夾議的方式來撰寫，亦即加重「考察」
的分量，同時也將考察的對象從作品再擴及社會及出版現象，
第八與第十章的考量亦同，惟最後一章「史」的敘述已退居背
景位置，凸出的主要是「論」的部分，其考察對象亦不限於文
學作品或現象。

二、本書的研究方法

　　文學史論的研究取徑已如上述，主要可分爲內部研究與外
部研究二種進路，而外部研究中又常常涉及文學社會學的課
題。本書的研究進路看來像是「雙管齊下」，既檢視文學作品
（第二章），又考察文學現象、作家屬性（第十章）、讀者反
應（第六章），更對文學史著作（第一、五章）提出批評，甚
至進而提出自己的理論主張（第三、四、九章），其中也運用
了不少不同派別的研究取徑，諸如新歷史主義、接受理論、同
志理論、文化史論……，但這些不同的研究進路並非「共冶於
一爐」，而是針對不同的論述對象出以不同的方法選擇。

　　文學史論可以和文學史著述有不同的方法策略，乃因文學
史的寫作，史家的立場、史觀，包括理論根據與研究取徑，不
論是在通史、專史乃至斷代史著述中，都應「從一而終」，否
則前後矛盾、扞格，終致成爲「不可信賴之史」。文學史論的
論述則不同，它可視其檢視、考察的對象與內容的不同，選擇

適當的論點與位置加以評析，所以它亟需講究理論與方法的策略運用，不必拘泥於一定套式與取徑，因而文學史論家也就可以秉持多種不同的研究理論與取徑，以之做爲論史的依據。

相對於文學史著述，文學史論如上所述乃是一種後設評論，因爲是後設評論的緣故，所以它可以選擇相應的理論與方法針對相關的文學史著作加以評析，但做爲後設式評析之依據的這些研究理論或取徑，未必皆適合做爲文學史——尤其是通史的研究進路，新歷史主義便是其中一例。大體上，從外部研究的進路著手進行文學史的寫作，顯露的問題會比較複雜，亦即較易引發爭議，這是秉持此一研究進路的史家下筆之前事先就能心知肚明的。出於這樣的考慮，當一位文學史論者轉變身分著手寫作文學史之時，難免躊躇再三，做爲《台灣新詩史》〈導論〉的本書第三章，反映的正是筆者這種「身分轉換」的心境，也即爲了避免牽扯諸如意識形態（統獨理念即是）等來自外部因素的「干擾」，遂提出以內部研究爲主的文本主義的研究進路的主張，撰史的難處則於焉可見，蓋亦有人視此種研究方法爲保守之作法，而被批評爲這仍是一種意識形態的堅持。

若再從第二章及第八章具有「史」（而非「史論」）的性質的論述文字來看，其從文學社會學的角度加以立論的研究進路則顯而易見，這樣的外部論述方式卻又和第三章文本主義的主張有所扞格，那麼到底筆者究持何種立場與史觀？其實這端視的是文學史本身的特質爲何而定，第八章考察的對象是詩集

的出版，則其非狹義的「文學史」於理甚明，自出版（也即文學社會學）的角度立論，當係其應有之義；至於第二章乃因考察的是通俗文學本身，誠如該章前言所說，其較純文學更接近社會（社會是由大眾構成的，而通俗文學的本義即其與大眾讀者的可親近性），很難不從社會史的角度切入，這也是通俗文學和新詩相較之下，無法像新詩那樣可以和外部因素切割得較為乾淨的主要理由。

　　總而言之，文類本身的特性先天上會限制了研究取徑的選擇，這也是撰寫某一類文學「專史」不得不承認的一點；然而對於一般性「文學通史」的撰寫，則可視撰史者個人秉持的史觀，選擇並決定自己認為適切的研究對象與方法（雖則有些研究方法本身未必適宜做為撰寫通史的研究進路），儘管這未免有「一偏之見」在內，可所有的「文學史」本來不就都是「文學偏見的歷史」嗎？至於文學史論，較諸文學史的撰述，那就更不受到限制了。

第一章

新歷史主義的台灣文學史觀

第一節 前言

　　台灣文學史（或新文學史、當代文學史）做爲一門學科領域，向來爲歷史學界及文學界所忽視，雖然早期黃得時曾撰寫過〈台灣文學史〉及〈台灣新文學運動概觀〉二篇長文[1]，戰後林載爵發表過〈日據時代台灣文學的回顧〉（1974）一文[2]，以及陳少廷出版過《台灣新文學運動簡史》（1977）一書，惟猶如空谷跫音，未曾得到熱烈的迴響。一直要等到一九八〇年代末期葉石濤的《台灣文學史綱》（1987）出版以來，台灣文學史的撰寫始受到應有的關注，以至於一九九〇年代伊始，更成了台海兩岸一個熱門的話題，緊接著的相關論著一一面世，如古繼堂的《台灣新詩發展史》（1989）；公仲與汪義生合著的《台灣新文學史初編》（1989）；劉登翰、莊明萱、黃重添及林承璜四人合編的《台灣文學史》（1991）；黃重添、莊明萱、闕豐齡、徐學與朱雙一合著的《台灣新文學概觀》（1991）；彭瑞金的《台灣新文學運動四十年》（1991）、王晉民主編的《台灣當代文學史》（1994）……以及二〇〇〇年

---

[1] 黃得時這兩篇有關台灣文學史的長文分別發表於戰前的《台灣文學》與戰後的《台北文物》二份雜誌，但這兩篇長文都非完整的文學史著作，因為按照黃氏自己的計劃，這二篇長文都未及完成（1979; 1999）。

[2] 林載爵這篇長文原先於一九七四年發表在《文季》第三期（五月號，頁133-165），惟後來由於《文季》停刊，本文後半部因此未再續刊。之後全文完整收錄於一九九六年出版的《台灣文學的兩種精神》一書（137-266）。

以來仍在持續寫作中的陳芳明的《台灣新文學史》（部分章節已陸續在《聯合文學》披露）。

　　台灣文學史的論著相繼出現之後，立即面臨一個重要的也是根本性的問題，那就是「文學史要如何寫」（how to write the literary history）的問題，而「如何寫」的問題其實也就是文學史觀的問題。文學史觀的問題雖自一九九〇年代以來迭有爭論，例如《台灣詩學季刊》自一九九二年十二月創刊以來，即曾分別以三期（包括創刊號、第二期、第十四期）專輯檢驗「大陸的台灣詩學」，其中爭議的主題之一即台灣文學（詩）史觀的問題；但是這些爭論多半是繞著舊歷史觀（或舊歷史主義）在打轉，文壇上除了少數人（如張漢良、林燿德、楊宗翰）曾對之前的這些舊歷史觀提出質疑，並提出嶄新的不同觀點外[3]，社會史論長期以來一直是台灣文學史觀的要角，呂正惠的〈現代主義在台灣──從文藝社會學的角度考察〉一文即堪稱代表[4]（1988b: 181-209）。

　　那麼什麼是舊歷史主義（old historicism）的觀點呢？首先，舊歷史主義把歷史當做文學的背景（background），文學

---

[3] 可分別參閱張漢良的〈詩觀、詩選，與文學史〉（1988: 1-9）、林燿德的〈環繞當代台灣詩史的若干意見〉（1995: 7-33），以及楊宗翰的《台灣現代詩史──批判的閱讀》（2002）。

[4] 呂正惠在該文中指出，對台灣現代主義這一持續二十年的文學現象，其實「可以完全從文學的角度去加以考察」，「但是只從這個角度去考察台灣的現代文學，卻也未必能掌握這一文學現象的某些整體精神」。有鑑於此，他乃主張「必須從宏觀的、歷史的、社會的觀點去看待這一問題，才能掌握到其中的一些癥結」（1988b: 182-184）。他在該文中的立論係典型的社會史觀。

的文本（text）本身才是主角，才是文學史裡的前景
（foreground），這儼然有等級的劃分（a hierarchical separation）
色彩，也就是前景優於背景。其次，舊歷史主義認為被書寫的
歷史，代表的是真正發生過的事實，所以是一種客觀的紀錄，
而歷史學家可以告訴我們過往那個時代的真實；進一步言，他
可以藉由各種分析手段去發現過去任一群體的信念或世界
觀。再次，舊歷史主義眼中的歷史時期，都被當做是一種統合
的實體（as unified entities），所以歷史的進展是連續的，沒
有縫隙的（seamless），也是單一的（single），換言之，歷史
只有一個正宗的版本。

　　這些舊歷史主義的文學史觀，在一九七〇年代晚期及八
〇年代初期新歷史主義（new historicism）出現之後，已受到
嚴重的挑戰；葉石濤、彭瑞金、林載爵、陳芳明、呂正惠、古
繼堂、黃重添、朱雙一、王晉民、趙遐秋……等人的舊文學史
觀，在新歷史主義的審視下，都要遭到質疑。然則，在挑戰舊
文學史觀的當兒，新歷史主義究竟提出了何種有別於曩昔的新
文學史觀？底下擬從其對舊史觀的質疑中，以對照方式提出它
的主張，並進一步檢視新舊文學史觀的差異。

第二節　前景化的歷史

　　如前所述，舊歷史主義一向將歷史脈絡（context）當作
文學文本的背景來處理，亦即賦予後者一優越的地位，前者被

當作後者的一種「背景式的說明」，它只擔任陪襯的角色，在
文學史的撰寫中，充其量它只被做爲證成某類文學文本之所以
出現的理由或前提。例如呂正惠在上文考察一九五〇、六〇年
代台灣現代主義文學史時，就將這段二十年的歷史予以背景化
處理。他的論證基礎扼要簡明：現代主義文學（文本）之所以
出現，是因爲這段時期台灣知識份子的政治冷感；而知識份子
之所以會政治冷感，是因爲他們被迫從社會中疏離（alienate）
出來。疏離的情形和西方現代主義知識份子殊無二致，惟其肇
致的原因及其具體行爲則有所不同。就因爲疏離感的造成，所
以台灣現代主義知識份子不敢談到現實，等而下之者只好借用
超現實，呈現出所謂「蒼白的、不知所云的」超現實主義文本
（1988b: 193-194, 203）。

　　顯而易見，呂正惠這樣的論證是將台灣一九五〇、六〇
年代的歷史脈絡（國民黨政府的高壓統治造成寒蟬效應的社會
狀況）當做現代主義文學（極端的代表是超現實主義）出現以
至於盛行的背景，雖然在該篇論文中，呂正惠主要在談現代主
義的「背景史」，較少考察文學文本的問題。誠如他在該文結
語所說：

　　現代世界的文化交流，尤其是高度發達的資本主義和第三
　　世界國家的文化交流，是一個不平衡的過程。高度發達的
　　資本主義國家常常憑藉著它的經濟優勢，向第三世界傾銷
　　它的文化產品。我們可能把這些文化產品視為「金科玉

律」，奉行唯恐不及；我們也可能把這些文化產品視為「強
迫推銷」，認為完全不能合第三世界國家的需要。很明顯
這兩種態度都有所偏頗。本文嘗試從文化社會學和文學社
會學的觀點，藉著現代主義在〔一九〕五○、六○年代的
台灣的流行所造成的問題，説明這一現象的複雜性。
（1988b: 209）

　　呂正惠這段「夫子自道」式的表白，已是不言而喻了，
即現代主義文學的存在有其特定的社會背景。不説呂正惠這篇
「現代主義背景史」的長文，較早的葉石濤的《台灣文學史
綱》，同樣也將歷史脈絡當做文學文本的背景，在每一章的第
一節開頭，葉石濤都會不厭其煩地先交代一下各個年代文學興
起的歷史與社會背景，譬如以第四章〈五○年代的台灣文學〉
而言，在第一節「撤退」中劈頭就談到，當時國府撤退來台的
移民，都是在大陸享有統治實權的社會菁英，以台灣民眾的血
汗勞動的收穫爲滋養，迅速地確立了統治體制。接著便談到國
府的「清共」與「肅清」政策，以及美援與一連串的土地改革
等等，將「五○年代的台灣文學」之所以導致「理想主義的挫
折和頹廢」（本章副標題），事先做了一番歷史脈絡的背景式
説明（1987: 83-86）。

　　然而，新歷史主義和上述這種將歷史當背景的舊文學史
觀頭一個不同就是，它把文學及非文學的文本一視同仁，等量
齊觀；換言之，它拒絕賦予文學文本一個較優越的地位，非文
學文本的歷史脈絡因而也不再淪爲充當背景説明的配角，也因

此它打破了舊文學史觀「文學的前景與歷史的背景」（a literary foreground and a historical background）這樣的論點（Barry, 1995: 172）。對新歷史主義來說，誠如懷特（Hayden White）所言，他們所要解決的主要問題是形式主義（formalism）所造成的那種文學史。蓋如果歷史退居「幕後」成了背景，而文學文本又被預先設定具有相對於其歷史背景的自主性（autonomy），個別作品之間因此則具有不可比較性（incomparability）──除非它們表現出相同的或類似的「文體風格的」（stylistic）特徵；在這樣的情況之下，文學的「歷史」將被僅僅解釋為獨特的文體風格時機的一種序列（a sequence of unique stylistic moments）（1989: 297-298）。

　　新歷史主義之所以反對形式主義這種割裂歷史脈絡的作法，主要是它希望將每一特定時期文學的活動推廣到包括非文學文本以及歷史背景在內的社會制度和實踐活動，也就是將歷史看做是整合性的「文化系統」所排列成的一種序列（a sequence of integral ~cultural system"）（White, 1989: 298），套用新歷史主義大將孟卓士（Louis Montrose）的話說：

　　　新歷史主義只是表現出這樣一種努力，也就是重新來考慮「那些典範的……文學和戲劇作品得以最初形成的社會－文化領域（the socio-cultural field）」，並進而把這樣的作品置之於此種情形中，使「它不僅與別的文類和論述模式（modes of discourse）相連繫，而且也與同時代的社

會制度和其他非論述性實踐（non-discursive practices）相
關聯。」（White, 1989: 293）

正因爲如此，所以新歷史主義的文學批評，常將非文學
文本和它所要解讀、評析的文學作品相提並論，甚至往往以前
者來解釋後者，這些它所興趣的非文學文本包括遊記、札記、
傳記、軼聞、教會諭示、女性手冊，乃至衣飾、建築、宮廷佈
置等等，它們不僅影響特定時期的文學文本，反過來也受到文
學文本的影響。總之，文學文本也像社會學、法律、科學及其
他種類的文件，反映也形塑，甚至有助於界定其被書寫的那個
時代與文化（Spikes, 1997: 97）。

明乎此，站在新歷史主義的立場來看，吾人似可以主張
台灣文學史的撰寫，每一階段的歷史脈絡不能只當做背景被
「過場交代」（如葉石濤《台灣文學史綱》的寫法）而已。但
是所謂突出歷史脈絡的寫法──也就是將歷史前景化，也不是
要將一部台灣（新）文學史寫成像彭瑞金的《台灣新文學運動
四十年》那種專門交代歷史背景的故事（文學作品只被順帶一
提，反倒成了「過場交代」）[5]。台灣文學史的撰寫應該可以
從非文學文本（例如當時報紙的廣告、法令規章、醫院的紀
錄……）入而從文學文本出；反之亦然。

---

[5] 彭瑞金本書，由於如同書名所示，主旨在交代「文學運動」，所以欠缺
文學文本的分析，說來也無可厚非；縱然如此，作者仍不無顯現出寫
史的動機與企圖，如序文中最後所說：「雖然我無能無力，只祈願從
本書引發的批評與指教，能打開台灣文學史研究、著作的新局面。」
（1991: 18），我們遂有理由以「文學史」著作求全。

第三節　文本化的歷史

　　舊歷史主義普遍認為，歷史是過去發生的事實，可以被歷史學家以客觀、精確、忠實的方式將它描述甚或再現出來，也就是歷史乃過去世界的重構。例如以蘭克（Leopold von Ranke）為代表的西方傳統史學就主張：撰寫歷史要客觀公正，還歷史以本來面目。不論其標榜的是「如實直書」或「消滅自我」，都是力圖要歷史學家在寫史過程中，不夾帶任何個人的政治偏見和宗教偏見（張廣智，1998: 17）。要言之，這種傳統的歷史觀，主要有兩項主張：一為真實（truth），一為客觀（objectivity）。

　　由趙遐秋與呂正惠主編的二○○二年出版的《台灣新文學思潮史綱》便是出於這種撰史的觀點，該書〈緒論〉中，編者便坦言他（們）的「真實史觀」：

　　和任何事物的發展過程一樣，文學的發展過程，也是客觀
　　地、自然而然地呈現出階段性的某些特點的。這種階段性
　　的特點，是由事物、由文學發展過程的矛盾及本質決定
　　的。台灣新文學思潮史也不例外。我們只有把握好這文學
　　思潮發展的一個又一個不同階段不同特點，把它們總匯起
　　來，放在台灣新文學思潮發展的歷史長河裡，加以比較研
　　究，描述它的真實面貌，闡釋清楚其中的種種問題，才能

尋找到其中的一些規律，得到一些有益的啓示，並以此做
為今日台灣新文學進一步發展的歷史借鑑。（9）

　　在趙、呂兩位編（著）者看來，只要將台灣文學各個時
期的發展予以總匯起來，並加以比較研究，便能得出歷史的真
貌。然則趙、呂二氏緣何據以推斷出其「真實」之文學史觀？
一言以蔽之，乃其相信台灣新文學思潮的發展有其「由根本的
矛盾所規定的」發展的本質。他們並進一步分從思想傾向、文
學精神和創作方法、文學的藝術形式，以及文學的語言文字工
具諸方面，一一「規定」了這個本質，而且還認爲「這些本質
的特徵，八十多年來，並沒有根本性的變化」（同上引，9-10）。
顯然，這種文學發展的本質觀，是後結構主義所指出並予以批
判的一種理體中心主義（logocentrism）。

　　類似理體中心主義的論調更可在葉石濤上書中看到。承
襲自他自己於鄉土文學論戰中所發表的〈台灣鄉土文學史導
論〉文中的「本土論」觀點（1978），在《台灣文學史綱》中，
他依舊肯綮地表白：「我發願寫台灣文學史的主要輪廓
（outline），其目的在於闡明台灣文學在歷史的流動中如何地
發展了它強烈的自主意願，且鑄造了它獨異的台灣性格。」
（1987: 2）依此信念，台灣作家與作品應該要具備有所謂的
「台灣意識」，否則不足以區別其獨異的台灣性格。依呂正惠
後來的評論指出，葉氏此一具台灣意識的本土論觀點，成爲他
貫串全書的基調（1988a: 222），而此一基調恰恰就是葉氏自
覺或不自覺所抱持的理體中心主義。惟苛責他的呂正惠本人出

諸的卻也是舊歷史主義的觀點，蓋其指出葉氏「如何受制於自己的偏見」（即台灣意識的本土論）之餘，還認爲他不應該「喪失史家的『客觀性』」，忽視史家「如實直書」的份內工作（1988a: 231）。此一客觀性的「求全」正是新歷史主義質疑的所在。

新歷史主義者之所以不向史家求其客觀性，是因爲他們認爲歷史總是後來者對於過去事件的敘事（narrative），如果用傅柯（Michel Foucault）的話來說，歷史敘事本身就是一種論述（discourse），而論述在形成的過程中，總是會選擇、抬高某些歷史因素（或歷史事件），同時也壓制和貶低某些因素或事件；在歷史的撰寫中，誠如懷特所說，歷史學家會藉由個性的塑造、主題的重複、聲音和觀點的變化、可供選擇的描寫策略等等寫作技巧——也就是「我們一般在小說或戲劇中的情節編織（emplotment）技巧，才能將歷史『記錄』下來」（White, 1993: 163）。這種以敘事成歷史的觀點，亦即孟卓士所說的「歷史的文本性」（the textuality of histories）。那麼，何謂「歷史的文本性」？且看孟卓士自己的說法：

> 對於〔歷〕史之文〔本〕性一詞，我指的首先是：對於一個全面而真實的過去，我們根本不可能接觸得到，而一個在生活中體驗得到的物質的存在，如果沒有該社會留存下來的文本之遺蹟來居間媒介的話，我們也根本沒有接觸的可能；尤其重要的是，那些文本的遺蹟——而不是其他的遺蹟——其之所以能存活下來，也不可能被認為是單純的

巧合，而應該假設，選擇性的保留與抹滅，其社會性的過
程複雜而奧妙……。其次，經過物質性的、或者意識形態
的鬥爭之後，有些文本之遺蹟獲勝而得以存活，它們本身
仍須遷就下一波的文本之媒介：這些文本的遺蹟，在存活
之後，被建構為「文獻」（documents），後來講述人文
科學的人，便是以此為基礎，來描述或詮釋作品，也因此
而能著述立說。（Montrose, 1992: 91-92）

　　依孟卓士上述之言，歷史學家根本無法據實還原過去的
真相，他對於過去的了解，根據的不是事實而是（鬥勝）留存
下來的文獻。在這裡，新歷史主義接受了德希達（Jacques
Derrida）「文本之外無物」（there is nothing outside the text）
的觀點，認為過去的每事每物只有以文本化的形式才能為我們
所用，而且此一為我們所用的過程，依貝瑞（Peter Barry）的
看法，尚須經過「三道程序」（thrice-processed）：首先，須
經過其所處時代的意識形態、展望或論述實踐（discursive
practices）；然後再經由我們自己時代的意識形態、展望或論
述實踐；最後還要通過扭曲的語言本身這張網（1995: 175）。
　　歷史學家面對的是過去留存下來的文本，而他所撰寫的
歷史本身也同樣是文本，這文本更且有虛構的成份，因為他或
多或少必須運用柯林烏（R. G. Collingwood）所謂的「建構的
想像」（constructive imagination）──這種想像力幫助歷史學
家利用現有的事實並提出正確的問題來找出「到底發生了什
麼」（White, 1993: 163）；他甚至要「運用意象主義、表現主

義、超現實主義，甚至還有行動主義的再現模式，將他們所揭露的資料之意義，改編成戲劇，同時卻不審慎地將它們當成證據。」（White, 1978: 39）依懷特的看法，如斯一來，（文學）歷史的寫作，其實離詩和小說等文學創作不遠。

懷特這一「歷史帶有虛構」的論調，楊宗翰在他的〈傅柯與台灣文學史編寫問題〉一文中，曾援引做為其論述台灣文學史觀的依據，惜只稍稍觸及，未能深入援例分析。懷特說，我們可以把歷史敘事看做是「擴展了的隱喻」，這是一種象徵的寫作技巧；而做為一個象徵結構的歷史敘事，已無法再生產（reproduce）其所形容的事件，「它只告訴我們對這些事件應該朝什麼方向去思考，並在我們的思想裡充入不同的感情價值。歷史敘事並不『想像』它所指涉的事情；它使事情的形象浮現在人們的腦海裡，如同隱喻的功能一樣。」（1993: 170-171）因而，如果過去事件的組合是被按照「悲劇」的隱喻而施加情節，歷史也就因此被讀者（後人）讀成「悲劇」。以彭瑞金的上書為例，在第二章第三節「二二八事件扭曲的新文學運動」中，顯然即以隱喻手法將這段文學史寫成悲劇，譬如下述這一段描述文字，讀者必然配合著將之讀成悲劇：

> 台灣行政長官公署……這種假藉掃除日本教育思想餘毒、實際進行台灣意識清鄉檢查的行動，應是接續在日本戰時假皇民文學奉公，進行思想整肅、檢查之後，對台灣新文學賴以生存的台灣人意識自覺運動，最嚴重的一次迫

害、打擊,使得戰後剛剛萌芽的台灣新文學重建運動,受
到了相當致命的一擊,作家噤聲喑啞,文學蒙上陰影。
(1991: 45)

這種隱喻式的歷史敘事筆法,自然未必客觀。張漢良在
〈詩觀、詩選,與文學史〉一文中即指出,撰史者有其詮釋視
域,由錯綜的文學、社會、心理、政治等種種因素,構成他認
知和詮釋的模式,他再把這模式投射到他所閱讀的作品上。「他
的作為已然經過成見(詮釋哲學所謂先入之成)與立場的中
介,因此所謂客觀的立場其實是不存在的。」在文學評價上並
無放諸四海皆準的標準,甚至所謂「藝術性」也是歷史相對的,
是不同閱讀團體的策略與暫時穩定物價的共識,有的只是個人
或一群人的品味。縱然如此,張漢良並不認為文壇上「門戶之
見」或「黨同伐異」等主張有何可恥;但是文學史中那種「宗
經徵聖」的觀念就大可不必了(1988: ❷,❹)[6]。

第四節　非連續性與複數的歷史

舊歷史主義認為,歷史既為史家的「如實呈現」,那麼
它應該就是「穩當且固定的」(stable and fixed);歷史既然

---

[6] 張漢良該文主要係針對年度詩選的編纂及編者而發。他認為年度詩選
的編選者的工作是在做「檔案的整理」,可以說「選集藉作品的臚列
詮釋了(或更正確地說,創造了)文學現象,並書寫出文學史」。所
以,如何建立檔案,也就是如何寫文學史的問題(1988: 2)。底下他
的討論也因此兼涉文學史觀的範圍。

是「穩當且固定的」，那麼它就不會出現衝突、矛盾、頡頏等異聲或雜音，每一個接續的歷史時段都被視爲一個統合的實體（unified entity）。這樣的歷史觀自然而然把歷史視爲是一種單一的而且是連續的（continuous）的歷史，也就是前所說的，歷史是客觀的事實紀錄，而且只有一個正宗的版本。這種單一的連續史觀，幾乎是迄至目前爲止所有台灣（新）文學史著作的「通病」，它們大都分章節以不同的年代（通常以十年爲一時期劃分）按時間先後發展的順序排列，「串成」一部台灣文學史。

即以公仲和汪義生合著的《台灣新文學史初編》一書爲例說明。該書分成上下兩篇，上篇是「日據時期的台灣文學」，標明的時間是一九二〇至一九四五年，下分四章，包括：〈台灣新文學的孕育期（五四運動前後）〉、〈台灣新文學的搖籃期（1923-1926）〉、〈台灣新文學的成熟期（1926-1937）〉、〈抗戰時期的台灣文學（1937-1945）〉。下篇爲「當代台灣文學」，起迄時間爲一九四五至一九八八年[7]，共分七章五個時期（第三、四章與第五、六章各合爲一個時期，分上下敘述），這五個時期包括：〈光復期的台灣文學（1945-1949）〉、〈五十年代前期的台灣文學（1949-1956）〉、〈五十年代後期及六十年代台灣文學（1956-1966）〉、〈六十年代後期和七十年代台灣文學（1966-1980）〉、〈八十年代台灣文學

---

[7] 該書係一九八九年出版，所以「當代」的部分是寫到作者脫稿前爲止。

（1980-1988））。這種依時間先後編寫的方式──把各個時期的起迄時間點毫無縫隙的標明出來，簡直是連續史觀的典型。張漢良對這種連續史觀曾有扼要的說明：

> 連續性論者認為：從歷史的縱剖面看來，兩件編年接近的材料（如文學事件、詩社、詩潮）的關係，乃至整個文學史，是銜接的、親和的、可以被統合的，材料的連續性構成整個文學史的有機體；從歷史的橫切面看來，各種文化表象，如文學、哲學、政治、經濟等，被一個時代意識、中心思想、世界觀所統御，彼此有對應或類比的關係，建立起一個有機的整體。被中心思想所統御的歷史片斷，正好可以做為史家斷代的依據。除此之外，他的職責便在凸現材料之間的連續性，儘量泯除或彌補時間脫臼的缺陷。（1984: 10）

如果如上所述歷史也是一種虛構式的文體，那麼上面這種連續史觀就不得不讓人心生疑竇了，這些毫無縫隙的連接點，其中所隱藏的矛盾、衝突、缺漏，可能都給刻意壓抑、抹平了（利用虛構化的技巧）。有鑑於此，影響新歷史主義甚深的傅柯，才主張要用他的考古學（archaeology）來代替一般的史學。考古學的分析不在找尋歷史事件的共同形式或主題，相反，它試著決定其間「鴻溝的程度和形式」。在《知識的考古學》（*The Archaeology of Knowledge*）中，傅柯就說：「對於思想史之企圖溶解矛盾於一晦暗不明的一統『形象』之中，或

企圖將其改變轉移於一總體抽象齊一的解釋或闡明原則之中的行動而言，考古學描寫紛爭衝突的不同空間（different spaces of dissension）」[8]。在該書中，他接著進一步闡明：

> 所以，考古學的分析不再把矛盾看做是一項總體性的功能，以同一方式運作於所有論述（discourses）階層上，也不把分析看做是完全壓抑這種矛盾，或將其帶回到一基本的、組合性的形式。考古分析藉著對不同型態的矛盾之分析，按照它可以被測量的不同階層，及它可發揮操作的不同功能來取代矛盾這一大關目——這矛盾在傳統思想史中以無數偽裝出現，然後被壓抑，最後又於主要衝突中還原並於其中達到高潮。（1993: 282）

被歷史予以壓抑的矛盾或衝突一旦「還原」的話，那麼其原先的連續性可能就要「脫臼」了。林燿德便以黃凡主編的希代版年度小說選及陳幸蕙主編的爾雅版的年度文學批評選為例，說明這種連續史觀的虛偽性。原來年度文學選集與文學史關係密不可分，「它藉作品的選錄詮釋了文學史，具體呈現了某部分面貌，或將其斷代」（張漢良，1984: 12）。各種年度文學選集既因「年度」而微觀地斷代；又因「年度」本身的連續性，一旦摞疊起來將會呈現某種文類（如小說、文學批評）在特定期間的編年檔案總匯（林燿德，1995: 11）。依照林燿

---

[8]　此處譯文援用王德威譯《知識的考掘》一書（1993: 282）。Archaeology 一詞學界一般譯為考古學，王德威則譯為考掘學，茲採通用譯法。

德的分析,黃凡主編的年度小說選,看不出他的編輯理念可以
貫串「他連續五年間的編輯內容」[9];至於陳幸蕙的年度文學
批評選,只是在各篇序文中「呈現以瑰麗的辭藻」,「但是在
歷年建檔選輯的過程裡未能突顯某種自圓其說的一貫理念,因
此連續五年的年度文學批評選還是如同五冊無關序列的論文
集」(1995: 12)。

所以,林燿德的結論是:將這些各自為不同文學觀和閱
讀品味所決定的年度文學選集置放在一座大書櫃中,我們看見
的不是首尾相顧、凝結(一九八○年代)的一部貫時性文本,
而是抹除了形式上的規整體例之後並置羅列的各種言談(1995:
12)。於是,新歷史主義主張以非連續性史觀來代替舊歷史主
義的連續史觀。在詩壇上首揭此一非連續性史觀的張漢良在
〈創世紀:詩潮與詩史〉一文中,即有言簡意賅的闡釋:

> 如果說連續論者的工作,是把缺乏自明環結的孤立歷史事
> 件串連起來,非連續性論者的工作則是把表面看來連續的
> 編年史瓦解。非連續性並不是指歷史事件本身的時間斷
> 層,而係指史家的觀物方式與整理材料的方法。他眼中的
> 歷史充滿了斷層與空白的材料,由差異、距離、代換與變
> 形的交互作用構成。他首先要把材料分離成不同的系列,
> 重建系列與系列間的關係系統,決定不同系列的斷代標

---

[9] 林燿德認為,黃凡每一選集的「編選前言」,向來精簡至數百語,如一
則概念化的按語,唯一清晰的軸線只有選文側重新世代小說家的側向
而已(1995: 12)。

準，最後為這些系列在長期編年上定位。他特別注意材料的切斷點，層次的區分，界限的確立，觀念的易位與變形。換言之，他的工作是建立分散空間。（1984: 11）

歷史材料若「分離成不同的系列」，不同的史家自然會決定出「不同系列的斷代標準」，標準卻因人而異，歷史也因而會得出各種不同的版本；即便是性屬同一系列的歷史事件（或材料），也因不同的立場與視角，而使歷史「本來」的面貌加以改觀。劉克襄有一首名爲〈金安城小記〉的詩，很可以用來說明新歷史主義這種非單一性史觀的說法：

二〇〇一年，……逆匪魏精浣，唆使二千名叛軍侵擾金安城，大肆殺戮。未幾，英勇的皇軍前來解救，擊潰叛軍。匪首魏精浣畏罪自殺，史稱「金安之亂」。──（本文引自「X民國史」，二〇八〇年）

二〇〇一年，……先烈魏精浣，率領二千名革命志士，突擊金安城，不幸陷敵陣，彈盡援絕，魏精浣悲壯的飲彈自盡。是役，史稱「金安之役」。──（本文引自「Y民國史」，二八八〇年）（1984: 103-104）

同一歷史事件，由於不同的詮釋立場以至於寫作策略與技巧，而可以得出不同的複數文本、複數歷史。懷特在《後設歷史學》（*Metahistory: The Historical Imagination in Nineteenth-Century Europe*）的導論中即指出，歷史家可以利

用四種文學的比喻（轉義）方式：隱喻（metaphor）、提喻（synecdoche）、換喻（metonymy）及諷喻（irony），將同一歷史寫成四種可能的編織情節模式（傳奇、悲劇、喜劇、諷刺文學）、四種可能的論證模式（形式主義、機械論、有機論、脈絡決定論），以及四種意識形態意涵的模式（無政府主義、激進主義、保守主義、自由主義）（1973: 7-38）。他說：「同樣的歷史系列可以是悲劇性或喜劇性故事的成份，這取決於歷史學家如何排列順序從而編織出易於理解的故事。」（1993: 164）

再者，即便歷史事件的排列順序不變，但是撰史者由於使用不同的方法施加情節，也會使事件本身獲得不同的意義。設若我們有一系列歷史事件，以底下方式表之（a.b.c.d.e……代表不同的事件）：

(1)a，b，c，d，e，……，n

如上所述，由於編織情節或做為論據的需要，其中有些歷史事件會被賦予優勢地位（分別代之以大寫字母 A、B、C、D 等），「它們做為解釋整個系列的原因或是做為某一故事的情節結構的象徵而獲得詮釋的力量」，因而上面(1)的表述就可能演變成底下(2)至(5)各種不同的歷史表述：

(2)A，b，c，d，e，……，n

(3)a，B，c，d，e，……，n

(4)a，b，C，d，e，……，n

(5)a，b，c，D，e，……，n

　　底下還可依此類推。如果以最原初的歷史事件（a）施加上在整個系列結構中起決定因素作用的地位（A），此即爲決定論式的歷史（如盧梭的《第二篇論述》、馬克思的《共產黨宣言》及佛洛依德《圖騰與禁忌》皆屬之）；反之，倘若以系列中的最後事件（e）施加以最終完整的闡釋力量（E）的歷史，則成爲末世或啓示錄式的歷史（如奧古斯丁的《上帝之城》、黑格爾的《歷史哲學》，以及各種基督教關於耶穌來世的學說皆屬之）（1993: 172-173）。

　　同一個歷史事件的序列(1)，如上所述，由於不同的詮釋策略賦予不同的意義，而可以演變成(2)(3)(4)(5)……不同版本的歷史。從這個角度來看陳芳明與陳映真關於台灣新文學史的「論戰」，也就不難理解爲何同一部歷史卻可以有兩種（以上）不同的版本；同時也可以理解爲什麼被羅青等人視爲後現代時期的解嚴後台灣文學，陳芳明以「台灣殖民史」的角度而將之解釋爲後殖民時期（2002: 37-42）；事實上，這無關歷史事實的有無，不同的是在有人把 a 寫成 A，而有人卻將 b 寫成 B（所以這也不是孰是孰非的問題）。陳芳明爲此特別說明：

　　　　我在《台灣新文學史》的第一章特別強調：「台灣既然是一個殖民的社會，則在這個社會中所產生的文學，自然就是殖民地文學。以殖民地文學來定位整個台灣新文學運動，當可辨識在歷史過程中殖民者與被殖民者之間的權力消長關係；也可以看清台灣文學從價值壟斷的階段，如何

蛻變成現階段多元分殊的現象；更可看清台灣作家，如何
在威權支配下以雄辯的作品進行抵抗與批判。」換句話
說，這部文學史在於指出一個重要的現象，台灣作家在二
十世紀努力的目標，便不斷嘗試從殖民地社會的霸權論述
中掙脫出來。（2002: 245）

　　陳芳明上述這段引文的末句，已經表明「掙脫殖民地社
會的霸權論述」乃是他寫作表述中的大寫字母，也就是他賦予
詮釋歷史事件的主導力量的所在，套用懷特的說法：「一個歷
史學家只需要轉變他的觀點或改變他的視角的範圍，就可以把
一個後現代境遇轉變為一個後殖民境遇」[10]。就新歷史主義的
角度言，其實亦沒有「一部」台灣文學史，只有先後或同時並
存的「多部」台灣文學史。至於陳芳明的「後殖民台灣文學史」，
當然也只是其中的一部。

第五節　結語

　　依照新歷史主義的代表人物之一的多利莫爾（Jonathan
Dollimore）的意見，新歷史主義特別注意歷史與文化過程的

---

[10] 懷特的原文是：「一個歷史學家只需要轉變他的觀點或改變他的視角
　　的範圍，就可以把一個悲劇境遇轉變為一個喜劇境遇」（1993: 165）
　　懷特還以法國大革命的歷史為例說明，同樣一個歷史事件，米歇萊
　　（Jules Michelet）把它寫成「浪漫主義超驗論的一部戲劇」；但與米氏
　　同時代的另一位名家托克維爾（Alexis de Tocqueville）卻把它寫成「令
　　人啼笑皆非的一部悲劇」。同樣以劉克襄〈金安城小記〉一詩為例，
　　一部「金安城史」可以因此寫成（二部）「叛國史」或「建國史」。

三個方面：鞏固（consolidation）、顛覆（subversion）與遏制
（containment）。他說：「第一個方面典型性地涉及意識形態
的手段，藉由這些手段，宰制的秩序尋求其自身的萬世不絕；
第二個方面涉及對那個秩序的顛覆；第三個方面則是對顯然屬
於顛覆活動的壓力予以遏制。」（1994: 10）這三個方面基本
上都和權力關係有關，而他們在解讀文藝作品時往往從這三方
面著手，特別注意文學的效應問題；尤有進者，新歷史主義者
甚至認為文學消極反映歷史的意見是錯誤的，文學應該是一種
實踐，就在它再現當代歷史的時候，它就干預歷史了（1994:
152）。誠如布瑞林根（John Brannigan）所說：「文學係建構
文化現實感（a culture's sense of reality）的一個執行者（agent）」
（1998: 3）。從這個角度來看，歷史學家和撰史者都不可能
是客觀、持平的——何況他們也不可能超越他們自己所處時代
的歷史情境。葉石濤、陳芳明、彭瑞金、呂正惠、趙遐秋、陳
映真……盡皆如此，而我們也可以看到，上述諸人擬以文學史
或文學史論干預歷史的意圖，昭然若揭[11]。

　　進一步言，他們往往以放大鏡的方式來做為自己干預歷

---

[11] 例如趙遐秋和呂正惠主編的《台灣新文學思潮史綱》一書，陳映真所
寫的序言中即表明：「二十年來，『文學台獨』派移花接木、斷章取義、
歪曲史實、刻意炮製了一套分離主義的台灣新文學（史）論，積非成
是，終至隨著一九八七年後『台獨』論述自由化，及二〇〇〇年主張
分離主義的政權出台，而成為霸權論述，情況相當嚴重。」面對這一
形勢，為了「抵抗台灣新文學陣地遭到『台獨』派排他性獨佔局面」，
也為了「捍衛台灣新文學的中國屬性」，始編寫並出版本書（2002:
3-4）。顯而易見，編著者以撰寫文學史介入以至干預台灣歷史的動機
再清楚不過了。

史的依據，懷特在〈做爲文學虛構的歷史文本〉一文中即指出，這乃是歷史學家用強加於歷史紀錄的欺騙性綱領（fraudulent outlines）而獲得的（1993: 170）。而這一欺騙性綱領事實上就如同德希達所說的，經常是犧牲掉那些會製造衝突或矛盾的歷史事件，簡言之，就是讓這些事件「缺席」或「不在場」（absent）。因此，懷特便說：「我們對歷史結構和程序的理解更多地由我們在表述時省略的東西來決定，而不是由我們放進歷史結構和程序中的東西來決定。」（1993: 170）譬如趙遐秋和呂正惠合編的上書，把它的第六章〈現代主義文學思潮的興起與發展〉拿來和葉石濤《台灣文學史綱》的第五章〈六〇年代的台灣文學〉做對照，便可發現：後者所提及的創刊於一九六四年的二本重要文學刊物《台灣文藝》及《笠詩刊》，平白無故在前書中給「缺席」了（好讓作者們予一九六〇年代定調爲「現代主義的時期」，可見「缺席」的重要）。可以想見，如果沒有這一「缺席」，趙、呂二氏這第六章恐怕不太好寫。

然而，新歷史主義上述這種融合多種學說領域（例如馬克思主義、後結構主義）的主張，卻也遭致各方的指摘，懷特就認爲，它至少被抨擊犯了四項謬誤。首先，由於它暗示著透過對文學文本與其歷史脈絡關係的研究，就能對文學文本做出詮釋，這有回歸到對文學文本及其實施過程的老舊的文獻學研究方式（philological approach），被新批評（new criticism）目爲犯下所謂的「發生說謬誤」（genetic fallacy）。其次，因

為它暗示著在文本與（歷史）脈絡中有予以區分的可能性，但是文本的「外部」（outside）並不存在任何事物，所以想在文本和脈絡之間進行區分的努力，只會導向後結構主義所謂的「參照謬誤」（referential fallacy）。再次，由於它所指的歷史脈絡是一種包含有社會制度及實踐以至於政治等功能的「文化系統」，因而被一般的歷史學家打上了歷史唯心主義（historical idealism）的烙印，指其犯了一種所謂的「文化主義謬誤」（culturalist fallacy）。最後，因為它將文學文本與文化系統之間的關係看做是一種「互文」（intertextual）關係，也就是「文學」文本是其中一個方面，而「文化」文本則是另一個方面，而這不無被雙重化約的味道，亦即它先將社會化約為一種文化功能的地位；然後再把文化化約為一種文本的地位，因此被歷史學家和傳統的文學學者認為是犯了所謂「文本主義謬誤」（textualist fallacy）（1989: 294）。如斯看來，新歷史主義這種大膽的、具有前衛色彩的歷史觀，至少得罪了四方人馬；在台灣，它更得罪了統獨雙方陣營。

　　儘管如此，在吾人重探並進一步檢視目前現有的各類台灣文學史著作背後的史觀問題時，新歷史主義這種將原先一個大寫的、單數的「歷史」（History）化成小寫的、複數的「歷史」（histories），毋寧提供了一種嶄新的、饒有興味的視角，在提醒我們歷史乃是一種歷史編纂學（historiography）之餘，讓我們發現文學史著作的諸多問題，確有其值得深思的所在。

第二章

戰後台灣通俗文學史的考察

第一節　前言

　　通俗文學（popular literature）做爲一個涵蓋範疇較大的文類，由於向來取的是相對於純文學或嚴肅文學的一種稱呼，往往在文學史中若非缺席，譬如葉石濤的《台灣文學史綱》（1987）中即不提通俗文學作家與作品，便是受到忽視，例如公仲與汪義生合著的《台灣新文學史初編》（1989）全書近四百頁，也只給通俗文學九頁的篇幅，蓋向來的文學史家常「毫不留情地將通俗文學排除在文學史之外」，以致迄今爲止的文學史，基本上都是以純文學爲主的歷史（李勇，2004: 276）。

　　就拿一九九三年由劉登翰、莊明萱、黃重添與林承璜等人編著出版的《台灣文學史（下卷）》來說，該書所涵蓋的時間範圍是從戰後（即台灣光復以來）迄至出版前當時的一九九〇年代初葉，不啻就是一部「戰後台灣文學史」（戰前部分寫於一九九一年出版的上卷），其中雖然留有篇幅給予通俗文學，但在全書二十五章中僅給通俗文學一章半（即第二十章第二節與第二十一章全四節），比例委實過低，主要論及的諸家有科幻小說類的張系國、黃海與葉言都；歷史小說類的高陽；言情小說類的瓊瑤、姬小苟與玄小佛；武俠小說類的古龍（732-764），然而戰後台灣代表性的通俗文學作家又何止上述區區數人而已？

　　對於與大多數讀者關係更爲密切的通俗文學而言，被大半

的文學史著作排斥或忽視，顯然是相當不公平的；或說文學史
是作品被經典化（canonization）的歷史，但作品的嚴肅與否
並非成爲經典的必要前提，畢竟作品或通俗或嚴肅其實只是相
對性的概念，往往原本被視爲「俗文學」的作品，因爲被文學
史家寫進了文學史中，進入了經典化的過程，終致登上大雅之
堂，取得純文學的地位，王國維對於宋元戲曲以及魯迅對中國
小說所進行的歷史研究，即爲顯著的例子。有鑑於此，文學史
中不僅不應獨漏通俗文學這一章，而且還應予以足夠的篇幅做
充分的論述。

　　偏偏迄今爲止既有之台灣文學史著作如上所述對之不是
付諸闕如便是有意忽視，爲此，實有必要撰述一部「台灣通俗
文學史」以填補文學通史中的這一塊空白或缺口。這是本章初
初寫作的動機。然而，寫作一部「台灣通俗文學史」實非易舉
之事，況乎戰前即日據時代相關作品及文獻資料蒐集之不易；
出此考慮，本章首先逕縮小範圍，將撰述的對象限定在戰後通
俗文學作家及其作品上，其次在對歷史的爬梳過程中，擬以夾
敘夾議的方式，從後設式的思考（meta-thinking）角度切入，
以檢視其現象與意義。基本上，這是一部「小史」或「簡史」
的考察，不求其鉅細靡遺，只求其「劃龍點睛」[1]。

---

[1] 楊照曾寫了一篇〈四十年台灣大眾文學小史〉，收在《文學、社會與歷
　史想像──戰後文學史散論》一書中。該篇「小史」，其實是楊照以
　夾敘夾議的方式對四十年來的台灣大眾文學所做的歷史的考察。該文
　的重點在史事的「考察」，對於時間敘述的安排反而不是那麼連貫，
　予人稍嫌紊亂之感。

　　與純文學不同的是，通俗文學從某一方面言是更貼近一般
庶民大眾的，這也就是說，它較純文學更接近社會本身（社會
是大眾構成的），如斯一來，從社會史的角度來撰述或探究通
俗文學，無形之中也就成了順理成章之事。本章採取的即是此
種社會文化史的觀照角度，而這是「一種縱深的挖掘，它以作
品的文本為切入點，將作者的寫作活動和讀者的閱讀活動都納
入分析之中，並進而解釋一個『通俗文學』文本在特定的社會
文化中產生、流行、轟動的原因。」（李勇，2004: 332）一
言以蔽之，這樣的文學史觀乃是屬於「文學社會學範圍的命題」
（同上引）。

　　依照時間先後的順序用以敘述（乃至於考察）文學史，最
困難的是面臨如何分期的問題，蓋因分期的本身即涉及「文學
史觀、文學史架構的問題，甚至是台灣文學解釋權的角力」，
但文學作品浩如煙海，文學現象又是千絲萬縷，所以要談戰後
台灣通俗文學史的分期，很容易便會「陷入一種過度簡約、簡
化的迷宮困境」（許俊雅，2005: 227）。本章底下採取的乃
是現今最常見的以「十年為一期」的分期方式，將戰後通俗文
學的演變分為：一九五〇年代、一九六〇年代、一九七〇年代、
一九八〇年代與一九九〇年代（迄今）共五個階段。這種分期
方式不無將時空機械式分割之嫌，因此被戲稱為一種「竹節式」
的分法，畢竟「任何作家、作品都不可能因應某一個十年為期
的階段，而對自我創作做一調整」（同上引，253）。

　　問題是通俗文學如上所述係一包含範疇廣泛的文類，不能

只以其中某一類別作品（例如言情小說）做爲分期的依據——
如斯作法將顧此失彼。何況從社會文化史的角度來看通俗文學
的演變，基本上即將之視爲一種「他律論」的文學模式，也就
是通俗文學的演變不能自外於社會環境，而台灣社會的演變則
又常以十年劃分爲不同的發展階段，其分期所依據之社會發展
腳步（例如國建計劃與經濟成長）較有跡可循。基於這樣的考
慮，同時爲了便於敘述的進行，本章只能採取底下這種「竹節
式」的分期方式，分成五個階段加以考察戰後台灣通俗文學的
演變情形。由於「通俗文學」一詞常有不同的指涉，爲了釐清
此一概念並有利於底下各個分期的考察，在分述各期概況之
前，首先針對「通俗文學」此詞加以界定，並以之做爲討論的
基礎。

第二節　通俗文學的界定

　　什麼是通俗文學呢？近人討論通俗文學的定義時，往往引
述鄭振鐸在《中國俗文學史》一書中的說法：「俗文學就是通
俗的文學，就是民間的文學，也就是大眾的文學。換一句話，
所謂俗文學就是不登大雅之堂，不爲學士大夫所重視，而流行
於民間，成爲大眾所嗜好，所喜悅的東西。」（1996: 1）顯
然鄭振鐸把通俗文學與民間文學、大眾文學的定義全歸納在同
一範疇。鄭振鐸這個說法造成了一些影響，譬如東華書局一九
九七年版的《漢語大詞典》（羅竹主編）對通俗文學一詞的解

釋:「除了歷史上的民間文學以外,還包括現實創作的通俗化、大眾化,具有較高的商業價值,以滿足一般讀者消遣娛樂為主要目的的文學作品。又稱為大眾文學、俗文學。與嚴肅文學、雅文學相對而言。」(引自劉秀美,2001: 10-11),說法和鄭振鐸上述的界定沒有太大的區別。

　　若就中國歷代以文言文寫成的詩與散文為主體的傳統文學觀念而言,通俗文學確實也就是鄭振鐸所指的俗文學、民間文學,乃至大眾文學。然而,誠如陳必祥在《通俗文學概論》一書中所說的,我們今天仍使用通俗文學一詞,並不是對傳統文學來說的,而是與現當代作家同樣用白話寫作的所謂「純文學」或「嚴肅文學」相比較而言的(1991: 2)。從這個角度看,鄭振鐸上述那一段話至少說對了一半,也就是通俗文學乃是「不登大雅之堂,不為學士大夫所重視」的文學;也正因為此故,通俗文學往往「流行於民間,成為大眾所嗜好、所喜悅的東西」──惟此非必要條件,蓋一來通俗文學未必流行(也就是現今所說的暢銷),二來流行的文學更未必一定是通俗性的作品,比方說,曾於一九八○年代末高居當時暢銷書排行榜前幾名的昆德拉(Milan Kundera)小說《生命中不能承受之輕》即為顯例[2]。

---

[2] 通俗文學也非民間文學,施蟄存在〈說「俗文學」及其他〉一文中即言:「『通俗文學』這個名詞,以漢字所表達的意義看來,應當是作家為文化水平不高的人民大眾寫的文學作品。這就意味著,它不是民間文學。」「通俗文學──有作者姓名,是作者個人的創作,供文化水平不高的工人、農民、小市民閱讀的文學作品,例如才子佳人小說、武俠小說、公案小說。」(引自陳必祥,1991: 2)

　　因此，嚴格而言，通俗文學雖然可能形成暢銷與流行的局面，但未必就能和大眾文學（mass literature）劃上等號，蓋大眾文學涉及的是「量」的問題（孟樊，1998: 179），亦即鄭振鐸所說的「流行於民間」，而如何知曉作品是否「流行於民間」？其判別標準若以今天的話來說就是指它暢不暢銷（也就是銷量如何），試想文學書籍乏人問津，就算「不登大雅之堂」通俗得可爲一般民眾所理解，怎麼能夠流行起來？所以，爲「暢銷與否」所定義的大眾文學與旨在通俗易懂的通俗文學，二者並不能被視爲同一種文學——儘管爲大眾所接受的暢銷文學作品，往往也是通俗文學。

　　如上所述，通俗文學最主要的特點在於其內容「適合群眾而淺顯易懂」，這也是「通俗」二字最爲常見的解釋。然而誠如本章開頭所說，通俗文學主要是相對於純文學或嚴肅文學的一個稱呼，所以要界定通俗文學還要從這樣一個角度切入。根據翻譯名家董樂山的看法[3]，通俗文學除了前述提及的「思想內容淺薄，缺乏深刻的內涵，而以流行的世俗社會價值觀做爲作家的創作意圖，因此，對讀者的精神世界不能提供豐富和充實的糧食，至多只能起一種無害的消遣作用」之外，尚指其「創作方法承襲某一樣式的窠臼，成爲一種固定的模式，甚至故事、場景、人物也都大同小異，沒有任何創新」，以及「在語言上除了個別名家以外沒有自己的風格和特色，它的唯一功能

---

[3] 董樂山在此對通俗文學一詞的界定，主要係根據他對美國通俗文學作品的觀察而來，此定義其實也適用於台灣當代的通俗文學作品。

就是交代清楚一個公式化的故事而已」[4]（1995: 258），後兩
項通俗文學的特徵，其實是相對於純文學或嚴肅文學而言的，
本章接受他這樣的看法。

　　由於通俗文學多為通俗小說，而小說是敘事性作品，因而
有人就認為「故事性是通俗文學的命根子，取消了故事性，就
是要了通俗文學的命。通俗文學給人看的就是故事。故事情節
的曲折和引人入勝，是通俗文學在藝術上的重要特徵。」（陳
必祥，1991: 4）此說固然言之成理，惟通俗文學並非只涵蓋
通俗小說一項，特別就時代的演進來看，它是「城市工商業發
展到某一個階段的產物」，和當代社會有密切的關係（鄭明娳，
1993: 22），也因此在戰後的台灣歷史過程中，以白話寫作的
散文不僅不必受到通俗文學的排斥，後者更納入前者以壯其聲
勢，乃至二十一世紀初流行起來的一種新文類「文學繪本」，
也可被涵括到通俗文學的範疇裡；在本章的界定下，除了容納
向來的武俠小說、言情小說（或曰羅曼史小說）、歷史小說、
科幻小說、推理（偵探）小說、鄉野傳奇、奇幻小說之外，亦
兼及佛理散文與大眾新詩等。從這一點看，通俗文學的形式不
是固定不變的，其範疇亦會隨著時代的演變而與時俱進。《三
國演義》、《水滸傳》與《紅樓夢》等中國古典小說可以變通
俗為嚴肅，而幾米的繪本與蔡智恆的網路小說也可以翻出通俗
的新形式。

---

[4] 若從後面這一點看，張愛玲的言情小說亦可被歸入通俗文學之林，她
的小說及使用的語言固然有其個人的獨特的風格與魅力，但故事情節
亦多公式化。

第三節　一九五〇年代的通俗文學

　　從第二次世界大戰後至一九五〇年代的期間，最重要的文
藝陣地係歌雷（史習枚）主編的《新生報・橋》副刊，《橋》
在歌雷的主持下實際上成了當時推動新寫實主義文學的大本
營（彭瑞金，1991: 47），關於新寫實主義的走向，即有不少
人（如歐陽明、揚風、楊逵等）倡議應走「人民大眾文學」的
路線，惟渠等所言之「人民大眾文學」實與通俗文學（或大眾
文學）無涉，他們所主張的要「讓新的文學走向人民，做為人
民自己的巨大的力量」，如其所言，目的乃在「創造今天人民
所需要的『戰鬥的內容』、『民族風格』、『民族形式』」（趙
遐秋、呂正惠，2002: 184），這一政治味道濃厚的文學主張，
不僅可以下承隨之而來的白色恐怖時代的反共戰鬥文學，更且
註定戰後這一短暫的過渡時期必是通俗文學的空白時代。

　　承襲一九四七年二二八事件而來的五〇年代前半期，帶有
相當濃厚的泛政治色彩，也就是俗稱的「白色恐怖」歲月（the
era of white terror）[5]，一切以反共為前提，基於這樣的前提，
誠如杭之（陳忠信）所道：「五四新文學運動以來主要作家的

---

[5] 根據藍博洲在《白色恐怖》一書中所說，據保守的估計，在這場長達
　　五年的巨大的恐怖政治中，國民黨政權在台灣殺害了至少四千至五千
　　個，乃至於八千個以上的本省和外省的「共匪」、愛國主義知識分子、
　　文化人、工人與農民，並將同樣數目的人投入十年以上到無期徒刑的
　　牢獄之中（1993: 21）。

作品，特別是三○、四○年代的作品都遭到查禁的命運，如此
一來，戰後成長的一代遂生活在與近代文學傳統脫節的斷層時
代」，由於這個原因，杭之認爲「五○年代的文學無可避免的
走上反共文學、戰鬥文學與懷鄉文學之路」（1987: 23）。

反共與戰鬥文學的提倡，與一九五○年在張道藩主持下的
中華文藝獎金委員會的成立有很大的關係，文獎會利用其優渥
的獎金及機關刊物《文藝創作》的支持（得獎者可在該刊獲得
發表機會）[6]，成爲反共與戰鬥文學的灘頭堡，其「取稿的標
準特別注重小說內容的反共抗俄的意識」，獲獎作品內容不外
下列兩種：「一是寫我們的忠貞的反共志士，在大陸淪陷前或
後和共匪鬥爭的經過；一是寫軍中的生活和戰鬥的事實」（何
欣，1979: 45），而這對當時出現的通俗文學作品不能不說沒
有影響力。隨後由於一九五四年中美共同防禦條約的締結，台
海局勢轉向安定，反共文學與戰鬥文學也就開始走下坡；而後
雖有「軍中文藝」路線的賡續，如杭之指出的，後來也就被另
一種小市民趣味的文藝所淹沒了（1987: 24）。

差不多和《文藝創作》存在的同時，另兩份由民間私人經
營的文藝刊物《野風》與《半月文藝》（一九五○年），在當
時亦具相當的影響力。相對於反共及戰鬥氣息濃厚的《文藝創
作》的《野風》，其所刊文章「多半擺脫了爲應反共抗俄的需
要而產生的戰鬥的緊緊束縛」；至於《半月文藝》則介於《文

---

[6] 按穆中南的統計，當時得到獎金或稿費補助出版的作家約有三、四十
位之多（引自何欣，1979: 45）。

藝創作》與《野風》之間，「只要文章意識正確文字流暢便發表」（何欣，1979: 46）。尤其是《野風》，其文章「內容則大多是略帶浪漫氣息之感傷、夢幻的個人感情描寫，開啓了日後那些感傷、浪漫之通俗小說的先河」（杭之，1987: 25）。

　　事實上，對於通俗文學的影響，《野風》等雜誌遠不如隨後創刊的其他文藝刊物，包括《偵探月刊》（一九五一年）、《小說世界》（一九五三年）、《皇冠雜誌》（一九五四年）、《人間世月刊》（一九五七年）等，在「風聲鶴唳」政治高壓籠罩的五〇年代，它們都沒有以反共做爲雜誌發行的主要訴求，若以這些刊物創刊宗旨來看，把戰鬥與反共視爲當時文學活動的唯一目的的說法顯然是不公平的，例如創刊於一九五七年十一月的《人間世月刊》便直接以「幽默、風趣、諷刺、輕鬆」做爲該刊的宗旨（劉秀美，2001: 44-45）。可見即使處於政治的非常時期，具有休閒功能的文藝刊物和通俗文學作品，仍然爲一般民眾所需，通俗文學似乎可以和反共文學、戰鬥文學並行不悖。

　　這一時期最具代表性的通俗文學主要有徐速的《星星·月亮·太陽》與王藍的《藍與黑》二部長篇小說，這二本書在當時皆屬家喻戶曉的暢銷書，小說背景都和抗戰有關，乍看之下其主題與敘述架構頗有史詩（epic）的味道，就此點言，這二部小說顯然不無受到當時反共與戰鬥文學氛圍的感染。究其實，這兩部小說主要描述的是男女之間感情的分合故事，抗戰的大時代背景只是被拿來當作包裝的材料罷了。《星》書寫一

個男子與不同時期遇上的三個女子的愛情故事,這三位女子代
表三種不同的性格,「像天空中的星星、月亮和太陽,那樣高
潔、莊嚴、美麗」,最後因環境的關係,這三位女子一個死了
(星星);一個在戰事中斷了腿而感情也跟著殘廢,遠走南洋
(太陽);一個則遁入修道院裡去當修女(月亮)[7]。《藍》
書則是一個男人與二個女人之間「三角」的戀愛故事,書中二
位女主角就像《星》書也各有象徵意涵,代表藍色的女子(唐
琪)象徵的是文明、自由、善良,而代表黑色的女子(鄭美莊)
象徵的則是墮落、沉淪、罪惡,全書以第一人稱我開頭的第一
句話:「一個人,一生只戀愛一次,是幸福的。不幸,我剛剛
比一次多了一次。」成為當時流行的「經典名句」。《星》與
《藍》二書所描寫的人物過於樣板化,人物個性的呈現好像套
公式般,無法令人感動與驚奇,由於書中對於「扁平人物」(flat
character)的敘述過多,使其無法為「圓形人物」(round
character)(具有活生生的不可預測的複雜性格)成功地塑
像,終究也只能成為當時流行的言情小說。在杭之看來:

> 這兩本愛情小說的暢銷,反映著那一個時代的小市民趣

---

[7] 星星、月亮與太陽分別象徵真、善、美,也是小說中三位女主人翁朱
蘭、馬秋明與蘇亞南的化身。故事背景發生在八年抗戰時期,男主人
翁徐堅白個性優柔寡斷,始終徘徊在國家大事與兒女私情之間,反而
襯托出三位女主人翁的堅強與果敢。徐堅白最後並沒跟任何一位女主
人翁結合。她們倒是放棄愛情,選擇投身戰場。朱蘭成為戰地護士,
馬秋明成為修女,而蘇亞南則成為游擊隊員,在戰爭中斷了一條腿。
本書曾被《亞洲周刊》評為「二十世紀中文小說一百強」的第四十六
名。

味。在一個思想、文化意識脫離了社會之現實時空,而且
社會上有著太多禁忌與教條的情形下,這種缺乏深度的、
略帶浪漫氣息、夢幻成份並兼有膚淺人生體驗的感傷濫情
文藝作品就得到滋長的苗床,並多多少少填補了小市民
(特別是年輕學生)的空虛。這類文藝作品在三十年來的
出版市場上以各種不同的面貌一直據有一席之地,說明了
我們社會之小市民趣味在本質上一直沒有變,只是以各種
不同形式一直存在……這使得許許多多苦澀青少年多多
少少都通過這類感傷、夢的作品走過他們的成長歲月。
(1987: 29)

除了上述徐速、王藍以及潘人木(代表作《蓮漪表妹》)、
鹿橋(代表作〈未央歌〉)等人著名的「抗戰言情小說」之外,
「鑑於當時小說易於與抗戰或反共題材做某些不同程度的結
合」,這一階段的通俗文學仍以社會言情小說為主,諸如金杏
枝、禹其民、徐訏、王藍、林海音、孟瑤、郭良蕙、畢珍等人,
創作了為數不少的社會言情小說;而由於當時廣播業興盛(電
視尚未崛起與普及),通俗小說與其結合而出現的廣播小說,
受到廣大閱聽人的歡迎,亦因而造成出版跟風,例如後來的文
化圖書公司就因為出版金杏枝、禹其民等人的小說而「大發利
市」,狠賺了一票[8](劉秀美,2001: 45-46)。

---

[8] 金杏枝與禹其民等人和文化圖書公司的合作出版,時在一九六〇年代
以後。

在抗戰及社會言情小說風行不久，政治氣氛稍開，讓另一批通俗文學作品鑽冒出來，以南宮博和高陽爲首的歷史小說亦於此時開始嶄露頭角。誠如楊照所言，歷史小說將故事時空移離現實台灣，一來可免隨時被扣帽子的危險，二來也予作家較大的創作自由度，歷史淵源其來有自（1995: 47）。南宮博擅寫歷史上著名的宮廷愛情故事，在歷史的骨幹裡添加大量的現代式曲折與衝突，楊照說他的歷史小說走的是「艷情路線」，《貂蟬》、《洛神》、《楊貴妃》等堪稱佳作，他所描寫的男女情愛「往往攙夾大量含蓄然而明確的性的暗示」，所以他的小說「其實是以情愛爲主，歷史只是個借代的幌子」。高陽則完全不同，他的歷史小說和他的歷史考據癖互爲表裡，歷史是主，而故事、情節則是輔，所以「他的小說常常寫得很長，故事發展不太找得到重心」（同上引，48）。龔鵬程則認爲高陽與南宮博二人正是台灣歷史小說寫作的兩型：前者以細筆勾勒出社會整體的歷史，而後者所關懷的乃是個體化的歷史（2002a: 4）。

整體而言，白色恐怖所塗染的五○年代歲月，隱隱然與官方所倡導的反共文學和戰鬥文學取得一相對應距離的通俗文學，除了上所提若干抗戰愛情小說有被戰鬥氣息「染指」之外，大部分的作家由於「沮喪和疲倦」，乾脆逃避現實，躲在象牙塔內「做兒女私情的綺麗的夢境」，鴛鴦蝴蝶派的小說於焉復活（這也是爲什麼五○年代的文壇高舉掃黃運動大旗的原因）（葉石濤，1987: 89-90）；也正因爲這類迎合小市民趣味的感

傷濫情的通俗文學作品，滿足了他們的無聊，填補了他們的空
虛，帶給他們某些現實中所沒有的夢幻（杭之，1987: 31）。

第四節　一九六〇年代的通俗文學

　　一九六〇年代的台灣，在政府以出口帶動經濟快速成長的
發展策略下，鄉村小自耕農階級日漸式微，而都市勞工階級則
不斷快速成長，經濟結構有了明顯的轉變，即從農業社會慢慢
轉型為工商社會。在國際局勢方面，冷戰持續，台海兩岸的對
峙依舊，恐共氣氛並未見稍戢，反攻大陸則日漸無望，但思想
之自由仍被壓制，而對岸從一九六六年起則掀起一場長達十年
的腥風血雨的文化大革命。外在環境如此，通俗文學（尤其是
通俗小說）卻在這個階段步入蓬勃的狀態，劉秀美在《五十年
來的台灣通俗小說》中指出，其原因至少有二：

1. 由於經濟的發展，新興工廠林立，食品、紡織、服飾等
   行業造就了廣大的婦女就業市場，通俗小說，尤其社會
   言情小說，提供了工廠女工最佳的休閒途徑，因而助長
   了通俗小說的發達。

2. 國民教育的普及提高了識字人口比例，一九六八年政府
   實施了九年國民義務教育，學生人口大幅度增加。學生
   往往是通俗小說閱讀群眾的重要來源，因此學生的多寡
   直接影響了通俗小說的閱讀人口。（2001: 48）

　　這樣的社會背景，不啻爲言情小說與武俠小說的崛起與發展提供了溫床，前者的代表作家爲瓊瑤，後者則屬武俠名家古龍傲視群雄。這是通俗文學在六〇年代最耀眼的兩顆明星。瓊瑤於此時所寫的小說，頗受歐美歌德式小說（Gothic novels）的影響[9]，例如《菟絲花》、《庭院深深》、《月滿西樓》等，呈現了如下的特色：「神秘詭異的氣氛；情節的推動與秘密的揭露有關；秘密的揭曉導致主角或配角的自殺或退隱」（林芳玫，1994: 73），顯然瓊瑤所構築的愛情世界完全擺脫了瀰漫在上個年代的戰鬥／反共氣息，也即政治的干擾；而她發表於一九六三年的第一部小說《窗外》，師生戀的題材更觸及當時的禁忌話題，引發各方人馬的論戰（如魏子雲、李敖、蔣芸、張潤夆等）。由於瓊瑤連續發表的小說不斷重複類似主題，浸假形成她自己獨特的小說類型，這類型「是以愛情故事爲主，世代衝突爲輔；戀愛的當事人是男女主角，父母是配角」（同上引，99）。

　　瓊瑤雖然在六〇年代成名（這一時期共發表十四部小說），惟自第一部小說起亦引發眾多的批評，其中李敖的長文〈沒有窗，哪有窗外？〉（1965）即爲典型的代表，他把瓊瑤小說受到熱烈的歡迎視爲一種文化病態的症候群，辛辣的嘲諷掀起了支持者與批評者雙方一場「反傳統與反父權的文化論爭」（林芳玫，1994: 102-109）。李敖認爲，瓊瑤的意識形態

---

[9] 歌德式小說的故事情節常有懸疑及推理的成份，並出現中世紀的神秘背景，如古堡、巨宅大院、幽靈、瘋女人、孤立無援的子女、被放逐的男主人翁、智障但忠心耿耿的女僕、失散多年的親友等。

保守，這樣的小說對青年具有毒害作用，尤其是她那保守忸怩
的性態度（1965: 12）。李敖沒說錯，瓊瑤筆下的女主角性態
度通常是保守的，而這也是她招致「不食人間煙火」（指書中
男女主角）的批評的一個主要原因。以《彩雲飛》為例，男主
角（孟雲樓）與女主角（楊涵妮）的肌膚接觸最露骨的也僅是
如下這樣的畫面：

> 她發出一聲低喊，忽然用手抱住了他脖子，他楞了楞，立
> 即，有股熱流竄進了他的身體，他猛的抱緊了她，那身子
> 那樣瘦，那樣小，他覺得一陣心痛。乾脆把她抱了起來，
> 他站直身子，她躺在他的懷中，輕得像一片小羽毛，他望
> 著她的臉，那勻勻淨淨的小臉，那熱烈如火的眼睛，那微
> 顫著的、可憐兮兮的小嘴唇。（1993: 81）

最終最為極致的接觸，小說中也只是讓男女主角相互輕吻
一下而已。其實不只是瓊瑤的小說，當時幾乎所有的言情小說
（如雲菁、嚴沁、華嚴等）[10]一樣也都不會有「養眼」的「鏡
頭」，不會令人有「血脈賁張」的感覺。這一時期雖然西方社
會正值「性解放」口號喊得漫天價響之際，台灣社會如前所述
乃處於轉型的過渡階段，工商社會尚未完全成形，一般男女的
性態度依舊趨於保守，除了郭良蕙的《心鎖》（因為性場面的
描寫以及亂倫的情節，一九六三年被列為禁書）[11]之外，言情

---

[10] 她們的小說自一九七○年代起，陸續都被改拍成「三廳電影」。

[11] 《心鎖》一禁就是二十五年，直到一九八八年由時報出版公司重新再

不言性似乎是所有言情小說的金科玉律。

　　一九六○年代是台灣武小說創作的興盛期，當時武俠作家大約有三百多人，作品數量可觀，非香港地區所能及，惟真正能成氣候者仍屬有限（劉秀美，2001: 107）。武俠小說之所以能於此一時期繳出亮眼的成績，實係新起的所謂「新派（或新型）武俠小說」取代舊派武俠小說有以致之[12]。新派武俠小說的始作俑者係陸魚發表於一九六一年的處女作《少年行》；《少》作之所以新穎，乃因其首度引用西方現代主義小說意識流的手法（放在楔子裡），同時運用倒敘法（回憶）帶入正文[13]（葉洪生，1994: 393）。但是此時期被奉為「新派領袖」的不是陸魚而是本名吳思明的司馬翎。司馬翎的「文字清新流暢，略帶新文藝風，一反過去講故事的老套」，並且擅於刻劃人物心理的變化（宋今人，1962；引自葉洪生，1994: 368），加上其豐沛的創作量（從一九五八年至一九七一年止共四十餘部），因而能夠凌越開創者陸魚而成為新派魁首。葉洪生認為司馬翎係以「舊派」思想為體、「新派」筆法為用，始終未曾背離中國傳統文化──而這正是他勝於稍後晚起的古龍的地

　　予出版；二○○一年時九歌出版公司又予重新二度出版。郭良蕙當年亦因此書之出版被中國文藝協會、中國青年寫作協會及婦女寫作協會聯名開除會籍。

[12] 在一九五九年警備總部實施「暴雨專案」以前，許多舊派武俠小說依舊在坊間非法租售流通，當時不僅讀者趨之若鶩，不少武俠作家亦受其影響，以致在六○年代以前的台灣武俠小說多屬民國時期的舊派之作，其中郎紅浣即為典型的代表。

[13] 《少年行》係台灣武俠小說中頭一本在封面上冠以「新型武俠」的作品。

方（1994: 369）。

　　由於武俠小說於此時期走紅，不少出版社紛紛投入出版行列，並各自與其「旗下」所培養的作家形成「生命共同體」，例如真善美有司馬翎、伴霞樓主、古龍、上官鼎；春秋有臥龍生、諸葛青雲、獨孤紅；大美有慕容美、東方玉；四維有柳殘陽、雲中岳；海光有獨抱樓主；明祥（新星）有蕭逸；清華－新台有陳青雲、田歌；南琪有蕭瑟（葉洪生，1992: 206-221）。但是隨著上述幾位名家相繼退出文壇，反倒成就了其中一位最具代表性作家古龍的崛起。

　　古龍的崛起，象徵的是陸魚、司馬翎領軍突起的第一階段新派武俠小說的結束（劉秀美，2001: 108）。古龍其實是大器晚成型的作家，一九六〇年出版處女作《蒼穹神劍》時，內容被評為乏善可陳[14]，技巧拙劣，有如故事大綱。直至一九六四年完成第一階段的壓卷之作《浣花洗劍錄》，始邁入佳境，後以《絕代雙驕》、《流星·蝴蝶·劍》、《蕭十一郎》、《陸小鳳》系列等名著，獨領台灣武俠文壇十年風騷，成為新派掌門（葉洪生，1994: 391）。古龍後來由於分別向吉川英治（《宮本武藏》）與金庸（《神鵰俠侶》）取經，「以饒有詩意的筆調闡發『迎風一刀斬』與『無劍勝有劍』的武學精義」，從此便不再描寫冗長的打鬥過程；但這種力求過程簡單化的寫法，分行分段（一段一行）的文字極簡主義（minimalism），使語

---

[14] 發表於一九六四年之前的前期作品，內容受到臥龍生、司馬翎、諸葛青雲等人的影響甚深，因而未能形成一家風格（劉秀美，2001: 108）。

言支離破碎，不知所云，如同葉洪生指摘的：「實已違反了最基本的小說原理及語法結構」（1992: 224；1994: 369），古龍文字的「拙」（相對於香港名家金庸與梁羽生的「巧」）便成爲他爲人詬病的「罩門」，但其影響力之大，也使得這種「泛古龍式文體」充斥於當時的報章書肆。

在武俠小說之外但作品性質又近於武俠的另一位名家朱羽（曾幫臥龍生代筆《鐵劍玉珮》與《寒梅傲霜》）[15]，亦係此一時期通俗文學的代表作家之一，他的「小說架構類似武俠小說，卻又沒有誇張的神奇武功描述，有點像是歷史小說與武俠小說的折衷，倒也足以別樹一幟」（楊照，1995: 49）；但後來他也寫了不少推理小說並以此聞名。朱羽之外，還有一位以鄉野傳聞故事見長的司馬中原。司馬中原橫跨純文學與通俗文學兩界，代表作係出版於一九六七年的《狂風沙》（二冊），《狂》書係依據傳說寫成，主角人物關八爺是位在江湖打滾多年的剛性漢子，小說以民初北洋軍閥割據的年代爲背景，描繪北方鹽梟在六合幫首領關八爺帶領下闖蕩江湖，反抗邪惡的勢力。司馬中原的傳奇故事多反映特定年代中國北方的社會生活，其語言通俗順暢，並按照事件的發展安排情節，而以人物活動爲線索串接全文，有時甚至還運用偵探小說的推理方式來組織情節（如《復仇》），結構平實完整（劉登翰等，1993: 421），也正因爲這樣的寫作特點，被劃入通俗文學的範疇。

---

[15] 朱羽的作品後來在一九八〇年代及千禧年之後，曾由萬盛與風雲時代重新出版。

　　除了鄉野傳奇，傳記文學可算是另一種「傳奇」，「傳記傳奇」透露了不少名人的「內幕」，滿足了政治氣氛肅殺時代之下人們可以藉機「喘息」的窺伺癖。此時最有名的則屬蔣碧薇親撰的《蔣碧薇回憶錄》（一九六五年起在《皇冠》連載）以及章君穀的《杜月笙傳》（一九六八年由傳記文學出版）二書了[16]。前書鉅細靡遺地記敘了作者與徐悲鴻（大畫家）、張道藩（曾任立法院長）三人之間的感情，並有第一手彼此往來書信的披露；後書則以小說筆法將當年上海黑幫老大杜月笙寫成「傳奇神明」，令人大開眼界（楊照，1995: 52）。

　　大體上，六〇年代的通俗文學並不像同時崛起並興盛的現代主義純文學那樣不涉外在現實，但它們建構的是另一個自足的現實世界（除了武俠小說之外），而此一現實世界則與緊箍的政治無涉。若從社會與經濟結構轉變的角度來看，則此時期盛行的幾種不同類型的通俗文學，似乎提供了那些逃避現實的小市民階級一個心理上最好的避難所，同時也滿足了他們追求安定與繁榮的現實需求。

---

[16] 流傳於此時期的胡蘭成的《今生今世》（一九五九年八月由新聞出版社出版，一九七六年復由遠行出版社出版刪節版），也是著名的「傳記文學」，以寫張愛玲那一章〈民國女子：張愛玲記〉最為著名，胡曾將《今》部分書稿寄給張愛玲看。以胡的文字而言，在此並不將之列入通俗文學之林。

第五節　一九七○年代的通俗文學

　　一九七○年代是多事之秋的時代，首先是由釣魚台事件（一九七○年）揭開此一動盪時代的序幕，接著是一連串的外交與政治危機事件，包括我被迫退出聯合國（一九七一年）、中日斷交（一九七二年）、蔣介石總統逝世（一九七五年）[17]、美國承認中共（一九七八年），以及高雄美麗島事件的爆發（一九七九年）；這段期間且於一九七三年秋天出現世界石油危機，政府也於該年底宣布推動「十大建設」。這些一連串的政經鉅變，激起民眾的愛國意識，民族主義抬頭，以致文化上出現回歸傳統與鄉土的呼聲，間接催生一九七七年的鄉土文學論戰，以及新文類報導文學的誕生。

　　有趣的是，此一階段的通俗文學並沒有很明顯地受到這些政經事件影響的跡象。譬如以刊登通俗作品著名的《皇冠》雜誌，在蔣介石總統過世當時，一反所有的雜誌都以蔣的逝世為唯一題材的作法，在五月號的第二五五期最前面插載了一幅蔣的黑白照片，所有的專欄、小說均維持舊樣，象徵著通俗文學作品有不受政治干擾的一面（楊照，1995: 31；劉秀美，2001: 49-50）。

　　撇開政治的外在局勢不談，七○年代影響通俗文學最大的

----

[17] 對岸中國大陸在翌年（一九七六年）則是周恩萊、毛澤東相繼過世；同年四月發生「天安門事件」（第一次），十月份「四人幫」倒台，文革正式結束。

因素是出版社於此時期的大幅成長，如以出版純文學作品聞名的所謂「五小」（即純文學、大地、爾雅、洪範、九歌五家出版社）即崛起於這個年代（鐘麗慧，1996: 177）；而皇冠的持續經營則儼然成了通俗文學的重鎮。出版社的經營逐漸朝向企業化方式發展，不僅在書籍的編製上更為講究（如封面設計開始受到重視），在書籍的銷售方面更是改變了以往的售書模式，各出奇招，包括打廣告戰與炒新聞等等；加上通路擴增（如大型書城與租書業的興起），在在將通俗文學推向一前所未有的繁榮局面。

　　首先是上一個年代流行起來的留學生文學熱的繼續燃燒。原來的留學生文學走的是「苦情路線」的基調，代表作家與作品是於梨華的《夢回青河》、《雪地上的星星》與《又見棕櫚·又見棕櫚》（惟若將於梨華的作品視為通俗文學，恐有爭議）；七〇年代伊始，率先出現的是改走嬉笑怒罵路線的趙茶房（趙寧）的《趙寧留美記》（一九七一年）（續集於十年後始出版），誠如楊照所言：「趙寧的留美經驗談當然是徹底擺脫了於梨華他們那種沈痛鄉愁意味，純然把人在異國所見、所聞、所經驗的光怪陸離，全寫成了博君一粲的笑話橋段了」（1995: 56）。隨後繼踵趙寧者，有劉紹銘化名二殘寫的《二殘遊記》，故意套個古典章回小說的框架，以自我解嘲的幽默口吻，給看倌講些出糗的奇聞軼事。

　　然而，說到最會講述「奇聞軼事」的作家，在七〇年代則非「暢銷天后」三毛莫屬了。楊照說：「如果說六〇年代是瓊

瑤的時代,那麼七〇年代應該稱之爲三毛的時代」,同時三毛的崛起是與趙寧所創造的那種幽默的「異國情趣」互相呼應的(1995: 57)。三毛最早引起注意的《撒哈拉故事》系列散文出版於一九七六年,正值鄉土文學論戰的前夕。三毛的散文之所以被視爲通俗文學,係因首先其選擇的題材(如撒哈拉沙漠的人文事物),對本地讀者而言實是異域外的異域,讀者可以在同時得到傳奇與真實的雙重滿足;其次,她雖有「夭折」的異國婚姻,卻延續了不曾結束的愛情情結,直是浪漫又真實的現代童話;再次,三毛的文字淺白流利易讀,跟通俗讀者極易溝通(鄭明娳,1993: 72-73)。三毛訴說的「奇聞軼事」都是她親身經歷或聽聞的「真實」故事,「她呈現、暴露來取悅讀者的,其實是她自己的生命,而不是想像編織的傳奇故事。顯然她的生命遭遇比許多虛構故事還要更傳奇。」[18](楊照,1995: 57)

相對於三毛親歷的真實傳奇,科幻小說基於現實(科學)

---

[18] 以《撒哈拉的故事》中的〈荒山之夜〉一篇為例,文中描述三毛和丈夫荷西駕車夜遊沙漠,漆黑之中荷西不慎誤蹈沙地的泥淖,正當二人六神無主、無計可施千鈞一髮之際,遠處有車燈照來,原來是載著三個沙哈拉威男人的一輛吉普車朝他們開過來,正待施援手的三毛喜出望外,以為荷西可以獲救了,怎料到那三位傢伙存心不良,打著落井下石的主意,要向三毛施暴。急智的三毛利用空檔的當兒跳上自己的車子,左轉右兜,終於甩掉三人尾追的吉普車。衝回泥淖地之後,情急智生之下的三毛脫掉身上所有的衣物(只剩內衣褲),用刀割成四條寬布帶子打好死結,一端再綁上一把老虎鉗,就這樣拖住快被泥淖吞掉的荷西,救了他一命,二人奇蹟似也沒有在近乎零度的氣溫下給凍死(1991: 62-79)。這個發生在三毛自己身上的「傳奇故事」,讀來既緊張又刺激,難怪她會擁有那麼多的讀者,歷久不衰。

卻又脫離現實（幻想）的故事，展現的又是另一種形式的「傳奇」。七〇年代中期以後，科幻小說延續六〇年代末的開展（張曉風的〈潘渡娜〉、張系國的〈超人列傳〉、黃海的〈航向無涯的旅程〉），正式進入了創作的繁榮期，一九七七年創刊的《宇宙科學》以及一九七八年的《幼獅文藝》、《明道文藝》，開始刊載爲數不少的科幻小說，張系國與黃海則爲科幻小說家的佼佼者，葉言都與平路也不遑多讓。一九七九年香港倪匡的科幻小說被引進台灣後，更受到廣大讀者的喜愛。劉秀美融合葉李華的意見將當時以來的台灣科幻小說分成三派，即黃海的「太空星際派」（小說敘述的大多是關於星球、宇宙或異次元空間的故事）、張系國的「社會人生派」（小說具人文關懷精神）與倪匡的「奇幻推理派」（小說融合科學、神奇和推理，充滿懸念）（2001: 183-192）。以通俗程度言，自然是倪匡掄元，而他的小說深受武俠小說的影響，「科學對他來說只是解放想像力的一列快速火車，讓他能夠擺脫所有的時間空間條規去編故事」，所以他的小說常違反一般科學預設的情節，筆下的兩位主角原振俠與衛斯理（差不多可視爲同一人）可說是「搬到科幻時空裡去的武俠大俠」（楊照，1995: 65）。

　　然而，瀰漫在相對單純、現實的高中及大學校園的所謂「校園文學」，就不能像倪匡那樣「天馬行空」了，七〇年代校園文學的代表自非小野的《蛹之生》莫屬，該書在一九九〇年由《中國時報》舉辦的讀者票選的「四十年來影響我們最深的書籍」中名列七〇年代十本「影響讀者最深」的書之一，可以想

見當年風行的程度。《蛹》的故事是以兩位剛考上大學搭車北
上,在車上萍水相逢的大學生為主軸,進入北部的大學之後所
展開的大學生活點點滴滴的描寫(1988)。這部小說說穿了只
是結合勵志說教與浪漫青年愛情這兩種元素而擄獲當時青年
學子的心(楊照,1995: 67)(若拿來也是寫大學生生活的林
懷民的〈蟬〉相比,即可一目瞭然其通俗程度如何了)。小野
之外值得一提的校園文學作家與作品還有阿圖的《鐘聲二十一
響》以及朱天心的《擊壤歌──北一女三年記》,前書以台大
校園生活為背景,而後書抒寫的則為北一女的校園點滴與一位
高中女生的生活感想。這類校園文學到了一九八○年代,有張
曼娟的《海水正藍》繼踵接班。

令人訝異的是,經過一連串政治、外交、經濟事件的衝擊,
雖然純文學(不論是小說、新詩,乃至報導文學)在七○年代
相當程度地反映了這一時代的變貌,現代主義退位而寫實主義
抬頭;但是如上所述,通俗文學對之似乎「不動聲色」,有它
自己演變的軌跡;因應著大眾社會的來臨,尤其是傳播媒體的
迅速發展,通俗文學作品的流通速度更加快速,傳播的層面也
更加的普及。其實,它的變遷符合當時社會發展的腳步,它只
是去政治化,而非對社會結構的變異無動於衷。

第六節　一九八○年代的通俗文學

隨著經濟長期的日趨成長(一九七五至一九八四年經濟成

長率平均爲 8.6%），時序走進一九八○年代的台灣社會，不僅工商業蓬勃發展，服務業的產值亦節節昇高，大眾社會儼然成形。在政治上，一九八六年民進黨正式組黨，以及隔年的解除戒嚴、開放民眾赴中國大陸探親，乃至再隔年報禁的解除……使得長年以來社會上瀰漫的一種緊箍壓制的氛圍終於消除，被釋放的自由的氣氛隨即擴及文化領域的各個層面，而這也是當年龍應台通俗的文化評論集《野火集》一經點燃會在寶島「遍地燎原」的緣由所在。文學創作受此自由開放風氣的影響，益加百無禁忌；而民眾的購買力增強，消費社會的翩然來臨，也使得文學生產與消費機制產生重大的改變。

　　這當中影響通俗文學產銷最鉅的毋寧是金石堂連鎖書店始於一九八三年創設的暢銷書排行榜。因爲有金石堂的這一創舉，接著新學友、何嘉仁、誠品……也都紛紛跟著設立自家的暢銷書排行榜；而一旦書市有了暢銷書排行榜，儘管連鎖書店宣稱這僅爲售書狀況的反映，多數讀者仍以之做爲他們購書的依據，進一步則反過來影響到上游出版社出書的計畫，同時亦衝擊到作家的寫作，而整個的文學生態悄悄地跟著發生變化，例如鐘麗慧就指出，以一九八九年金石堂公布的「暢銷一○○」來看，上榜的文學暢銷書便與正統文學（即純文學）漸行漸遠（引自吳興文，1996: 74）。換言之，純文學在此一階段日漸失勢的同時正是通俗文學水漲船高的時候。

　　出版型態的改變對純文學造成衝擊的顯例便是希代書版集團的崛起，徹底改變了之前「文學五小」出書的方式。過去

「五小」主要找已成名的作家出書，名不見經傳者很難被青睞，所以此乃「黃袍加身」式的出版模式。希代則一反「常態」，直接進入大學校園尋找「校園美女作家」（校內文學獎獲獎人）簽約，第一批的「小說紅唇族」就這樣被炒作起來，包括張曼娟、吳淡如、林黛嫚、彭樹君、楊明、蔡素芬、黃雅歆、詹玫君、蘇菲……即成為希代旗下「第一代」代表性的作家，希代並為此首開作家沙龍照登上書籍封面的先例。「小說紅唇族」的作品乃是八○年代純文學逐漸向通俗文學靠攏的一個重要徵象。

與此相關的另一個徵象或可謂之「席慕蓉現象」。席慕蓉於八○年代出版了三本風行一時膾炙人口的詩集：《七里香》（1981）、《無怨的青春》（1983）、《時光九篇》（1987），這三本「情詩集」的出版在當時均造成轟動（席的詩人地位因而也被抬高），流風所及甚至形成一股情詩集（選）的出版熱潮。由於暢銷，席慕蓉的詩作視之為大眾文學自屬當然，但算做通俗文學恐有爭議，尤其做為文類之一的新詩本身，向來跟「通俗」二字似乎是絕緣的。不過依據筆者曾經對其詩作特徵所做的歸納來看，包括其「語言淺白，風格明朗」以及「情節定型化」這兩項特徵（孟樊，1998：203），至少同上述「紅唇族小說」顯示的趨勢一樣，亦可視之為「新詩趨於通俗化」的一個現象。

席慕蓉一而再、再而三的持續出版她的情詩集，當和出版社擅於操作作家個人魅力的出版模式有關，作家一旦因某一本

書出版造成熱銷，出版商往後便會要求作家按此「寫作模式」創作出書，因為該模式是成功的票房保證，這就是埃斯卡皮（Robert Escarpit）所謂的出版的「拜倫主義」（1990: 87）。這一階段中以佛理散文著名的林清玄與鄭石岩二人的寫作與出版模式，可說是席書之外最具代表性的「拜倫主義」例子，其中尤以「暢銷天王」林清玄為翹楚。林清玄早年在七〇年代時以報導文學起家（獲時報文學獎），《長在手上的刀》一書為其成名作，到了八〇年代因推出「菩提」散文系列一砲而紅，高居排行榜不下，他以演繹佛經上的小道理再搭配生活化的故事與體驗，淺顯順暢的文字通俗易懂，讓他擄獲了不少「粉絲」（fans）的心。除了林、鄭的佛理散文，證嚴與聖嚴兩位法師於此一時期出版的「靜思語」（開示語錄），依恃著宗教的力量，在市場上開出紅盤。這些叫人「身心安頓」的書為何會循「拜倫主義」出版模式在此際走紅？楊照在〈四十年來台灣大眾文學小史〉一文中有這樣的觀察：

> 林清玄的散文和證嚴、聖嚴兩位法師的開示語錄，再加上鄭石岩、陳秋松等人的書，在台灣暢銷的時機和解嚴的威權崩潰若合符節，似乎說明了舊的集體、全面政治權威的消逝，在人心上空出一塊不知如何安排的境地，許多人因此亟亟於尋找新的秩序能夠賴以建立的基礎，轉向佛學、或更廣義地說轉向宗教，是這整體「求序」現象中在散文裡表現得最清楚的一環。（1995: 44-45）

　　或許就像楊照上文所說的,面對解嚴後突如其來的自由開放狀態頓失依據,人心反而不知所措要如何「安頓」,除了「求助」於上述諸人的「指引」之外,逃避到虛幻的「武林」世界則也成了不少人另外的一種選擇,此時「金庸來了」正好趕上時機,一躍而成為八〇年代書市的「當紅炸子雞」,令古龍的霸權正式退位(一九八五年古龍作古)。金庸武俠小說進入台灣幾經轉折(例如早期《鹿鼎記》還化名為《小白龍》透過地下書商出版,流通於租書店),終於在一九七九年九月獲准由遠景出版公司正式出版(名為「金庸作品集」,共十五部三十四冊)[19]。「金庸來了」的當年即引發《聯合報》(《連城訣》)與《中國時報》(《倚天屠龍記》)搶登連載的互別苗頭事件(沈登恩,1984: 3-4)。金庸的文字優美(這是古龍遠遠不及的),造景設境不凡,故事情節曲折離奇,常令人匪夷所思(惟其假借歷史諷喻時局的筆法,也把自己的小說寫成了台灣當局的禁書),而他令人最為讚賞之處是他對於小說人物刻劃細膩,塑造了很多成功的典型人物(喬峰、楊過、令狐冲、韋小寶、岳不群、黃蓉、趙敏⋯⋯),栩栩如生,加上電影與電視劇一而再、再而三的「演繹」,致令這些主角也成了台灣社會家喻戶曉的人物,不可不謂為奇蹟。金庸之後,一九八三年由萬盛出版社引進以《四大名捕》聞名的溫瑞安作品,一九八八

---

[19] 據遠景負責人沈登恩的敘述,約在一九七六、一九七七年之際,當時政治氣候已漸開明,他認為時機到來,遂向政府當局說明解禁金庸小說的必要,全力爭取金庸作品合法出版的地位。後經不斷的交涉,終於在一九七九年九月初有了結果,新聞局發給他一份公函,認為金庸小說「尚未發現不妥之處」,同意遠景在國內出版(1984: 3)。

年遠景再引進在香港與金庸齊名的梁羽生的系列小說，儘管超越不了金庸一人獨大的局面，但也都有不錯的銷售成績。顯而易見，自一九八〇年代以後，台灣的「武林世界」已經變成香港「外籍兵團」操控的局面，惟此亦顯示台灣社會與「域外」在文化交流上益趨頻繁與多元，也暗示下一階段全球化（globalization）時代的即將來臨。

第七節　一九九〇年代迄今的通俗文學

掀起一九九〇年代序幕的是因蘇聯解體（東歐「解放」）而形成的「後冷戰時代」新的國際局勢；由於「後冷戰」（即美蘇兩大強權集團對峙的瓦解），再加上中國大陸「後文革」經濟改革成功的突飛猛進，直接間接都衝擊到台海兩岸關係，雙方人民的來往以及文化的交流更加的熱絡；而國內民間各種新興的社會力量則不斷的集結，並以不同的社會運動形式出現，挑戰執政當局的統治，也質疑當道的主流意識形態（如女性主義者向父權體制的嗆聲、同性戀團體／個人對於異性戀者的抨擊）。政治上反對勢力的日漸壯大，終致二〇〇〇年總統大選一夕翻盤，由長期在野的民進黨贏得大選，將執政的國民黨趕下台。但鉅變之中對台灣文化影響最大的莫如風起雲湧的傳播媒界於此之際的重新洗盤，平面媒體的報紙面臨嚴重的生存威脅（如《中央日報》差一點停刊），《自由時報》崛起，與《中國時報》與《聯合報》形成鼎立之勢。但二十一世紀伊

始，香港的《蘋果日報》進入台灣，嚴重搶食三大報的地盤，相形之下，國內報紙副刊地位則一落千丈，而這又與個人電腦的普及造就網路社會的誕生，以致進而催生電子報的出現息息相關，年輕的一代不再愛看副刊，他們關注的毋寧是更吸引自己的五光十色的電腦螢幕，電腦開拓的網路世界「天地任遨遊」，也爲全球化時代的來臨踢上決定性的臨門一腳。

此時延續上一階段的武俠小說熱的溫瑞安與梁羽生等人，到了九〇年代並未大紅大紫，溫瑞安後來提倡的「現代派武俠」不僅不被讀者接受，而且還被評論家目之爲「新派武俠小說的終結者」（葉洪生，1992: 225-226），可謂得不償失。值得一提的是在武俠中另闢蹊徑的黃易，黃易開拓的「玄幻武俠小說」揉合了金庸、司馬翎、古龍、倪匡各自的特點而將之冶於一爐，他被萬象初引進台灣時並未被看好，直到千禧年過後由時報再版時，儼然成爲金庸之後的武俠重鎮。在台灣他以《尋秦記》嶄露頭角，但代表作應屬篇幅足有五百萬字之多的《大唐雙龍傳》（二十鉅冊），這部武俠長篇可說是自舊派武俠小說以來「僅見的鉅製」，而其擬將歷史融進小說背景與情節的企圖較諸《尋秦記》更是有過之而無不及，足見其以小說寫史的雄心，與金庸相較亦不遑多讓，他在九〇年代「武俠旗手」的地位，已被譽爲是金庸與古龍之後最佳武俠小說的傳承者。

「奇情」的「玄幻武俠」小說之外的「純情」愛情小說，於九〇年代因應社會變遷造成情慾解放的潮流竟然有了不同

的風貌，詳言之，所謂的「言情小說」不再只是「言情」而已。
在此之前「言情」的典型，即瓊瑤小說所建構的「無慾世界」
已然被徹底顛覆；九〇年代新起的言情小說開始增加性愛的描
寫情節，而這些性愛場合的敘述，具體到令人「臉紅心跳」，
即以葉芊芊的《給我白馬王子》中隨手拈來的一段畫面為例：

> 話一說完，藍蘋〔次要女角〕立刻把握時間，拉下貝雲鵬
> 〔男主角〕的褲鍊，溫熱的手捉住男性象徵，不停搓揉撫
> 弄，直到它變得像鐵棒一樣硬，然後快速褪去他的褲子，
> 同時將屁股一抬，對準他的碩大坐下去……
> 這時她再撩高身上柔軟的連身裙，從頭上脫下，解開胸
> 罩，上下律動她的身體，渾圓的乳房隨之形成誘人波浪，
> 在貝雲鵬的眼前晃來晃去……
> 貝雲鵬狠狠地捏住兩只乳房，他知道她喜歡玩粗暴的遊
> 戲，所以他毫不客氣地在她的乳房上留下瘀傷，並將她的
> 乳頭以驚人的力氣狠掐。
> 「啊……啊……」藍蘋狂野的吟哦。
> ……
>
> 「該死！」一聲怒吼從他喉嚨深處發出，兩手猛地緊扣住
> 她的兩股，然後他站起身，男性象徵仍深插在她的幽道
> 裡，他將她抱向桌邊強抽猛撞。
> 「用力！再用力！我喜歡！」藍蘋雙腿夾緊著貝雲鵬的腰
> 部。（2000: 48-49）

　　上述的畫面看來像是具有劇情的 A 片片段,但是類似的情節在眾多的言情小說中俯拾皆是。言情小說中插入這種赤裸裸、火辣辣的性愛場面,部分也是時下社會的反映。《聯合報》於二○○五年六月二十一日所做的一份民意調查發現,國內有四成三的適婚男女可以接受「只同居不結婚」,由此可以推知婚前有性行為的男女的比例只會更高不會更低,男歡女愛做「愛做的事」乃是「言情」過程中的家常便飯,既然如此,即連純文學小說的寫作也不能免俗地對此視而不見,有關身體感官的狀寫文字也就只有愈來愈多。

　　一向推行通俗文學不遺餘力的皇冠雜誌社則於一九九四年起創設「大眾小說獎」,以後每二年舉辦一次,對於大眾文學╱通俗文學的推動於此更有推波助瀾的效果,它標榜的是有史以來第一個專注「讀者介面」而非「專家介面」的文學獎,先後捧紅了張國立、成英姝、李性蓁等人,對於通俗文學創作的提昇裨益不少,而皇冠(含出版公司)在台灣文學史中亦因此與通俗文學、大眾文學出版劃上等號,且儼然成為當中的龍頭老大,已不做第二人想(瓊瑤與三毛便是其旗下的招牌作家)。

　　然而,九○年代以來最值得一提的卻是新起的所謂「網路文學」。網路文學在此指的是廣義的「在網路上發表的文學作品」,原來是由網路詩打頭陣,但就傳播及流通層面而言,還是以網路小說最具魅力。盛行於網路上的小說幾乎都是通俗小說,這是一來在網站上「張貼」作品不像平面媒體有編輯做為

守門人予以審查把關;二來也只有易懂易讀的作品才能廣爲散播,以致形成小說一流通即通俗或一通俗即流通的現象。出手不凡的朱少麟的《傷心咖啡店之歌》於一九九六年出版之後,係先藉由網路的宣傳管道一砲而紅回坊間的書市,這部小說橫跨純文學與通俗文學的界限,受到不少好評。不過,網路小說的里程碑是稍後兩年由專門經營網路作品的紅色出版的蔡智恆的《第一次的親密接觸》。《第》書原來是作者事先發表在網路上超人氣的一部通俗言情作品,討巧的是作者用了大量的網路語言:恐龍、:)、ㄨ到、好ㄚ、你騙人ㄛ……,但是即令有這樣的包裝,講述的仍然是一個比瓊瑤更老掉牙的愛情故事[20],作者的敘事能力不足以如何處置小說結局,最後竟以女主人翁輕舞飛揚身罹絕症收場。無論如何,台灣於九〇年代末盛行起來的網路通俗文學(後有藤井樹、敷米漿等人接棒),蔡智恆具有象徵性的重要地位。

其實這一時期比較重要而受到側目的是奇幻文學(fantasy literature)的興起。在一九九七年以前,奇幻文學一直被歸爲兒童文學類創作,連要獨自成爲一個文類,在認定上恐怕仍有爭議,重要的作品《龍槍編年史》雖已由朱學恆翻譯成中文出版,惟仍未受到大多數人的注意;直到二〇〇〇年《哈利波特》風靡全球和台灣之後,奇幻文學做爲一個獨立的文類始受到重視,緊接著翌年聯經由朱學恆重譯的《魔戒三部曲》再度出版,

---

20 作者或係因其學理工的背景,文史知識稍嫌不足,如《第》書中三十二頁,把濟慈誤爲葉慈,徒增笑話一椿(1998: 32)。

同年這兩部奇幻文學的代表作雙雙又被搬上大銀幕上映,在好
萊塢電影無遠弗屆的影響之下,奇幻文學終於受到出版界與文
壇的矚目(隨後諸如「地海傳說系列」等重要的奇幻文學經典
都有中譯本的出版)。對於奇幻文學的推廣,則屬朱學恆與譚
光磊(灰鷹爵士)二人於此階段出力最多,二人先後也都經營
有自己專屬的奇幻文學網站,朱學恆更以自己所獲優渥的版稅
成立了奇幻基金會,並設置奇幻文化藝術獎[21]。然而,奇幻文
學目前做為方興未艾的一個新文類,在創作上尚未見有重要的
作品出現,更未見具分量的本土作家,未來仍有一段很長的路
要走。

傳播學者麥克魯漢(M. McLuhan)說:「媒體即訊息」,
從這一句在傳播界流傳已久的口號來看首度於二〇〇四年十
一月出現於台灣的手機簡訊小說似乎頗有道理,手機到了二十
一世紀幾乎已成了人手必備的一種溝通與傳訊工具(尤其是在
較大的城市);如上所述,網路在九〇年代既能與文學結合,
那麼到了二十一世紀的今天,手機和通俗文學的攜手自然也就
見怪不怪啦。遠傳由黃玄的《距離》(小說)打頭陣,之後有
彭樹君、蔡小雀接棒;不甘示弱的中華電信則推出吳淡如《解
讀男人的眼淚》,繼之者尚有方文山、吳若權、吳澧童、Seba
等人,這是台灣通俗文學流變中最新出現的一種形式,當然這
種片斷式的文字呈現也和純文學愈離愈遠了,但就新世代的年

[21] 第一屆奇幻文化藝術獎於二〇〇五年二月一日頒獎,小說創作獎(青
龍獎)為一國二學生詹詠翔獲得。

輕讀者來說──「只要我喜歡，why not？」，通不通俗其實並不那麼重要。

第八節　結語

從上述台灣通俗文學的演變來看，通俗文學其實是「一種普遍消費性文學的集合總稱」（楊照，1995: 28），它之所以通俗，係因其不以少數的專業人士為假想的讀者；也正由於它的通俗，它具有和讀者的親近性──這一點，鄭明娳甚至認為是「通俗文學表現出來的最大特徵」（1993: 27），所以它儘管有脫離現實天馬行空似的表現，骨子裡其實是很入世的，也即它保持和讀者的親近性：「它的內容為讀者所熟悉或嚮往，其思考方式和讀者的常識和基本情感相近，其簡單的表達方式為讀者易於接受，甚至作者呈現的人生觀也和讀者相近。」（同上引）

然而由於它是一個各類型「文學的集合總稱」，它的讀者總是有某一類固定的族群，不可能普及到所有的人，譬如即便具有同等教育程度的人，也可以有非常不一樣的閱讀習慣與嗜好，遑論教育程度不同或知識背景相異的人（楊照，1995: 28）。所以通俗文學訴求的不可能是涵蓋所有人的所謂「大眾」，其被接受與否往往反映的是「分眾」的品味，從這一角度來看，對於一部通俗文學史的考察就要落在文學類型的探究上，於此李勇便主張：「如果『通俗文學史』也有級別的話，

類型史是最低級別的研究,在此基礎上才有可能建構起『通俗文學』史的總體敘述、高級的『通俗文學史』」(2004: 296)。然而要從文類的角度敘述通俗文學史談何容易?通俗文學類型如上所述如此之多,牽涉文本及層面如斯之廣,並不易說分明,以本章篇幅之短亦僅能以類型爲基礎來籠統的考察通俗文學的流變。

從社會史的角度再言,戰後走過一甲子歲月的台灣通俗文學,顯現了極爲薄弱的政治性,政治的發展與通俗文學的演變,從開始不久幾乎就是兩條向前行進的平行線,絕大部分的通俗作品內容大都不涉政治,而這也爲之在戒嚴的時代無形之中取得了一張護身符,像金庸小說在一九七○年代之前被列爲禁書,算是少數的例外,除非內容涉及腥羶之流的作品,否則很少會因爲政治因素而被當局查禁。對於通俗文學的影響,主要來自讀者階層的改變,而這一部分則又進一步關係到一般民眾消費能力與習慣的轉變,以及出版生態的變化,此則成爲文學社會學關注的研究課題了。

第三章

台灣新詩史如何可能？
——台灣新詩史的書寫原則

第一節　前言

　　自一九二〇年代初迄至二十一世紀的今天，台灣新詩從初
起一路走來，不僅早逾一甲子，更堂堂邁向百年大關。一百年
不到的時間，說長不長，說短不短；縱然如此，從歷代史書的
撰述來看，通常都是由後代人撰寫前代史──若是當代人來寫
當代史，很少不被質疑的──這個「通例」也涵括文學史的書
寫，儘管文學的生發與演變自有其自律性（autonomy），不必
追隨改朝換代的腳步。正因爲如此，余光中爲一九七二年出版
的巨人版的《中國現代文學大系》（詩選）撰寫〈總序〉時，
尚感惴惴不安。該詩選選輯的是自一九五〇至一九七〇年二十
年之間台灣詩人的代表性作品，惟二十年的光陰委實太過短
暫，遂有余氏此言：「一位作家的創作生命，往往還不止二十
個寒暑，何況一整個文學運動？」，的確，「在文化上要形成
一個獨立自足的時期，二十年似乎嫌短」（1972: 1），而在
這麼短的歲月中便要藉詩選爲詩人定位，實在說不過去，余光
中爲此感到不安，自有道理，畢竟主其事者很難避免患上「時
代的近視症」，詩選既如是，況乎詩史之撰述？

　　雖然余光中有上述那樣的疑慮，然而《中國現代文學大系》
仍照計畫如期出版。爲此，余氏引用艾略特（T. S. Eliot）在
論葉慈（William Butler Yeats）時提出的說法：「時至今日，
詩似乎以二十年左右爲一代」（同上引，2），並特別加上註

解說明：過去這二十年來「我們的詩人……確乎創造了一種異
於五四及三〇年代的新文學，而且隱隱然呈現了一種近乎運動
的共同趨勢」（同上引）。一九五〇至一九七〇年間的台灣詩
壇是否出現過誠如余氏所言的「一種近乎運動的共同趨勢」，
在此表過不談；如果說現代詩二十年的「發展」可以編選一部
（上下二巨冊）詩選集，那麼古繼堂的《台灣新詩發展史》於
一九八九年始出版也算順理成章了，畢竟此時台灣新詩的腳步
已經走過一甲子的時光。

　　一甲子時光之後忽忽又是十五個年頭。一九八九年中國著
名詩人艾青在為古氏該書寫的〈台灣版序〉中劈頭第一句話：
「古繼堂先生所寫的《台灣新詩發展史》，目前在海峽兩岸還
是第一部」（古繼堂，1997: 1），到今天仍是「絕響」。雖
然仍是「絕響」的這部著作，由於作者隔岸觀「詩」的視角，
加上地理位置（人在北京）拉遠的結果，顯得問題百出，不談
其疑點重重的史觀問題[1]，光是最基本的資料與分類處理，就
被張默指為「偏頗、錯置與不實」，包括：「詩人分類歸屬，
張冠李戴」、「評介詩人標準，南轅北轍」、「全書校勘粗疏，
錯誤百出」[2]等（1996: 37-45）。唯一的一部台灣新詩史著作

----

[1] 本書第五章〈中國的台灣新詩史觀〉對古繼堂該書所援用的史觀提出
　了質疑；此外，筆者另文〈書寫台灣詩史的問題──簡評古繼堂的《台
　灣新詩發展史》〉，亦曾針對該書的史觀有所檢討（1992: 73-76）。
[2] 古繼堂該書於一九九七年增訂再版時，對於張默該文的指正，關於資
　料掌握的不實以至於誤解，以及校截上的錯誤，大致都做了修正；但
　是有關個人對於資料的解讀、分類，包括對於作品的詮釋、詩人的評
　價與定位等問題，仍舊堅持己見，絲毫不見「妥協」。

既有如此之多的問題存在，實不可等閒小覷。本乎此，始有孟樊與楊宗翰合撰的《台灣新詩史》的寫作計畫。

　　歷史學家處理的對象是過去，所謂的「過去」，今天只能依靠一些殘存的跡象或碎片來再現；然而文學史家所處理的對象雖然也是過去，但這過去並不像一些檔案文件、王室命令，或者營建帳單那樣成了化石一般，死氣沉沉，跟今日的生活無甚關係，李白、杜甫的詩作，就像莎士比亞的戲劇、魯本斯（Paul Rubens）的畫作一樣，迄今依然栩栩有生氣，依然在美學上感動著我們，激勵著我們，依然擁有取之不盡的可能性。所以法國上世紀初著名的文學史家朗松（Gustave Lanson）在〈文學史方法〉一文中始指出：「我們〔文學史家〕的對象也是過去，但這是今日依然存在的過去：文學這個東西既是過去也是現在。」[3]（Peyre, 1992: 4）台灣新詩史的撰述者現在面臨的也是類似的情況；不同的是，其所處理的對象，除了少數（詩人及其詩作）已成過去，大部份都還在「現在」當下，也因此孟

---

[3] 朗松（1857-1934）曾任法國巴黎大學教授（一九○○年），並曾出任巴黎高等師範學院校長，他是高乃依（Pierre Corneille）、伏爾泰（Voltaire）專家，著述甚豐，其中最重要的著作首推他那部影響有一世紀之久的《法國文學史》，此書從法國文學起源寫到十九世紀末年，初版於 1894 年，一九六七年時已出到第四十二版，是法國學生及教師研習法國文學史必讀的書目之一。〈文學史方法〉一文，是朗松談如何治文學史非常重要的一篇文章，收入由美國耶魯大學法系教授拜爾（Henri Peyre）主編的《方法、批評及文學史──朗松文論選》（ *Gustave Lanson: Essais de m'exhode, de critique et d'histoire litt'eraire* ）一書中（Librairie Hachette, 1965）。中譯本由徐繼曾翻譯，北京中國社會科學出版社於一九九二年出版。

樊與楊宗翰的《台灣新詩史》的撰寫就要面臨當下還在感動的
時刻，而這和面對已經「過去」的詩人及作品最大的不同是，
你很難避免受到既存對象的干擾。所謂「干擾」並不意味某某
詩人指著你說：「怎麼沒把我寫進去！」或者以嘲諷的口吻說：
「看來，你實在不了解我！」等等；一個時代所形成的文化氛
圍，對於撰史者的期盼，甚至於撰述者自己預期的批判回音，
都可能令撰述者下筆之際「動輒得咎」，造成「干擾」。

　　這樣的「干擾」，對同時代的撰史者來說，平心而論，是
難以逃脫的，譬如《台灣新詩史》寫作大綱向外公開後，就遭
到若干「異音」的「干擾」。然而，有時這樣的「干擾」，竟
也有醍醐灌頂的效果，提醒撰史者的疏忽與偏頗，未始不是一
件好事，雖然詩史的撰述從來就不可能是客觀的、公正的，或
多或少都帶有點史家的偏見。其實，所謂「偏見」正是立場的
一種宣示，而每一部文學史都有撰述者所站的位置，即便有人
宣稱他博取諮諏，採「綜合」立場撰史，類此看來自失立場或
沒有立場的「立場」，仍然也屬一種立場。在盡量剔除同代人
的人情干擾（你可以說是六親不認）之外，《台灣新詩史》的
撰述者並不自欺欺人說：「我們絕無偏見」，或者說：「我們
毫無立場」。

　　在孟、楊二氏看來，寫作這部《台灣新詩史》，所持觀點
有破有立。首先在「破」的方面，該書認為新詩史要達到「真
正的可能」，必須率先破除歷來相關的四個「迷思」，分別是
起源說、進化觀、國族論、作者論──這些史觀涉及意識形態

的抉擇、歷史進程的看法、變遷動力的主張、詩人與作品的定位、詩作的詮釋及評價等問題。其次在「立」的方面，該書一反前衛理論的主張，認爲新詩史的主角既是新詩文本本身，所以就應該把歷史還原爲文學，如此至少可以免去著重社會脈絡（context）所帶來的意識形態上的轇轕。基此觀點，《台灣新詩史》所持之史觀不妨可稱之爲「文本主義」（textualism）的史觀[4]。以上正是《台灣新詩史》一書的撰述立場，此一立場也是孟、楊二氏所持的「一偏之見」。面對「台灣新詩史如何可能？」此一大哉問，底下即按上述「破」與「立」的立場分述之，並以之做爲對此一問題的回答。

第二節　新詩史的四大迷思

　　美國哈佛大學教授柏金斯（David Perkins）在他一本討論文學史的專著《文學史可能嗎？》（*Is Literary History Possible?*）（1992）中指出，文學史的功能之一，在生產關於「過去」有用的虛構，也就是設計「過去」進入「現在」，使「過去」能反映出我們當下的關懷與企圖（楊宗翰，2004: 111；Perkins, 1992: 182）。柏氏這一說法強調了撰史的兩個

4 在此所謂的「文本主義」，指的是對於詩文本的詮釋、評價，以至於歷史（連同文本的作者）的定位，都要回到詩文本本身，與一般所說的文本批評（textual criticism）不同；文本批評係指對一部作品的各種版本進行研究與分析，它的方法是盡可能確切地考證作者的原意，並解釋現存版本之間的各種差異，因而有時亦被稱為「文本校勘批評」。

重點：一是文學史呈現的「過去」（the past）乃是「有用的虛構」（useful fictions）；二是所謂的「過去」實係被「生產」（to produce）出來的，也就是被「設計」出來的。依此說法，台灣新詩史本身也一樣是被「生產」出來的，只要它是「有用的虛構」，那麼台灣新詩史「當然可能」，因而問題的焦點就不在「可不可能」，而是在「如何可能」？進一步的追問也就是：在什麼條件之下，新詩史才真正可能？

　　然而，歷年來有關新詩史（或文學史）的主張，多未有此認識，率多有「還原真相」的企圖，其背地崇奉的乃是德希達（Jacques Derrida）所批判的理體中心主義或邏各斯中心主義（logocentrism）（1976），理體中心主義認為存有一種思想體系（即邏各斯）──不論它被賦予神言（如《聖經》或《可蘭經》）、理性、邏輯或者是論述（discourse）之名，它都是我們思維中的最高概念，乃是萬事萬物的起源，柏拉圖（Plato）主張的「理型」（ideal form）即是最典型的邏各斯，認為世上萬物皆是此一絕對的、永恆的、不變的「理型」的複本（copy），而詩人描摹事物，製造的則是「複本的複本」；複本想反映代表真實（reality）的「理型」，已離真實有段距離；至於「複本的複本」當比複本更遠離「真實」（所以柏拉圖要將詩人逐出「理想國」）。柏拉圖此一「還原真相」之說（在西方）持續發酵並影響了千百年來的各種學說思想，使得後世作傳與撰史者或多或少承襲此說，包括文學史或新詩史的撰寫，必須秉持將歷史還原（為真實）的理念，此一理體中心主

義經由長期的積累，迄今已成爲一種迷思或神話（myth）。
基於這樣的迷思，有關台灣新詩史的撰述與主張，不出下述這
四大論證史觀，茲進一步分述如下。

一、起源說

　　依照史學家布南德斯（George Brandes）的說法，史學家
在從事歷史書寫與研究時，不管如何武斷或偶然（arbitrary and
fortuitous），他都得信賴自己的本能或天賦去訂定出一個「開
頭」（beginning）來（1901: 198；楊宗翰，2004: 113）。不
同的文學史家會設定不同的「開頭」，歷史的「開頭」雖然有
所分別，但是其對於起源（origin）的迷戀則一。起源的存在
提供了一個穩定不變的中心，史家依此逐能製作、生產出文學
史的「連續性」與「傳統」，好滿足其對「正『本』清『源』、
『連』續『一』貫」的追求」（楊宗翰，2004: 113）。例如
彭瑞金在《台灣新文學運動四十年》一書中第一章開宗明義頭
一句話便斬釘截鐵地說：「台灣新文學運動發微於一九二〇
年，在此之前，台灣的文學活動則以陶醉於擊缽聯吟、散佈全
台各地詩會、詩社之舊文人爲中心。」5（1991: 1），這是起
源說最典型的例子。

---

5 古繼堂的《台灣新詩發展史》在第一章第二節〈五四運動和台灣新詩
　之發萌〉中則有不同的「開頭」說法：「發生在一九一九年的偉大的
　五四運動，是我國新文學運動的發端。同樣也是台灣新文學運動的開
　端。」（1997: 18），其設定台灣新文學運動的發端要比彭氏所說早了
　一年。

　　此一起源說的迷思，當然是德希達所質疑的邏各斯中心主義最好的註腳。在他看來，整個西方哲學的傳統都是理體中心的，亦即它「總是以一般的方式將真理的起源（the origin of truth）編派給邏各斯（the logos）」（1976: 3），思想（哲學、形而上學）有了這個起源做爲「第一義」（the first principle）或「基本因」（the underlying cause），始有一獨立的組織性的中心，歷史才能有所依循繼而演變發展。然而，德希達認爲此一理體中心主義基本上是唯心主義（idealism）的，在解構唯心主義（deconstruction of idealism）的同時，便可達到對理體中心主義的拆解（the dismantling of logocentrism）（1981: 51），就文學史的撰述來說，也就可以破除起源說的迷思。

　　那麼關於台灣新詩起源的說法又如何呢？對於此點，首先，台海兩岸代表性的史家與評論家似乎能在歧異中找到共同的看法。他們大致都認爲，追風（謝春木）於一九二三年以日文創作而在隔年四月十日出版的《台灣》雜誌上發表的〈詩的模仿〉（四首），是台灣最早出現的新詩，例如古繼堂在《台灣新詩發展史》第二章〈台灣新詩的發萌和奠基〉中即言：「追風的〈詩的模仿〉，應該承認它是台灣新詩的濫觴。」（1997: 25）此一「濫觴」甚至被陳千武認爲係「形成了台灣新詩的四種原型」，以致「可以說台灣新詩是以這四種原型延續下來發展的」（鄭炯明，1989: 113）。「濫觴說」在此進一步變成「原型說」，是德希達所說的理體中心主義又一典型的例子。

　　但是此一說法安全嗎？我們是否可以換個角度想：如果哪

天在歷史考證上有了新發現,追風不再被視爲台灣新詩的第一個作者時,那麼像上述陳千武這類「原型說」還能剩下多少文學史意義呢?(楊宗翰,2004: 113)新詩史(以及文學史)想當然耳應該要有個「開始」,但是這個「開始」其實並不容易確定,或許由於有此體認,在洪子誠與劉登翰合撰的《中國當代新詩史》卷三(第十二章)談到台灣新詩的起源時,便只能籠統地說:「日據時期的台灣新詩,產生於本世紀的二〇年代中期,是台灣新文學運動中最早顯示出實績的部門。」(1993: 454)「二〇年代中期」之說有個模糊地帶,看來較爲「安全」,但如果後來新出的史料被證明是在稍早的初期,則又該如何說呢?

其次,除了確切的時間源頭之外,起源說迷思還包括「台灣新詩之從何所出」的說法──在此,兩岸論者就分道揚鑣了。如上所述,陳千武堅信的「原型說」(也即追風的四首〈詩的模仿〉),是取「從台灣本土所出」的論調。但是洪子誠與劉登翰上書卻主張台灣新詩的源流係來自中國五四新詩的傳統(同上引)。他們援用之前陳千武在〈台灣現代的歷史和詩人們〉一文中所提出的「兩個根球」的說法,即台灣新詩發展的兩個源流:一是「紀弦、覃子豪從中國大陸搬來的戴望舒、李金髮等所提倡的『現代派』」;一是「台灣過去在日本殖民地時代,透過曾受日本文壇影響下的矢野峰人、西川滿等所實踐了的近代新詩精神」(1997: 93, 94),在洪、劉二氏看來,陳千武所揭櫫的上述這兩個根球(源流),卻「都共同地根源

於『五四』新詩的傳統」（1993: 454）。諷刺的是，當初陳
千武之所以提出「兩個根球」論，目的在解構「台灣新詩源自
中國」（或「是由紀弦從中國帶來」）的迷思，想不到同樣的
說法在此卻被洪、劉二氏給暗渡陳倉，換成皆源自中國的說
法。「兩個根球」的起源之說，其實是唯心主義式的「建構」，
而誠如德希達所說：「唯心主義乃是最直接的再現（the most
direct representation）」（1981: 51）──請注意「再現」這二
字，再現是史家唯心式的建構，而如上所述只要解構掉這「起
源再現」的迷思，它的形上基礎理體中心主義也就同時給拆解
了。

二、進化觀

　　歷史的進化觀或進化論（the theory of evolution）是借自
生物學的概念，認為歷史從古至今是往前發展的，在社會學家
孔德（Auguste Comte）看來，發展（development）就是進步，
這是生物學賦予歷史的基本規律，在他的描繪下，把人類的進
化視為一個沒有危機、間斷和更新的進程。到了史賓塞
（Herbert Spencer）時，孔德的「發展觀」被修正成「漸成說
模式」，也就是所有的演變（不論是宇宙的、生命的、人及其
他產品的，或是社會及其形態的），都被視為「從簡單到複雜
的過程」，而這個進化的過程乃是逐漸形成的，它可以導致結
構的改變（使之從同質轉化為異質），因此其成長也一樣是發
展的（Perroux, 1987: 4-5）。史家援此論點，便認為文學史從

起源開始「演變」乃是一種「演進」，也就是「歷史的進化是發展的」，或者「歷史的發展是進化的」；而不論往前邁步的發展或進化，都是一種「進步」。

歷史的進化觀並不排除在發展過程中遭致的阻滯以致趑趄不前，但總的來看，在歷史長河中出現的這些小挫折或障礙，終究「瑕不掩玉」，經過調整（或者「盤整」）之後，歷史的腳步仍舊向前邁進。洛夫在〈中國現代詩的成長〉一文中一開頭雖表示「歷史的進化論並不完全適用於文學」，並質疑傳統史觀視文學發展爲一連鎖性演進的說法，譬如「中國詩的發展是由四言而後楚辭，楚辭而後五言，五言而後七言，古詩而後律絕，律絕而後詞曲，近代則由白話詩、自由詩以至今天的現代詩」。但是洛夫認爲文學的發展卻非這種「相因相成」的連鎖性進化，而是「一連串相剋因素反動的延續」，「換言之，它是相反相成，舊文學與新文學衝突激盪，而得以推陳出新，生生不息」（1978: 29）。歸根究柢，洛夫只是「換了另一角度來觀察」，他所持的依舊是「歷史的進化論」，也就是說，新詩在「成長」過程中儘管遭致反對甚至反叛以至於受阻，但正因爲如此反而激勵它的成長，「而其發展之遭受阻撓自爲意料中事」（同上引，32）。

新詩發展的進化觀也可在古繼堂《台灣新詩發展史》一書中見之。首先，該書光從書名「發展」二字即能一目瞭然：作者所持的乃是一種「發展史觀」；其次，再從他的章節標題及安排來看，例如第二章〈台灣新詩的發萌和奠基〉與第三章〈台

灣新詩的成長和發展〉，作者所持的進化史觀亦呼之欲出；復
次，以其論述策略看來，古氏更是借用這來自生物學的進化觀
點以爲檢視台灣新詩發展的依據，例如他在總結台灣新詩「從
誕生到跨越語言的一代」以及所謂的「斷層期」這一段詩史時
即表示，這一階段新詩發展的主要特點在：「詩的誕生和發展
與祖國大陸新詩的誕生和發展，基本上是同因同步的。台灣和
大陸新詩出自一個母體，那就是從五四運動發端的祖國的新文
學運動。」（1997: 85）其中「母體」、「誕生」與「發展」
等概念，都是來自生物學的進化論。

　　上述這種進化觀的迷思往往又和目的論（teleology）相結
合，即其常「預設了歷史的演進方向與可欲的變化結果，甚至
直接視後兩者爲文學史發展的動因」（楊宗翰，2004: 112），
最明顯的例子莫過於葉石濤的《台灣文學史綱》。在該書中葉
石濤表示他寫作的「目的」在「闡明台灣文學在歷史的流動中
如何地發展了它強烈的自主意願，且鑄造了它獨異的台灣性
格」（1987: 2），可見台灣文學的「自主意願」以及「獨異
性格」被他懸爲歷史發展的鵠的，在末章第二節〈什麼叫做台
灣文學？〉中（即他寫作該書時歷史發展的最終章──一九八
○年代中期），他便以此標準來界定「台灣文學」，最後且下
了這樣的斷言：「進入了〔一九〕八○年代的初期，台灣作家
終於成功地爲台灣文學正名，公開提倡台灣地區的文學爲『台
灣文學』」（同上引，172），亦即台灣文學的發展最終（於
一九八○年代初期）達到了「爲台灣文學正名」的目的。恰恰

相反,古繼堂在所著上書中懸之為個人撰史鵠的的乃在論證:
「台灣的詩園總是貼著母親的胸懷開放出中國的民族之花」
(1997: 8)。

　　平心而論,不同的民族主義的歷史進化觀與目的論,建構
出各自的論述情節以至於高下定位(如詩人及其作品的品
評),這點其實無可厚非,因為新詩史本來就是史家們各自精
心建構下的產物;然而進化觀(兼目的論)的迷思為歷史所預
設的方向與結果,卻只會嚴重阻礙我們對「過去」的判斷與認
識,讓我們在激情、幻象、虛妄中逐漸迷失,不可不慎(楊宗
翰,2004: 113)。

三、國族論

　　自十八世紀後期現代的民族(nation)觀念形成後,歷史
研究與歷史寫作便常與民族國家(nation-state)的塑造過程緊
密相繫,其中尤以歐洲的英、法、德、義四國為烈。英國歷史
學者柏格(Stefan Berger)等人便揭露這四個民族國家中,許
多的歷史研究著作根本是在為各自的民族認同提供歷史的正
當性(legitimacy),淪為一種可怕與危險的「史學民族主義」
(historiographic nationalism)(1999: 13;楊宗翰,2004:
111-112)。原來從英文 Nationalism 一詞翻譯過來的民族主義,
最簡單的涵義是指同一民族的人群應該建立一個屬於他們自
己的國家,而一個國家也必須設法使其成員由同一民族所構
成,所以葛爾納(Ernest Gellner)在其名著《民族與民族主義》

（*Nations and Nationalism*）一書中開頭即言：「民族主義基本
上是一種政治原則，主張政治單元與民族單元必須一致」
（1983: 1），若從這個角度看，那麼 Nationalism 譯爲國族主
義會顯得較爲貼切（陳俊榮，2005: 132）。邇來有關台灣文
學史的爭論，背後多半都涉及不同的國族論史觀有以致之（如
發生於二○○○年陳映真與陳芳明的「二陳論戰」）[6]。

目前面世的有關台灣文學史或新詩史的著作，泰半都有強
烈的國族論色彩，也就是撰史者（甚或是史論家）都站在自己
認同的族國立場說話，並以此做爲正當性的訴求。從這個角度
看，兩岸文學史家在此便有了極大的分殊。就台灣本地的撰史
者而言，張揚「台灣民族性」乃是其責無旁貸之事──在此，
國族論的迷思則以本土論的面貌出現。例如葉石濤在《台灣文
學史綱》中即表明，要能反映台灣民眾心靈的文學，需要「有
一部翔實的記錄，以保存〔台灣〕民族的歷史性內心活動的記

---

[6] 陳芳明自一九九九年八月於《聯合文學》發表〈台灣新文學史的建構
與分期〉一文繼而連續刊載他正在撰寫中的《台灣文學史》部分內容
以來，便受到陳映真的關注，以至於在《聯合文學》上提出不同的看
法，也引發陳芳明的反駁，雙方一來一往，批判力道道勁，遂有「二
陳論戰」之稱。刊於《聯合文學》上陳映真之文有〈以意識型態代替
科學知識的災難──批評陳芳明先生的〈台灣新文學史的建構與分
期〉〉（189 期，2000 年 7 月）、〈關於台灣「社會性質」的進一步討論：
答陳芳明先生〉（191 期，2000 年 9 月）、〈陳芳明歷史三階段和台灣
新文學史論可以休矣！〉（194 期，2000 年 12 月）；而陳芳明的反駁
之文則有：〈馬克思主義有那麼嚴重嗎？──回答陳映真的科學發明與
知識創見〉（190 期，2000 年 8 月）、〈當台灣文學戴上馬克思主義──
再答陳映真的科學發明與知識創見〉（192 期，2000 年 10 月）、〈有這
種統派，誰還需馬克思主義？──三答陳映真的科學創見與知識發明〉
（202 期，2001 年 8 月）。

憶」（1987:2），言下之意即他所撰寫的這部《史綱》，是爲
了要記錄台灣民族的文學活動，「希望台灣民眾能夠了解台灣
文學以往的一段歷史」（同上引）。正因爲台灣史家的立意如
此，所以台灣人的文學史要台灣人自己來寫，彭瑞金在《台灣
新文學運動四十年》中便特予表明：「若以台灣文學記錄台灣
民族成長經驗的角度進行思考，我堅持台灣文學的正字解釋權
還在台灣作家或台灣文學史家的手裡。」（1991: 17）如此強
調台灣民族的重要性，到了游勝冠手中則以本土論的主張出
現，在《台灣文學本土論的興起與發展》一書中，他把台灣文
學分三個歷史階段，即本土論的興起（日據時代）→本土論的
式微（一九五〇、六〇年代）→本土論的再興（一九七〇、八
〇年代）（1996）。游勝冠的本土論指涉台灣意識，而台灣意
識正是凝塑台灣民族的基礎，安德森（Benedict Anderson）不
是說過嗎──民族乃是一種「想像的共同體」（an imagined
political community）（1991），而台灣意識不就是被「想像」
出來的嗎？

　　相對於台灣本地的撰史者，彼岸所持的則是「中國民族」
的國族史觀，亦即孟樊（陳俊榮）在〈中國大陸的台灣新詩史
觀〉（詳見第五章）中所指陳的「中國的國族主義」（nationalism
of China）（2005: 132），這裡所說的「中國」當然把台灣涵
括進去，依此論調，「毫無疑問，台灣文學是中國文學的一個
組成部分」（劉登翰等，1994: 4）；理所當然，「台灣當代
詩歌是中國當代詩歌發展的一個重要組成部份」（洪子誠、劉

登翰，1993: 451）。古繼堂在他的上書〈緒論〉中即明白表示，他編寫該書的目的便是從「我們民族」的立場出發，來探討「新詩發展的共同規律和流向」；正因爲他秉持這樣的立場，所以開宗明義即謂：「台灣詩壇無疑是中國詩園中的一塊肥沃的高產田畝」，雖然台灣做爲「祖國的一個組成部分，其詩的密度和整體創作成就是比較高的」（1997: 1-3）。相對於台灣史家和史論者所信奉的「本土論迷思」，大陸彼岸的史家所堅信的中國民族史觀，在此則化爲「祖國論迷思」。

　　不論是台灣的「本土論迷思」或是大陸的「祖國論迷思」，都屬一種本質性（essential）的思考，亦即德希達上所說的理體中心主義。試問「國族」的本質何在？在台灣本島中難道只存在漢族一族？即便不談原住民九族，同國府遷台的亦有不少少數民族[7]。中國大陸的情形則更爲複雜，便不用多說了。安德森說民族是一種想像的共同體，良有以也。史家所謂的「我們的文學史」，說穿了其實都是「國族塑造工程」的一部分，是與政治這隻虎謀皮。誠如柏格等人所言，做爲一位歷史研究者，其實並不該「在建構各種民族國家認同上，繼續與政府保持邪惡的結盟」，而應「暴露出這些認同其實是多面、易碎、有待爭議，且一直處於可再塑造的狀態」；而歷史研究者唯有將民族國家概念「去本質化」（de-essentialising）後，始可助

---

[7] 例如知名詩人席慕蓉即出身蒙古族；歷史小說家林佩芬則係滿族人，此在台灣文壇已是人盡皆知之事。新銳作家師瓊瑜更在《寂靜之聲》中透露，自己是來自雲南少數民族的「蠻女」（2005: 46-56）。

吾人「防禦民族主義的入侵與擴散」（1999: 13；楊宗翰，2004: 112）。明乎此，台灣島內「劍拔弩張」的雙陳也就可以化干戈爲玉帛了。

四、作者論

就文學研究而言，作者論（author studies）是一種文學的外部研究，而所謂的「外部研究」，指的是對文學作品所產生的背景、環境，以及包括作家的生平、屬性（身分）、創作理念與意圖等等的研究，作品本身反而被忽略了。歷來文學史的研究，就如文論家韋勒克（Rene Wellek）與華倫（Austin Warren）二氏所說的，過份側重文學的背景，對作品本身的分析極不重視，卻把大量的精力消耗在對環境及背景的研究上（1977: 139）。作者論即爲文學史中常可見到的一種外部研究方式，廣義的作者論包括傳記式批評（biographical criticism）、心理學或精神分析理論、現象學（phenomenology）、原型批評（archetypal criticism），甚至是較早的表現主義（expressionism）等。狹義的作者論則認爲文學主要是作者個人的產品，因而文學研究「主要地必須從考察作者的生平和心理著手」（同上引，73）。所以，韋、華二氏即言：「一部文學作品最明顯的起因，就是它的創造者，即作者。因此，從作者的個性和生平來解釋作品，是一種最古老和最有基礎的文學研究方法。」（同上引，75）

文學史撰寫的這種作者論迷思，乃是史家在品評作品及爲

作家定位時，相信作者個人的背景（諸如生活經歷等）及其為作品本身或創作理念所做的詮釋或剖白最能被信賴，畢竟作者乃作品之所從出者，也就是詮釋最可靠的權威。兩岸的文學史及新詩史撰述者有志一同地基本上都相信作者的權威。例如葉石濤的《史綱》，在每一章的〈作家與作品〉一節中，即專注於作家生平的簡介，更以生平（生活經歷）套在作品的解讀上[8]。〈作家與作品〉一節該是葉氏書中每一章最主要的內容，但是全被他寫成「作家簡介」，連作品的解讀更是聊備一格。至於古繼堂、劉登翰等人對於台灣詩人及其作品的詮釋，對於作者權威之倚仗也就不足為奇了。以前者而言，孟樊在前文中即曾指出古氏所持的「傳記式批評史觀，使其在臧否詩人時，往往不從其詩作的文本下手，而是視其生平中所經歷的事件（或運動），以及其於所涉事件中所處之位置如何而定」，並舉他分析蓉子、周夢蝶及夐虹等人的詩作為例，質疑其作者論史觀的迷思（2005: 123-126）。

　　不僅如此，兩岸詩史論者及撰述者又進一步擴大作者論的說法，尤其在編配詩史的分期詩，更喜以詩社觀與世代說做為論述的基礎，而不論是詩社或世代，其實都是詩人的集結，秉

---

[8] 例如他在第四章對於張愛玲的「介紹」，說她「家世顯赫，典型的中國資產階級知識份子。中共攻陷上海之後，有段時期她還逗留在中共統治下的上海，親眼看到『土改』在江南農村推行的狀況。在一九五四年寫成的《秧歌》裡，她以『土改』後的江南農村，『勞模』譚金根一家為主要描寫對象，配以個性、背景各異的農民群」，即以張愛玲的生平來簡介她的小說《秧歌》（1987: 93）。

持詩社觀與世代說的新詩史觀，便是藉由多位詩人形成的集團
（詩社）與年齡層（世代），從個人作者放大去觀看整個詩史
的流變：

1. 詩社觀──詩社做爲一個文學集團，往往也由集團形成
   一種流派，因而或多或少扮演了其中一個重要的角色，
   詩史中很難沒有它們的位置。或緣於此故，包括古繼
   堂、洪子誠與劉登翰的上書，以及公仲與汪義生的《台
   灣新文學史初編》（1989）、由劉登翰執筆的（大陸）
   海峽文藝版的《台灣文學史》（下卷）第五章有關「現
   代主義詩歌運動及其詩人創作」部分（1993），不看內
   容，光看其章節（標題）的安排，即能一目暸然，他們
   率皆以詩社的文學集團觀點來架構台灣新詩史，也難怪
   劉登翰和洪子誠才說：「在某種意義上，台灣的詩歌運
   動史，往往也被闡述爲詩歌社團的發展史。」（1993:
   460）

2. 世代說──所謂的「世代」（generation）是指一群作家
   或詩人的出生年代相對集中於某一時期，或者說某一時
   期相對集中地出生了一大批作家或詩人，歷來的統計資
   料表明，文學史上每隔一段時間就會出現相對集中的作
   家群體、創作高峰、創作方法和文學樣式的週期性變
   化，大陸文論家朱雙一即援此法國文學社會學家埃斯卡
   皮（Robert Escarpit）的「世代」說法，研究台灣一九五

○年後出生的「新世代作家」，並認為以此「世代」觀
點取代「流派」概念，才能真切地切入近二十年來台灣
文學的「本質特徵」，亦即透過此一「文學的視角對這
一時期的台灣社會文化的特徵及其發展變化有更清晰
的了解」（2002: 2-8）。在台灣典型的「世代說法」則
可以羅青的「六代說」為例[9]，羅青以詩人出生及成長
的年代做為劃分的標準，將戰後以來的台灣詩壇分為六
個世代，並以此來架構台灣新詩的發展時期，對應於台
灣由農業社會過渡到工業社會再過渡到後工業社會
（1988: 243-244）。

　　然而，由作者論放大的詩社觀與世代說本身卻存在著若干
問題，首先就詩社觀來說，其一為台灣詩人跨社的風氣十分普

---

[9] 羅青在〈詩與後工業社會：「後現代狀況」出現了〉一文中指出：「台
灣過去四十年來的詩人，以出生及成長的年代來區別，可分為六代。
第一代詩人如紀弦、覃子豪，出生於一九二一年以前，二、三○年代
是他們成長的階段，是一個百家爭鳴的時代。第二代詩人如余光中、
羅門，出生於一九三一年以前，成長的階段是三、四○年代，那是對
日抗戰的時期，在思想上，左派右派開始鮮明對壘。第三代詩人如鄭
愁予、楊牧，出生於一九四一年以前，而在四、五○年代成長，他們
成長的階段是戰前戰後參半的時代。第四代詩人如張錯、席慕蓉、蕭
蕭等，多出生在一九五○年以前，五、六○年代是他們成長的階段，
是一個由農業社會快速轉變至工業社會的時代。第五代詩人如白靈、
夏宇、黃智溶，多出生於一九六○年以前，他們成長的階段是六、七
○年代，是一個由工業社會邁向後工業社會的時期。一九六○年以後
出生的詩人是第六代，其中開始嶄露的有孟樊、林燿德、林宏田，他
們生長的階段是七○到八○年代，是一個已經開始資訊化的後工業時
代。」（該文收入《詩人之燈》中）（1988: 243）。

遍,如林亨泰與白萩二人,早先皆爲現代派的一員,後來又相繼成爲笠詩社的發起人;其二爲詩壇上仍有不少重要詩人並未加入任何詩社,比如夏宇、羅智成[10]、吳晟、蔣勳等人;其三爲詩社的成員(包括老牌詩社)經常變動,例如創世紀即爲顯例(如分屬其他詩社的同仁包括葉笛、葉珊、白萩、黃用、鄭愁予、梅新、羊令野,皆曾分別在不同年度加入該詩社)[11];其四爲除了少數幾個詩社,大部分的詩社旋起旋滅,而詩社短命本就不具歷史意義(陳俊榮,2005: 130)。

其次再就世代說來看,第一,「世代」本身可以被詩人跨越,譬如同一「世代」中的詩人群可以壓縮幾代的文體,而同一個詩人在一生中也可能在一部作品中,匯集數個時期(一個「時期」可以容納幾個「世代」的單位)的發展;第二,以出生序做爲分「代」基準的方式,並不當然配合著一個詩人啓蒙、崛起的時間表,故此林燿德即言:「純以出生序做爲劃分標準,很可能違逆了文學史的現實,因爲有的詩人在年齡上屬於較前的『代』,但是他的創作生涯卻可能歸屬於比他出生序晚很多的『代』,反之亦然。」譬如白萩,就其創作而言應「可以躋身於大他十歲左右的世代中」(1995: 19);相反的例子則有

---

[10] 夏宇於二十一世紀初起,曾與零雨、鴻鴻等人籌辦出版《現在詩》詩刊,但對外並未宣稱他們是一個詩社。至於羅智成早年雖曾與天洛、苦苓等台大現代詩社同仁代編過《藍星》,卻非「藍星」的同仁,復刊的《藍星詩學》同仁錄中也未登錄他的名字。

[11] 可參閱一九九四年由張默與張漢良合編的《創世紀四十年總目:1954-1994》,該書載有「創世紀歷年同仁名錄」(277-278)。

於一九九〇年代始現身詩壇的隱地與江文瑜。於此林燿德逐謂：「除了瘂弦、黃用、黃荷生這些創作行動完全集中在特定時期的詩人，並且在他們沒有新作推出的情況下，才能成為『代』的典型，但是這種典型要成為詩史中的主要詩人的可能性又因時序的推挪和期望視野的改變而逐漸降低。」（同上引）

　　作者論的基礎，在法國後結構思想家傅柯（Michel Foucault）看來，實係源自兩個重要觀念：創造性（creativity）與所有權（ownership）。就前者來說，要說本身純粹是起源的事物，那是少之又少的，甚至被生產出來的一個新起的思想本身都不是始源的，更何況此一新思想若是經由發展而來的。對後者而言，一些新思想之被生產出來，是有很多其他因素涉入其中的，而不只是生產新思想的那些人自己而已，所有權到底歸屬誰，因而也就難以判斷（Mills, 1997: 73-74）。如斯一來，作者論這兩個根源性觀念就被解構掉了，傅柯因而宣布「作者死亡」（the death of the author），而文學史撰述的作者論迷思連同亦被一併剷除。

第三節　文本主義的新詩史理據

一、書寫的定位：在研究型與教科書型寫作之間

　　清理了上述建構台灣新詩史的四大迷思之後，那麼在面對這一部《台灣新詩史》的撰述時，又「如何可能」予以敘述？

首先在考慮採取何種敘述策略之前,撰述者應當確定在三種不同類型的新詩史著述即研究型新詩史、教科書型新詩史與普及型新詩史之中,他要的是哪一種?因為三者各有各的寫作方式、評價標準以及設想的讀者(儘管它們之間並非絕對對立)。套用史論家陳平原的話說,研究型新詩史係以本行的專家、學者乃至於詩人為設想的讀者,要求思路新穎且論證嚴密,富有獨創性,起碼能自圓其說,成一家之言;教科書型新詩史則以文學專業的大學生、研究生為設想的讀者,要求全面系統地介紹本科的基本知識與學界大體認可的價值判斷,立論求其平正通達;至於普及型新詩史則以社會上(或非文學專業)的文學(新詩)愛好者為設想的讀者,要求準確無誤且通俗易懂,不求深入但求淺出(陳平原,1993: 27)。

　　本書原先的設想係從撰寫一部新詩的教科書開始,如同陳平原所說,首先考慮的是課堂講授而不是學術探討,如此一來在論述及敘述上則要博取諮諏,廣納雅言,綜合各家理論以求論點平穩。然而,若一味介紹、轉述他人意見,只求面面俱到,亦非我們所願;本來各方論點有異有同,異同之間就要有所取捨,而如何取捨便難避主觀,終究要有自己的見解涉入,專斷便也在所難免。研究型的新詩史則重在與「同行」對話,撰述者在堅持己見之餘,亦藉此己見展開與讀者的交流。何況教科書型新詩史是一種「事件的歷史」,注重文學運動、大詩人生平、主要詩作產生年代(情況)及其內容介紹(陳平原,1993: 32)──這些經由上述的幾點考慮與《台灣新詩史》所持的史

觀有所差距；為了能明確陳述撰述者的主張與論點，在寫作立場上，孟、楊二氏只好向研究型新詩史跨出「半步」，另外的「半步」仍希望照顧到課堂上教授「通史」的要求。

　　基於這樣的考慮，該書的敘述策略擬撤開具爭議性的外部研究（如國族論與作者論）而回到詩文本上來，如上所述，國族論史觀固難斷孰是孰非，作者論亦無是非可言，蓋其訴諸作者權威，同時更規避了撰史者應負的詮釋及評價之責；而「回到文本」的呼喚，無非是要讓撰史者免去意識形態的牽涉（如「本土論」VS.「祖國論」），同時更要課撰史者應負的詮釋作品之責。雖然詩作不可避免地會與外在的政治、經濟、社會狀況相聯繫，但詩史的書寫可以不必限於「以文學證史」，也就是不必要充當社會政治史的原材料，「讓政治的歸政治，文學的歸文學」，如斯一來，看似保守的文本主義遂成了該書唯一的選擇。這裡所指的文本主義不是考證與校戡版本的那種文本批評（textual criticism），而是針對詩文本品評並予詩人定位的一種文學史觀，朗松在上文中說得好：

　　我們應該對文本做直接的解釋。絕不要像我們經常無意識地所做的那樣，用等值物來替代文本。我們是用我們的語言來翻譯我們討論的資料；而我們的翻譯或者不能充分表達原文的意思，或者加以曲解，甚至把原文完全逐出我們腦外。「某甲寫的是 a；而 a 跟 b 是一回事；因此某甲之所以想到 b，那是因為……」而我們就不會過問 a，其實

a 才是唯一真正的文本；我們只在 b 上下功夫，而 b 是我
們在判斷同一性時貪圖方便，過分信任而製成的偽文本。
（1992: 23）

話雖如此，可現今見得到的備受爭議的文學史或新詩史
（尤其是所謂的「文學運動史」、「文學思潮史」），論述或
敘述的常常不是本尊的 a 文本而是以等值物 b 替代的偽文本
（pseudo-text）。偽文本雖未必盡為稻草人，但在詩史的敘述
上未免易於失焦。

二、書寫的立場：先鋒派的後衛

在一九五〇、六〇年代西方新興各種文藝理論諸如結構主
義、敘事學、現象學、詮譯學、接受美學（包括讀者反應理論）、
解構主義、女性主義、新歷史主義（包括文化唯物主義）、後
殖民主義與生態批評（ecocriticism）等──尤其是新歷史主義
對文學史書寫所產生的衝擊之後，該書選擇以文本主義為研究
取徑（approach），彷彿有走回頭路之嫌，甚至遭致態度保守
之譏。在此特別要表明的是，文學史撰述與研究究竟和文學批
評不同。受到西方當代新理論、新方法的鼓舞，文學批評予以
借鏡幾成不可擋之勢，惟誠如陳平原所說：「理論框架的設計
與運用，對文學史家來說當然很重要；只是面對這麼多幾乎同
時出現而且都很有魅力的批評模式，實在不容易選擇。」才氣
橫溢的文學批評家可以充當「學術游擊隊」，也就是「打一槍

換一個地方，今天結構主義，明天精神分析，後天後現代主
義」；然而陳平原質疑：「這只能限於文學批評，史家船大掉
頭難，無法老跟著時尚轉。最好的辦法自然是博採眾家，然後
自成一說。可這容易嗎？」（1993: 18）陳平原對此一問題的
想法是這樣子的：

> 文學批評可以是「單面向」的，文學史則必須有整體觀照。
> 講求通觀通識的文學史家，面對這麼多各有千秋而又不可
> 能十全十美的批評模式，取不得又捨不得，處境十分尷
> 尬。當然可以只從接受美學或者精神分析角度寫一部文學
> 史著作，但誰都明白這只是一個特殊角度，不是完整意義
> 上的「文學史」。把看中的全都收進來，第一章「結構主
> 義」、第二章「後結構主義」……如此一來，雖說「十全
> 大補」，可惜各家各派功法（學術路數）不同，擱在一起
> 內部先起哄。比如以作者為中心的文本分析與以讀者為中
> 心的接受美學，雙方勢不兩立，豈容你和稀泥？（同上引，
> 20）

在陳平原看來，文學史家宜採取的研究思路乃「是統觀全
局，協調發展」，簡言之，即將不同的批評模式加以整合；而
把不同的批評模式共同置於文學史結構中，則需要一系列複雜
的轉化乃至變形，不過這「似乎只是個操作程序或方法問題」

¹²。我們卻不認爲理論的整合「只是個操作程序或方法問題」如此簡單而已,看來陳平原的主張仍居於「理論的高空位置」,落實於新詩史寫作,可行的書寫策略與研究進路也只能採取「一個特殊角度」,或充其量只能做到以一個主要的批評模式爲「主線」,再兼雜其他批評模式或理論爲「副線」;在寫作過程中,不同的「副線」隨時可以割捨或調整,惟「主線」必須首尾一貫,否則牛頭不對馬嘴,進退之間立場失據,混淆撰史者的視角,終致「馬失前蹄」。這就是《台灣新詩史》撰寫的立場。

為什麼會選擇以文本主義爲主的研究取徑呢?理由已如上述。然而,再怎麼說,在時序已跨過二十世紀的今天,決定採擷這樣一種理論,如前所說,態度難免顯得保守。關於此點,陳平原說得好:「作爲研究思路,文學史家不同於批評家之處,就在於其是爲了更好地闡釋對象而選擇某一理論,而不是爲了展示或論證某一理論而選擇史實。」又說:「文學史家的眼光與膽識,體現在爲某一特定對象找到最合適的詮釋框架,而不是表演(展示)最新最佳理論模式(倘若有這種東西的話)。」(同上引,24)譬如拿新歷史主義(new historicism)來說,此一新穎的文學史觀就不太適於一般的通史寫作,其撰述方式

---

¹² 陳平原認為文學史家整合不同批評模式的需要及可能,乃源於如下的設想:(1)沒有一種理論模式能解決所有問題(要不認準一家就行了);(2)不同理論模式之間不只是相異,也有相通、互補的一面(要不不可能整合);(3)不同理論框架在研究的不同層次發揮作用,可以並存(1993: 22)。

毋寧較適合對某一斷代史的研究（此所以英美新歷史主義陣營多將其研究放在比如文藝復興時期的斷代史上），以致迄今尚未見有以新歷史主義完成的文學通史（陳俊榮，2004:51）。

　　新理論或批評模式的出現很難馬上被運用到文學史的撰述上，必須等到它由陌生轉向熟悉以致被接納並日漸規範化之後，始能由史家予以操作，成為其手下運用自如的批評模式或詮釋理據，所以文學史家不能當理論的前鋒（先鋒），他只能做「先鋒派的後衛」（陳平原，1993: 8）。《台灣新詩史》佔據的就是這一「先鋒派的後衛」的位置，陳平原底下這一段話正好為我們採取的這個位置做了清楚的闡述：

　　　任何一種時尚理論（假定其真有真知灼見），從基本定型
　　　到能夠在文學史研究中實際運用，須經過一系列並不輕鬆
　　　的轉化與變形。沒有一定時空的緩衝與調適，文學史家很
　　　難接受新的理論設想；而新的理論設想也確實很難在文學
　　　史研究中發揮作用。先是理論家的介紹與辯難，接著是批
　　　評家的嘗試運用，最後才是史家登場——這是學界接納新
　　　理論的正常程序。相對來說，文學批評家、理論家容易趨
　　　於激進，而文學史家偏於保守；因其講求通觀，牽一髮而
　　　動全身，不能不注重「綜合治理」。（同上引，7）

三、文本分析的原則

　　注重文本分析（textual analysis）的文本主義，從上一個

世紀初期俄國的形式主義（formalism）與英美新批評（new criticism）現身以來，將近有百年的時間，加上傳統的修辭學（rhetoric）與文體學或風格學（stylistics）以及語文學（philology）等批評模式，顯而易見，其已非一新的研究取徑，惟由於此等批評模式或理路已爲學界所嫻熟，運用於新詩史的寫作上反而能夠「後發先至」，免於意識形態的干擾。關此，我們採取的是一個較爲保守──亦即後衛的立場。但是所謂的「文本分析」也有較爲激進的說法，例如德希達在《論文字學》（Of Grammatology）一書中所持的「文本之外無物」（"there is nothing outside of the text"）的論調（1976: 158），有鑑於此，在先（前）鋒的位置上，我們兼採解構（deconstruction）的批評手法，如此考慮是爲了「對付」於一九八〇年代末以來出現的後現代文本（the postmodern text），乃至一九九〇年代末冒出的超文本（hypertext），畢竟解構的批評模式亦是廣義的一種文本分析。

在此，文本的概念指涉兩個層面，其一是指文本的意符／能指（signifier），也就是指由字、詞、句子、段落和章節等所構造出來的形式意涵，即麥克甘（Jerome J. McGann）所說的物質（material）層面；其二是指文本的意旨／所指（signified），也就是指由其物質形式所陳述、呈現或內含的訊息，即其透顯的非物質（immaterial）的思想（idea）或意義（significance），誠如麥克甘所說，當吾人提及「詩做爲文本」（poems as ~texts"）這個概念時，其實是包含了兩個衝突性的

命題：

(1) 一首詩係等於其語言的構成（its linguistic
constitution）；(2) 一首詩在其參考書目史（a poem's
bibliographical history）中〔所顯現〕的文本差異（textual
differences），未必那樣與文學批評的議題相關。然則詩
作為文本（poem-as-text）乃是一種批判性的思想，它同
時將詩化約為言辭的組構，也將之膨脹到一種非物質的、
非特定的純思想（an immaterial, non-particular pure Idea）
（即詩做為思想的文本）的層次。（1985: 121）

文本既有如上二種層次的意涵，那麼撰史者在詮釋詩作
時，就不會僅斤斤計較於語言及形式層次的分析；為了深一層
去挖掘文本的內在思想或意義，在情況許可時，甚至會運用到
包括馬克思主義（Marxism）、女性主義（feminism）等當代
西方較新的批評模式，但是即便偶爾涉及這些具外部研究傾向
的理論，該書堅持的依然是文本分析的原則，亦即不以作者的
經歷、想法以及社會脈絡（social context）等外部研究取徑做
為直接詮譯詩作及為詩人定位的依據，純就文本內蘊所透顯的
問題來加以剖析。

接下來的問題則是：什麼樣的詩人作品——亦即何種文本
可以入史？茫茫詩海中，優異作品不知凡幾，取捨之間著實不
易。幾經思考之下，該書定出下列三個入史詩作的標準，以資
做為選擇的依據：

1. 創新性——詩向來即忌模仿與因襲，因此獨創性
   （originality）與否往往成為品評一首詩好壞或高下的
   標準。這裡所謂的「創新性」亦即獨創性，係指詩人採
   用新穎而不是傳統或規範的題材、形式和風格進行創
   作。陳千武在《現代詩淺說》中即提到：「只會模仿優
   異的詩人創作的傾向，那是缺乏獨創的才能或無思想的
   追隨者」，這種人無法寫出獨特風格的作品，永遠只能
   屬於亞流的地位（1979: 248）；已故詩人覃子豪在《論
   現代詩》中論及新詩如何表現時，也強調語言及意象創
   新的重要：「新詩所追求的，正是日新月異的新風格。」
   （1976: 116）足見詩貴創新已是公認的重要標準。例如
   焦桐、江文瑜、顏艾琳，以及米羅・卡索與須文蔚詩作
   入史，或因題材新穎，或因呈現方式具開創性，故而入
   選。

2. 典型性——在馬克思主義的術語中，所謂的「典型性」
   （typicality）係指文學作品能夠呈現社會的整體性
   （totality），而一個時代最重要的社會的、道德的與靈
   魂的矛盾可以凝聚在「典型」裡交織成一個活生生的統
   一體。但這裡所謂的「典型性」則與馬克思主義無涉，
   而是指詩人之作品在發表的當時具有相當程度的代表
   性，代表著一個創作類型、風格，乃至較細微的表現手
   法（包括語言與意象）等；不惟如是，其在類型、風格、
   表現手法……各方面的代表性，經由時間的沈澱（雖然

歷時可能未久），而有逐漸形成經典（classic）的可能，
譬如水蔭萍的《燃燒的臉頰》、林亨泰的〈風景〉、洛
夫的〈石室之死亡〉、商禽的《夢或者黎明》、瘂弦的
《深淵》、周夢蝶的《還魂草》、羅青的《錄影詩學》、
夏宇的《備忘錄》、陳克華的《欠砍頭詩》等等，取的
即其詩作的代表性。

3.影響性——「影響」（influence）的研究向來是比較文
學（comparative literature）重要的課題之一，而一部作
品重不重要，乃至其於文學史中是否享有相當的地位，
皆視其是否能對後來的作家及其創作發揮影響力而
定。在此則是指（先前）詩人的詩作對後來的詩作或後
代的詩人，無論是就作品的題材、形式或風格，有否發
生過影響，甚至造成衝擊（impact）。若詩人的作品對
後來者的影響「既深且廣」，那麼在垂直面而言（深），
時日一久也許可以奠定其「宗師」的地位，在他以下或
可形成一種特定的風格，以致形成某種「詩派」；在水
平面而言（廣），同時代詩人景從者眾，則或可形成一
段時期乃至一個時代的風潮。是故，詩人及其詩作有無
影響力，亦成了入史與否的另一項指標。洛夫、鄭愁予、
羅智成、夏宇等人的詩作即具有相當的影響性。

以上創新性、典型性與影響性三項入史的選擇條件，並非
彼此孤立，三者往往是連帶相關的，亦即詩人的作品之所以具

有代表性（甚至成為經典），係因其具獨創性之故；而詩作既
具有代表性的地位，自然而然也就易於發揮其對後來者的影響
力了；反過來說，詩作若能對後代產生影響，也就容易成就其
代表性，以至於被樹立成經典，而詩作之所以對後代產生它的
魅力，又往往是其創新性有以致之。雖云有上述這三項標準以
為入史之依據，惟判斷詩作是否合乎其要求，則難免又涉及撰
史者的主觀見解，而撰史者並不應規避此種質疑。

四、詩史分期的準據

　　如上所述，詩人及其作品入史之準則既已選定，然則新詩
史之敘述又如何分期呢？通史之演變當非「一條腸子通到
底」，依循時間變化之軌跡，總是可以發現其中會有階段性的
脈絡出現，也因此凡通史之寫作不免依其演變順序劃分成若干
時期，惟如何分期往往令人躊躇再三。同樣一部台灣文學史，
如何分期則因見仁見智之不同標準而有各種不同的劃分方式
[13]，其中最常見的係十年為一期的分期法。林燿德即指出，台
灣詩壇約定俗成的以十年為分界的機械式分期為：一九五〇／
六〇年代為現代主義時期→一九七〇年代為寫實主義時期→
一九八〇年代為後現代主義時期，如此的分期方式「僅僅著落
在文體的考察上」[14]（1995: 22）。著重文體的考察其實無可

---

[13] 許俊雅在〈台灣新文學史的分期與檢討〉一文中即指出，光是戰後台
灣文學史的分期，依她的研究，至少就包括有李敏勇、游勝冠、胡衍
南、陳芳明、陳映真、葉石濤等人六種不同的分法（2005: 241-252）。
[14] 林燿德自己重構的戰後台灣現代派以降的詩史分期為:(1)形式探索時

厚非，但放大到整個詩壇所有詩人的創作狀況來看，這樣的劃
分與歸納卻有過度化約之弊（即每個時期的詩人作品不可能只
化約爲一種文體），譬如一九八○年代就不能被化約爲後現代
主義時期。有鑑於此，《台灣新詩史》一書提出的分期如下所
述：

1. 冒現期／第一期（一九二四年～）——追風發表日文詩
   作、隔年張我軍出版中文詩集《亂都之戀》。

2. 承襲期／第二期（一九三三年～）——《風車》創刊，
   而鹽分地帶詩人逐漸崛起。

3. 鍛接期／第三期（一九五三年～）——《現代詩》創刊。

4. 展開期／第四期（一九五九年～）——《創世紀》改版，
   積極發展超現實主義。

5. 回歸期／第五期（一九七二年～）——「關、唐事件」
   發生，同年羅青出版後現代先驅之作《吃西瓜的方法》。

6. 開拓期／第六期（一九八四年～）——夏宇後現代詩集
   《備忘錄》出版，眾多「新世代詩人」首部詩集亦陸續
   問世。

7. 跨越期／第七期（一九九六年～）——出現超文本創

期：以一九五六年現代派建立開始；(2)世界觀的重建時期：以一九五
九年洛夫〈石室之死亡〉發表開始；(3)文化觀的辯證時期：以一九六
九年余光中出版《敲打樂》、《在冷戰的年代》開始；(4)自我指涉時期：
以一九八四年夏宇出版《備忘錄》、一九八六年杜十三出版《地球筆
記》為筆端（1995: 24-26）。林燿德在此分期所依據的標準不一，乃是
最大的問題所在。

作,文本由紙本跨越到數位網路,網路詩成了詩壇新寵。

以上的分期方式有以下三項特點:第一,不循傳統台灣文學史慣採政治事件或社會變遷做爲分期點的惡習,改以重要詩集、詩論集、刊物的出版與文學事件(如文學運動或思潮)的發生爲斷代及論述之「點」。這是欲重新確認以詩爲中心、堅持文學依然保有一定自律性的必要策略。第二,分期時不特意標示主、支流之別,且只限定大約、可前可後的起始年份,亦不明確指出每一期迄於何時──上述標示的年份,只是一個約略時間的參酌(楊宗翰,2004: 116)。第三,在此捨棄了一般文學史常用的「植物模式」。「植物模式」的文學史認爲文學亦如有機體一樣,從誕生開始,繼而開花、衰老,並且最終走向死亡。孟、楊二氏上述的分期並無這樣的意涵,誠如前述所言,該書反對進化觀的文學史(故此,該書名爲「新詩史」而非「新詩發展史」),後一期的詩作未必就優於前一期;至於「回歸期」也非意味著所謂的「衰老期」,而「跨越期」更非指涉「死亡的跨越」(若如此就變成「循環模式」了)。

分期既定,文本分析的原則就是要讓歷史回歸到每位詩人及其作品身上,而不是再用詩社或世代來編派歷史,於是在各期之下就直接檢視詩人的作品,亦等同爲詩人定位;歷史的主角既然是文本──也就是詩人的創作,而詩人的創作過程及表現總是有起有落,這就涉及也影響了詩人於歷史流變中所居的地位,創作力旺盛且迭有表現的詩人便可橫跨不同時期現身於

歷史之中。爲了引導讀者進入每一期的歷史脈絡中，該書並於各期開始之前先交代一下其時之時代背景——這背景乃是「文學」的背景，不是「政治」或「社會」的背景。詩史必得如是編排，方能反映詩人實際的創作狀況及其展現的成果。事實上，文學史的分期（及其名稱）乃是一種權宜之計，但對詩史的撰述者來說，此權宜之計又屬「必要的虛構」（necessary fiction）。

第四節　結語

　　歷史的面貌既屬過去，說要完全回復，未免痴人說夢；如果那段歷史更屬「遙遠的過去」，那麼「回復舊觀」的難度只有更高，文學史當也不例外。該書基本上是「當代人寫當代史」，幸運的是這段歷史還不算「過去」，光就文獻資料的蒐集而言，較諸這代人寫上代史顯得輕鬆容易多了；但不幸的是，正因爲是同代人的緣故，撰史者與歷史對象無法取得一適度的客觀距離，個人好惡與主觀色彩就很難避免捲入其中——雖然該書極力將此「牽扯」降低到最小，比如在寫作過程中，孟、楊二氏即捨去深度訪談的研究方法，便是出於這樣的顧慮。

　　但是誠如朗松在前文中所說的，在文學史的研究中，清除主觀成份的工作也不能做得太徹底：「如果說文學作品之所以有異於歷史資料，是由於它能在我們心中激起美學的或感情的反應的話，那麼，它在性質中涵含這種特點，在方法上如不加

以考慮，那就既奇怪又矛盾了。⋯⋯我們時常以爲自己從事的是客觀的科學，其實我們穿的如不是自己主觀主義的鞋，也是他人主觀主義的鞋。」（1992: 9）因而撰史者必須承認：新詩史的寫作，主觀在所難免；孟、楊二氏不會大言不慚地自欺欺人說：「這是一部翔實、客觀，立論又公允的詩史著作」。當然，主觀雖不免，但亦要有所節制，朗松在上文也提醒，不該讓主觀的印象在文學史研究或撰述中占有特權的地位（同上引，10）。

　　義大利美學家克羅齊（Benedetto Croce）有一句名言：「一切歷史都是當代史」，那是因爲所有的歷史都是從當代人的角度寫的，既然如此，當代人寫當代史也就無須加以苛責。撰史者不用找名家爲自己的撰史行爲辯護，而是要表明：不論歷史完成於何時，它或多或少都有虛構的成分在內，而各式各樣的文學作品，不也是另一種「虛構」嗎？對時時身處「虛構之海」的史家來說，所謂的「真實」無他，唯實踐與完成《台灣新詩史》的寫作而已。

第四章

以詩選撰寫詩史

第一節　前言

在浩瀚的中國文學史風起雲湧中，歷代以來的各種詩選集始終占有重要的一席之地，例如為吾人所熟悉的《玉台新詠》（南朝徐陵）、《唐百家詩選》（宋王安石）、《千家詩選》（宋劉克莊）、《宋詩抄》（清呂留良、吳之振、吳自牧）、《十八家詩抄》（清曾國藩）、《唐詩三百首》（清孫洙）、《全唐詩》（清彭定求等）[1]，以至於新近由北京大學古典文獻研究所編纂的《全宋詩》[2]等，在中國文學歷史的發展中，便留下可貴的史料，更豐富了文學史自身的內容。

詩選之編纂，在當代台灣文壇更是盛況空前，其本身甚至構成文學史的一部分。從一九五一年的《現代詩歌選》開始迄今所出版的各種新詩選集，短短半個世紀，已近一五〇部。依照蕭蕭的分析，這些已出版的新詩選集，大約可分為底下五類：一為一般選集──以詩人（三人以上）及其詩作為編選準

---

[1] 《全唐詩》是歷代以來最大的一部詩作總集，匯集了唐代各個時期繁榮發展的詩作，可謂是一部「囊括唐詩高峰的寶庫」，全書共九百卷（目錄有十二卷），共收唐及五代二千二百多位詩人的詩作達四百八十九萬首。清康熙年間由兩淮鹽政曹寅在揚州設印書局印製，俗稱揚州書局本，也是最權威的版本；後世刻印出版《全唐詩》，多以該版本為底本。

[2] 出版於一九九八年底的《全宋詩》，由傅璇琮、孫欽善、倪其心、陳新、許逸民掛名主編，經眾多學者與編校專家通力合作，歷十二載始完成出版，共收八千九百餘家詩人，總字數近四千萬字，為《全唐詩》的十二倍，堪稱中國最大的一部詩作總集，與《全唐詩》可合稱為中國古代詩選集的雙璧。

據，未有特別條件的限制，如《中國新詩選輯》、《中國現代詩選》、《現代百家詩選》等；二爲詩社選集——以詩社或詩刊爲單位，做爲選材的限定條件，如《龍族詩選》、《大地之歌》、《星空無限藍》、《混聲合唱》、《創世紀詩選》等；三爲年代選集——以年度或年代的時間之軸爲分類的界線，如《六十年代詩選》、《日據下台灣新文學詩選集》、《一九八三台灣詩選》，以及爾雅版的各年度詩選；四爲分類選集——又可分爲以內容爲分類準則的詩選，如《反共抗俄詩選》、《當代情詩選》等，以形式爲分類準則的詩選，如《小詩三百首》、《龍族的聲音》等，以詩人年紀、性別、籍貫、族裔爲分類準則的詩選，如《台灣新世代詩人大系》、《紅得發紫：台灣現代女性詩選》、《本省籍作家作品選集——新詩集》、《台灣原住民族漢語文學選集——詩歌卷》，以語言爲分類準則的詩選，如《台語詩六家選》、《客語現代詩歌選》等；五爲海外選集——選輯台灣地區以外的華人作品，如《大陸當代詩選》、《亞洲現代詩集》、《馬華當代詩選》等[3]。

從歷史角度看，詩選集編纂與出版之多寡，足以反映一個時代文學（詩歌）之盛衰，唐詩詩選的編輯即爲顯例。不論是

---

[3] 蕭蕭此一分類係以張默編的《台灣現代詩編目（1949-1991）》（張默，1994a）為依據（蕭蕭，1994a: 21-22）；事實上，自一九九○年代以來，各種新編之詩選集的出版，可說是層出不窮，這五種分類對之已不能全部涵括，例如「學院詩人群年度詩選集」，即係上述第三及第四類的混合（年代加上詩人屬性）；又如「詩路年度詩選」，則無法歸於上述任何一類，因為選錄的詩作，其所從出之「母體」——「詩路」，是一個架設在網路上的網站，並非我們之前所認知的詩社。

　　當代人編選當代詩人的詩選，或是後代人編選前代詩人的詩
選，在詩史的進程中，它始終是詩歌創作評論之外的一個主要
活動。從某個角度看，詩選的編輯還可以說是創作與評論的「總
結」，蓋前者係由後二者而來：一來詩選本身就是詩作的集結
（經編者篩選後的作品）；二來這些經過挑選而臚列的詩作，
本身實係通過編者的「審核」始得以入選，也就是取得了編者
給予的「定評」，而編者的「定評」標準，背後則又取決於其
依據的一套理論，換言之，詩選的編纂其實包含著（編者）一
套「無形的評論」，具體而微地反映了編著某種評論的眼光。

　　詩選既是詩作與詩評論的匯合，那麼如同李瑞騰所說，我
們即可以從「諸多選集的考察看出時代詩風」（1994: 8），尤
其是從不同的詩選集──這些不同的選集包含著眾多不同風
格的詩作及評論視野──經由拼圖而呈現出一個時代詩作的
風貌，「甚至據之以書寫詩歌發展的歷史」（同上引）。如果是
從後代人撰寫前代史的眼光來看，此說更是言之成理，因為後
代史家根本不可能重返之前的歷史去搜羅當時所有存在的作
品，除非確曾存有能將當時全部詩作檔案予以收藏的圖書館，
但這豈非痴人說夢？有鑑於此，後代史家撰寫詩史的史料依
據，幾乎就是來自之前各種詩選集（以及詩人個集），可見如
果沒有詩選，詩史的撰寫將會寸步難行，余光中因而也才鄭重
其事地指出：「詩的選集……可以說是傳後之門，甚至可成不
朽之階，所以選集的編者應該向文學史負責」（1994: 9）。

　　進一步言，詩選集的編者之所以應該向詩史負責，乃因其

所編纂之詩選，其本身不啻就是另一種版本之詩史。詩史畢竟
是由歷史長河中賡續不斷地詩作所構成，雖然在這條文學的歷
史長河中，詩人的創作活動以及因此而形成的各種文學現象，
與詩人的作品一樣，同時是文學史所涵蓋的範疇與內容；然而
毫無疑問的是，其中作品才是文學史真正的主角，一部詩史若
是少了詩作的呈現，那麼儘管有再多的詩人、詩社以及詩壇活
動與各種現象的描述，終究不能成其為詩史。而詩選集係基於
編者的某種理論視野所呈現出來的若干詩作的匯集，它的主角
就是作品本身，此外無他（除了交代編者的選編原則與條件之
外，但這些都屬次要），而這才是詩史的核心所在，換言之，
它讓詩作本身自己「說話」，說自己的歷史，不必編者替它舌
燦蓮花、浪費筆墨，也就是讓詩作自身撰寫它自己的歷史。所
以，瘂弦在談到年度詩選編纂的意義時便言：「一個各種文學
類型年度選集齊備的文壇，任何時候，人們只要把一冊冊年選
依序檢視，就等於巡禮了一遍以創作來說明的文學發展史。」
（1993: 1）

　　緣於此故，我們可以說，詩選之編纂本身即是一項撰寫詩
史的行為，或者換另外一種說法，即編者以編纂詩選來代替詩
史的撰寫，此時編者無異就是另一種史家或撰史者。如上所
述，以詩選來撰寫詩史，那麼，首先，它就是一部作品史；其
次，它也是一部展現編者觀點的歷史；再次，這部既是作品史
也是編者史的詩選集，在歷史長河的載浮載沈中，更是一部被
讀者接受與反（再）接受的歷史。放眼當今台灣詩壇，半世紀

以來所編纂出版的形形色色的各種新詩選集，莫不具備這樣的
特色，底下即以上述這三個角度進一步析論。

第二節　詩選即詩作史

　　張漢良在〈創世紀：詩潮與詩史〉一文中提及：「選集與
文學史的關係密不可分，它藉作品的選錄詮釋了文學史，具體
呈現了其部分面貌」（1984: 12）依其所信，詩選集乃具體呈
現了詩史的部分面貌；至於如何呈現這「部分面貌」的新詩史？
張漢良認為，應該一反傳統連續性文學史觀的作法，要先建立
詩作的檔案全集（corpora），然後把這些檔案變成所謂的「紀
念碑」（同上引）。易言之，在詩選集編輯之前，先要「上窮碧
落下黃泉」，務必將當時或之前的某個時期的作品蒐羅殆盡，
這就是「建立檔案全集」的概念；而這些廣為蒐羅的檔案全集
即為編選的詩作「母體」，從母體中再挑選出來的詩作，即「入
選的作品」，也就是編者為詩史樹立的「紀念碑」（或以後被接
受成為「紀念碑」）。

　　詩史既由詩作構成──或用張漢良上述的話說，係由詩作
呈現了其「部分面貌」，而為了掌握這些面貌，如上所述，就
要建立檔案全集。檔案全集的建立當然很費功夫，以「年度詩
選」的編纂為例，就必須盡可能將該年度所有發表在各類媒體
上的詩作搜羅彙整，而不能只選擇幾本詩刊、文學雜誌或幾家
報紙副刊。張默在提到他如何編輯《七十一年詩選》的經過時，

即特別強調對各種媒體廣爲蒐羅的重要。他勤跑國家圖書館期刊部，從全國報紙副刊開始以至於各類文藝期刊，先是閱讀，然後再將佳作影印存檔，如其所言：「當年報紙副刊，文藝、新詩期刊凡三十三種，全年共刊詩作三七六四首，每一首都攤開在編者的眼前」，並經初選（一一三位詩人的一八○首詩作）及決選（九十九位詩人的一三一首詩作）兩個階段（1994 b: 37），始完成《七十一年詩選》的編輯工作。

作品的搜羅彙整只是詩選編纂的初階，以何標準將其中具代表性或重要性的作品挑選出來，這才是編輯工作的重點所在。由於編者各人所持的見解及理論視野多有不同，以致言人人殊，其所挑選的詩作也就不盡相同，作品的呈現就會千差萬別，即便是針對同一年度或年代所做的詩選，光就篇幅來說，不同的主編就會編選出厚薄不一的選集，遑論其他。譬如有人即主張，倘若詩選強調的是「優選」──亦即當年度或該年代優秀詩作選集，那麼此時宜精選，寧少勿多；反之，如果要當作史料，則收錄的作品宜寬廣一點，能兼容並蓄最好（岩上，1994: 18）。《葡萄園三十周年詩選》就是一個例子。該詩選是一部厚達五百三十頁的「皇皇巨選」（麥穗語）（較之前葡萄園詩社編的第一部《葡萄園詩選》多出一二七頁），篇幅如此之大，如其〈編後記〉所說，係因詩選本身拒絕接納精選的建議，採取的是「大同主義」，亦即「走的是大眾化的道路」（文曉村，1992: 530）。

做爲史料的呈現，「大同主義」式的作品臚列方式，便很

難被拒絕，同樣出版在一九九二年九月的另一部《混聲合唱
──「笠」詩選》，不儘不遑多讓，甚至有過之而無不及，誠
如李魁賢爲該詩選所寫的〈編後記〉所言，這一部選集係做爲
笠詩社至一九八○年代爲止的「總結報告」，而笠同仁之所以
「選輯這樣一部詩千首的詩選」，便是希望他們的詩作能藉此
「一點一滴累積和呈現在歷史的記錄紙上」（2001: 960），換
言之，他們的意圖再清楚不過了：《混聲合唱》的編輯是在爲
台灣新詩的發展留下「歷史的紀錄」，也因此這部詩選足足超
出《葡》書達四三二頁之多。詩選之大且厚的情形不獨台灣爲
然，英美的例子也所在多有，如由艾爾曼（Richard Ellmann）
與歐克萊爾（Robert O'clair）二人合編的《諾頓現代詩選》
（*Norton Anthology of Modern Poetry*）（1989），即收有一八○
位詩人一五八○首詩作，厚達一八六五頁。即使是有限定主題
的詩選，像胡佛（Paul Hoover）主編的《後現代美國詩：諾
頓選集》（*Postmodern American Poetry: A Norton Anthology*），
亦厚達七○一頁，同樣是「皇皇巨選」。類此例子，不勝枚舉。

　　然而，再怎麼「大同主義」，全景式的編輯方式畢竟不是
全部作品的總匯集（若然，則不稱爲選集了），遺珠之憾或漏
網之魚，幾乎是所有選集都避免不了的事，例如一九六○年華
盛頓版的《現代詩袖珍選集》便漏選艾略特（T. S. Eliot）（余
光中，1994: 10）[4]。余光中認爲，該選集雖然漏選艾略特詩作，

---

[4] 《現代詩袖珍選集》之所以未選艾略特詩作，主要原因是擁有著作權
　的出版社（Harcourt, Brace & Company）拒絕授權（余光中，1994: 10）。

卻無損於艾氏的詩名（同上引）。話雖如此，遺漏重要詩人的
名作或代表作，終究不是權威版選集之福，這樣的詩選集必定
受人質疑，由其（以作品呈現方式）「代寫」的詩史，恐怕也
不具公信力。反過來說，詩人及其詩作的歷史地位，若受到代
表性或權威性詩選的忽視，難免受到影響，亦不能等閒視之，
李賀與《唐詩三百首》的關係就是顯列；而覃子豪、林亨泰、
鄭愁予與周夢蝶等人未被列入《中國當代十大詩人選集》（源
成版）（張默等，1979），更有不少人為之叫屈，「十大詩人」
名號（在當時似為一頂桂冠）畢竟與他們擦身而過。

　　於此我們終能瞭然於胸：一部詩選集雖然可以看成是某種
詩作史的呈現，但是它是否具備「信」史的性質，還要看它到
底選出了什麼樣的作品；即便是採多多益善的「大同主義」編
纂方式，對於詩作也不可能「來者不拒，照單全收」，歸根究
柢，也就是其所選之詩作本身是否具有代表性或典型性；這些
被選入的作品不論是用編年體（按詩作發表的時間順序編
排）、紀傳體（依詩人生年次序排列）或紀傳編年體（上兩種
方式混合）方式呈現，如果不具代表性或典型性，將會遭到質
疑。只有做為歷史切片呈現的代表性或典型性詩作，才能彰顯
詩選的歷史性，所以一部詩選集也就是一部代表性詩作的歷
史。

　　然而，何謂「代表性」或「典型性」？一首詩作是否具備
代表性或典型性，仁者見仁，智者見智，恐難有定論（尤其對
同時代人而言）；未被詩選選入的詩作，未必就不具備代表性

或典型性（有可能是編者本人看走眼）。問題是在浩瀚的歷史長河裡，被若干詩選所遺漏掉的詩作很可能就因此淹沒了，而不復爲人所知，這是歷史本身的缺憾。所以吊詭的是，不管好壞如何，一首詩只要它被選進詩選集裡面，久而久之，它就取得了某種正當性（legitimacy），也就具有了代表性或典型性，而這便是詩選予詩作正典化或律則化（canonization）的過程。詩史必須依賴詩作的正典化，而這正是「詩選是作品史」背後的涵義，詩選在歷史中爲作品樹起一座座紀念碑，而詩史則不能沒有這些紀念碑。

第三節　詩選即編者史

　　編輯（editing）做爲文學出版的一項活動，實居關鍵性地位；蓋作品必須出版（如果不出版，也就沒有被公眾閱讀的可能），而出版過程又須經編輯這個具有媒介性質的環節，由於編輯的參與，作品的初稿到公開發表或出版之間，有時就會發生若干程度的改變，有云編輯是作者的化粧師，作者不通的文字或者最輕微的錯漏字，皆有待編輯爲之潤飾、校正，經過編輯的「化粧」過後「面」世的作品，至少不至於「瘴頭鼠目」，面目可憎。編輯對作者發揮的影響力當然不僅止於此，他甚至可以爲作者訂出寫作方向，修改作品的內容（尤其是敘事性作品），提出文字修改的建議，換言之，在作品未交到讀者手中被閱讀之前，他已經先對作品做了評價，以致影響、左右了作

者的寫作。傳統的文學史只注意作者（與其作品），後來（一
九五〇、六〇年代以後）的文學史轉而關注讀者，卻獨獨將其
間居中參與並發揮一定影響力的編輯（或稱編者，editor）給
遺漏掉，致使文學史的研究總是存有一個縫隙。

　　詩選的編者在出版的過程中，其兼有編輯的角色於理甚
明，他介於詩人與讀者之間，是兩者的中介與橋樑，而從詩史
的眼光來看，其重要性並不亞於詩人，譬如資深詩人張默與中
生代詩人蕭蕭，他們在台灣詩壇居有相當重要的地位，一半也
因為兩人是若干重要詩選的編者。做為一名編輯，詩選編者負
有蒐集、評價、挑選、編排、校正等任務，這些工作不僅決定
了「何謂好詩」的標準，甚至也決定其如何呈現的方式（如是
否採編年體排序，或按重要性之等級排序，以及該選幾首等），
而這間接影響或決定了詩人及其詩作在歷史中的地位。即以張
默與蕭蕭合編的《新詩三百首》為例，該詩選將夏宇列在「海
外篇」而不在「台灣篇」，雖值得商榷，卻也顯示二位編者特
殊的「海外」觀點；而即以「台灣篇」與「海外篇」而言，一
位詩人均以選一首詩為原則，但包括覃子豪、紀弦、周夢蝶、
林亨泰、洛夫、向明、余光中、羅門、管管、商禽、瘂弦、辛
鬱、鄭愁予、白萩、林泠、敻虹、楊牧、羅青、蘇紹連、白靈、
渡也、向陽、夏宇諸人，入選之詩至少有三首（僅占 16％），
足見他們在二位編者眼中之分量。

　　從上述那樣的角度來看，由詩選所呈現出來的詩史，甚至
不是詩人本身的歷史，反倒是成了編者的歷史，因為編者既決

定了詩選展現的風貌,也等於間接決定了詩史的撰寫,例如各
年度的台灣詩選,不論是爾雅版或前衛版,按照林于弘的統計
分析,選自報紙副刊的比例高達四至五成(其中又以《聯合報
副刊》占的比例最高),主要發表詩作的國內各詩刊卻只占三
成左右(2001: 25-27),顯見這些編者的偏愛之處。為了矯正
此弊,笠詩社的李魁賢在他主編《一九九三年台灣文學選》(前
衛版)有關詩的部分,便即強調不選報紙副刊的詩作,因為他
認為「有活力的詩應當堅守在詩刊上」(引自岩上,1994:
18),此一詩選因而可視為李魁賢個人的詩選,而這「一段」
新詩史自然而然就變成李氏個人獨特觀點所再現的歷史,也就
是反映編者個人「偏見」的歷史,誠如他在〈選詩的偏見〉一
文所言:

> 選詩絕對是主觀的作業,牽涉到選輯者的詩觀、品味等
> 等,因此似乎不免會充滿偏見,古今中外比比皆是。有鑑
> 於此,我一向尊重選詩編輯的固執,輪到自己有機會編選
> 時,也會縱容自己的成見。(1994:19)

但是,編者的詩史只是「一種版本」的歷史,因為它不是
再現全部作品的「檔案史」(檔案全集),只能說是反映編者偏
見的一種「貼近史實」的作法。「貼近史實」當然不等於史實。
例如由辛鬱與白靈主編的《八十四年詩選》,白靈在書前即言,
該年度詩選最後由編輯委員(向明、余光中、辛鬱、洛夫、梅
新、瘂弦)召開的編審會議決定拒選當時詩壇聲譽如日中天的

夏宇的詩，儘管該年《聯合文學》在一二六及一二七期中一口
氣刊出了她的四十七首詩，「刊載之長，可謂文壇少見」，理由
是：夏宇「對既有語言規則懷有恨意、蓄意破壞」，並且「經
常形成一堆無意義的文字」（1996: 6），於是夏宇的名字便在
該年詩選中被這些編委先生（正好缺少女士、小姐）給擦拭掉
了[5]。類似的例子亦可見之於唐代殷璠主編的《河嶽英靈集》
與高仲武所選的《中興間氣集》二部詩選集，前書選了二十四
位詩人，而後書則選了二十六人，當時名家率多入選，獨獨都
漏了詩聖杜甫（向明，1994: 15-16）。這樣的詩選反映的當然
是編者特殊的偏見與嗜好，而這樣編纂出來的「詩史」充其量
也只是這些編者的歷史，不是史實的全部。

其實，二十世紀以來，以蘭克（Leopold von Ranke）為首
的客觀史實說，即一直遭到新史學的挑戰，詩選做為編者的歷
史，就如向明所說，雖然它是一種「時間的紀錄」，但同時也
是一種「價值的評估」（1994: 15），而這種「價值的評估」如
上所述，必然是主觀性的（也就是編者之偏見）。問題在：我
們如何看待這種具偏見性質的詩選集？如果誠如上述所言，詩

---

[5] 該年度詩選雖由白靈與辛鬱掛名主編，但最後入選詩作仍由編委組成
的編審會議決定，白靈並未享有最終的決定權，所以夏宇未能入選恐
非其意，在前文中他特別交代了不選夏宇詩作的理由，但更點出：「即
使如此，這並不妨礙她在詩創作上曾發射過的光輝，也不會阻擋許多
讀者對她詩作的愛好。」（1996: 6），似在暗示他個人其實並未排斥她
的詩作，故始有此語（否則未入選者多如牛毛，別人不提，偏偏對她
要特別附帶一筆），端的是「此地無銀三百兩」。做為一名掛名的編者，
白靈此語不無有向歷史交代的意味。

選是由編者「編纂」出來的詩史，而這樣的一部台灣新詩史又不能令我們心服口服——蓋因其無法放諸四海而皆準，那麼所謂「詩選是編者的歷史」，首先，就不是「一部」編者的歷史；其次，它也不是「少數」幾位編者的歷史，而是由「無數」、「不同」的編者所編纂的詩選，減去其中相互重疊的部分（不是去同存異，存異是必然，去「同」則只是去其「同」的倍數而已），再經貫串所「匯集」起來的歷史，這一部歷史同時也是「多部」歷史，也無法僅由單一或少數幾位編者「合撰」。

以一九八三年的年度詩選為例，該年共有爾雅版、前衛版及金文版三種不同的年度選集，分別由不同的主編擔綱：蕭蕭、吳晟、郭成義，並各自選出六十六家、五十五家及三十六家詩作，三冊詩選皆重複入選者僅劉克襄、李魁賢、向明、苦苓、渡也、洛夫、余光中、非馬、林彧、沙穗、管管、張雪映、汪啓疆、羅門、李敏勇等十五人，比例極低。不惟如此，依照林于弘的統計及比對，這三本同年問世的詩選集彼此所收詩作，竟然沒有一首詩被重複選錄；更離譜的是，蕭蕭在爾雅版的《七十二年詩選》中所特予推薦的足以代表該年度的十二首好詩，在前衛版及金文版詩選中都全軍覆沒，可見三部詩選所呈現的歷史之南轅北轍（2001: 24）。換言之，我們無法從其中一部詩選來完全「還原」一九八三年的這一段「詩史」，這一年度的詩史，至少必須由蕭蕭、吳晟和郭成義（以及與之共同編選的其他編委）等編者所主編的詩選經過交織彙整，始能得出一部分歷史的梗概。這裡沒有所謂的「一家之言」，亦即

詩選呈現的應是編者「多家之言」的詩史。

第四節 詩選即接受史

如上所述，詩選呈現的雖然是由被紀念碑的詩作所貫串的歷史，惟由於這些詩作的再現係透過做了中介的編者所決定的，所以這些詩選所呈現的乃是以編者的眼光再現的詩作史，而此時編者角色無疑具有雙重身分：在編選之前，他是入選詩人的讀者；在編選時與編選後，又權充了他們的「再」作者，藉選集使他們有新的歷史身分（張漢良，1998: 1）。就第一重身分而言，編者係這些詩作檔案（poetry archive）的讀者，對於它們起著接受的審美作用；就第二重身分而言，編者雖係一位「再」作者，他所編選的詩選也面臨其他編者與讀者的「再」閱讀，經由不同視點的「再」閱讀，也就可能導致另一部或多部詩選的重編出版，後者則由此啟動作品接受的第二道流程。由是觀之，不論編者是基於上述那一種身分，其所編纂的詩選，呈現的乃是一種讀者接受的詩史。

詩選雖然藉由作品的臚列與編排構成一種詩史，但這並不意味它可以構成一個獨立發展的序列，事實上，它是某一或少數編者「依其所信」閱讀大量詩作後所編列出來的接受史，而不同的詩選即呈現詩壇不同的接受狀況。康士坦茨（Konstanz）學派的重鎮姚斯（Hans Robert Jauss）即強調，文學史並非只是文學事件、事實和作品的編年史式的羅列，它應該是作家的

作品被持續閱讀與分類的「接受」結果,所以文學史不只是作者及作品的歷史,而是讀者參與其中的接受史,誠如他在《走向接受美學》(*Toward an Aesthetic of Reception*)一書中所言:

> 美學的意涵係植基於這個事實:讀者對一部作品首度的接受,包括了將其與已經讀過的作品來做美學價值的檢驗。此一明顯的歷史意涵即第一位讀者〔對於此作品〕的瞭解,將以接受之鏈的方式從一代到一代被加以保留及獲得充實;而以這樣的方式,一部作品的歷史意義將被決定,且其美學價值亦會變得明顯。(1982: 20)

從這個接受的角度看,詩選的編者如前所述必須先是一位讀者,那麼他如何編選詩作則會拿他之前所讀過的其他詩人的作品來做為「參照系」;而在他編選詩選集之後,將會有一代復一代(或者籠統地說,即所謂的後來者)的讀者對之再三的閱讀,形成姚斯所說的「接受之鏈」(a chain of receptions),也就是詩選接受史的形成。

但是這個詩選的接受史顯然還有更深的涵義。不論任何一部詩選集,在其出版之後即已進入所謂的「接受之鏈」裡,詩選的編者做為一名讀者與「再」作者所編纂的詩選,立刻成為其他讀者閱讀與品評的對象;而成為被閱讀對象的詩選即有可能再催生出另一部以至於多部詩選,因為後來的「做為一名讀者」的另一位編者,由於對該選集的不滿意或者彼此視見的差異,甚至是出於詮釋權爭奪的動機,重新另起爐灶,再編選出

版另一部不同的詩選。而新詩選一旦出現，也馬上進入「接受之鏈」中，再成爲其他人閱讀與接受的對象，啓動另一波接受的流程，這也就是游喚提出的詩選與反詩選的辯證過程。

　　游喚在〈詩選的性質與功能───一種批評詮釋的策略〉一文提到，詩選乃是詮釋團體的一種策略性出擊，可以說是用集體意識運作下的集體符號來合理化的一種主張，雖欲爲之合理化以召公信力，構成權力與權威，但由於其出發點是在「選」，而不是「全集」式的非選擇，所以總是有被「未選」的部分───從這個「未選」的角度看，則所謂的「詩選」其實也就是「反詩選」。這是第一層「反詩選」。未入選之詩作「非關詩本身的問題」，如年度詩選之「選此漏彼」，也僅「代表一個或多個總合的某詮釋團體之批判」（即未符合其典律化之標準）。針對這未選的部分，即已「成另一種意識形態之祭品」的詩作，遂有另一詮釋團體的「選而再選」，這就是第二層的「反詩選」。例如蕭統的《昭明文選》，「說它選出了至少到蕭梁爲止的文學作品之『精品』，選出了各體文的『典律』或『正典』，故稱「天下文章盡美於斯」，曰「總其成」。問題是，在這本做爲正典的選集大爲流行的南宋，便有《文選補》出來反正典，因其認爲《昭》書遺漏了不少佳作；至明清兩代又陸續有《廣文選》、《續文選》出來，繼續打著反正典的口號（1994: 27-28）。

　　台灣的年度詩選更是如此，一九八〇年代前半葉打對台的爾雅版與前衛版年度詩選即爲顯例，而金文版的《當代台灣詩人選（一九八三卷）》對前二部詩選的「反詩選」不言可喻，

呈現出各自不同的接受狀況，如前所述，三書所選詩作殆不相同，誠如游喚上文所說：「一旦有選詩成爲招牌，就自然也有反選詩，以及反反選詩。依此延伸，反反反……，反下去的結果，便是選詩的典律於焉確立。」（同上引，30）因此，他主張最好的詩選作法便是：選而再選；詩選要走向百花齊放：

> 你不難看到，學院派的選！江湖派的選！媒體宰制的選！階級對抗意識的選！詩主張不同的選！文學觀點不同的選！標榜好作品好詩而其實就是爛詩爛作品的選！乃至新生代對立中生代的選！以及由此延伸的更多的選！最後，以鞏固地位，略近於宣言式佈告式的同仁詩選！（同上引）

上述這種「詩選」與「反詩選」的辯證過程，在時間之流裡，彼此相互交織成一部詩史，而由眾多不同詩選構成的這樣的一部台灣新詩史，不啻就是一部由不同的時空（世代與社會系絡）同時存在的諸種情形不一的接受狀況所形成的「接受之鏈」的歷史。從這個意義看，一部詩選不能構成詩史，在詩史裡頭，由於不同的讀者與編者彼此互異的接受狀況（different conditions of receptions），不存在「一家之言」；換言之，以台灣新詩史而言，它必須同時由諸種不同、先後不一的各類詩選交織匯集而成，其中則包含有各式各樣、形形色色的詩選與反詩選，所以這是一部「複數」的接受史。

第五節　結語

　　如前所述，若以詩選來代寫詩史，則勢必得出一種「多部複數」的歷史，在詩選與反詩選的辯證過程中，背後更有爭奪歷史詮釋權的較勁意味，在台灣有所謂「年度詩選」的編輯出版，在中國大陸也有所謂的「新詩年鑑」的編纂，而其編委會的組織（及掛名主編），從撰史或更廣義的歷史詮釋的角度看，毋寧都是出於「以編者代作者」這樣的動機。

　　就拿「三百首」的編纂來說，在台灣本地，除了張默與蕭蕭合編的《新詩三百首》之外，小說家楊青矗亦於二○○三年主編出版了一本《台詩三百首》（共選自明鄭時期迄至一九八○年的創作古詩三四一首），目的無他，旨在強調「台灣文學的主體性」，而這當然有和蘅塘退士《唐詩三百首》互別苗頭的味道；究其實，說穿了，無非也就是對文化霸權（hegemony）的爭奪。在中國大陸，有關「三百首」之編纂出版，更不讓台灣的張默、蕭蕭二氏專美於前，而且還鬧出「雙胞案」，於一九九九年（千禧年前一年）同時出版了由譚五昌主編的《中國新詩三百首》與由謝冕、牛漢合編的《新詩三百首》[6]。二書

---

[6] 關雙胞案的《新詩三百首》，曾被列入「中國當代文壇劍客」排行榜。起因是：原來譚五昌本人曾於前一年和唐曉渡、劉以林、陳旭光、劉福春等人參與該案出版的籌備；後來擬定的二十八位編委會名單中卻將譚五昌排除，之後隔年九月市場上即率先出現譚一人主編的《中國新詩三百首》（北京出版社出版），而謝冕等人的《新詩三百首》才在

雖然於同年分別出版,端的是另一種詩選與反詩選之爭;並且不同的編者也主編出不同風格的作品選,例如以選入的台灣詩人作品而言,前書占的比例較高,而後書則顯然有意予以「冷處理」。

然而,無論是從作品、編者或是接受的角度來看,以詩選撰寫的詩史,誠如上述,並不存在「一家之言」,新詩的歷史裡乃是眾聲喧嘩的場面,每一部詩選提供的只是一個「摘要式的檔案」,而這才是以詩選撰寫詩史的真諦。詩史是變動的,後來者的「編」、「撰」,愈逼近歷史現場,也就會愈牽扯不清,難免招致介入歷史甚或干預歷史之譏,所以,後代人「選」前代史,較能取得一客觀的距離,而這也是歷來史家常存的默契。今天,當代人編撰當代詩史,似也應有這樣的共識。

年底面世(中國青年出版社出版)。至於譚氏是否剽竊了中國青年版該書的選題構想,則迄有爭議。

第五章

中國的台灣新詩史觀

第一節　前言

　　自一九八七年遼寧大學出版了由多位學者集體撰述的《現代台灣文學史》以來，相關的「台灣文學史」論述在大陸學界便源源不斷出現[1]，已出版的較著名的包括：公仲與汪義生的《台灣新文學史初編》（1989）；黃重添、徐學、朱雙一、莊明萱、闕豐齡的《台灣新文學概觀》（上、下冊）（1991）；劉登翰、莊明萱、黃重添、林承璜的《台灣文學史》（上、下卷）（1991; 1993）；以及王晉民等人的《台灣當代文學史》（1994）。這些有關的台灣文學史著作，都另闢有專章討論台灣新詩的部份，儘管其篇幅比重不一。至於專論台灣新詩史的著作，迄今仍只得一冊，即古繼堂於一九八九年同時由大陸的人民文學出版社與台灣的文史哲出版社出版簡、繁體字版的《台灣新詩發展史》──這也是台海兩岸迄今唯一一本有關「台灣新詩史」的專書。此外，由洪子誠、劉登翰合著的《中國當代新詩史》（1993），篇幅只分三卷的本書，將其卷三部分全給了台灣新詩，占去全書三分之一的內容，不啻就是一小

---

[1] 大陸學者對台灣文學的研究，依王幼華所信係筆始於一九七九年元旦葉劍英發表的〈告台灣同胞書〉，該文告的目的是希望大陸以文學為工具，達到「祖國統一大業」。由於葉劍英的這個指示，使得大陸初始對台灣的研究，多充斥「政治掛帥」的論點（王幼華，1992: 59）。惟此說法在本章以論文形式宣讀的「兩岸現代詩學國際學術研討會」（二○○三年十二月六日由佛光人文社會學院當代詩學研究中心主辦）會上，擔任講評的南京大學中文系朱壽桐教授曾提出質疑。

部台灣新詩史。有鑑於此，本章底下所進行的論述對象將以古書及洪、劉二氏該書爲主，並兼及上述有關的文學史論著。

　　那麼，台灣新詩史該如何撰寫？這就不能不檢視撰史者究持何種史觀的問題了。出於不同的史觀，就會寫出不同版本的文學史，而史觀則又常常立基於撰史者的文學理論與批評方法，所以文學史和文學理論、文學批評兩者是密不可分的，前者幾乎無法和後二者脫鉤而獨立做研究，誠如韋勒克（Ren’e Wellek）與華倫（Austin Warren）二氏在《文學理論》（*Theory of Literature*）一書中所說：「文學理論不包括文學批評或文學史，文學批評中沒有文學理論和文學史，或者文學史裡欠缺文學理論與文學批評，這些都是難以想像的。」（1977: 39）既然如此，那麼要探究上述古繼堂、劉登翰等人的台灣新詩史觀，也就不能不從其所持的文學理論與批評方法著手。當然，史觀的探究不能以文學理論與批評爲已足，尤其在彼岸對台灣文學的論述中，難免有政治因素的糾葛在內，這就涉及其背後所持意識形態的問題，而這問題又無法和兩岸彼此對立的政治立場徹底撇清。

　　首先，從微觀的角度看，彼岸學界對於台灣新詩作品的探討，雖亦有從修辭學（或廣義的形式主義）的批評方式入手，但多爲主體性的印象式批評（impressionistic criticism），按照游喚的分析，其手法多表現爲私人感發與散文譯解，特別是散文譯解的方式，在游喚看來多屬廢話（蓋譯解的內容已是原詩

所有）[2]，所以他認爲「大陸的台灣詩學」，顯現了「理論的
貧乏」（1993: 9）。也正由於詩學「理論的貧乏」，使其對
於詩作的解讀傾向於從傳統的作者論（author studies;
author-oriented approaches）著手，而這主要又分爲傳記式批評
及詩人創作意圖的探索兩種解讀方式，古繼堂上書尤其是從此
一角度著眼，以此做爲台灣詩人與詩作評價的基礎，並成爲其
新詩史論述的主軸。而以作者論方式解讀詩作，則不需撰史者
太多的理論素養。

其次，從宏觀的角度看，幾乎所有中國有關台灣新詩史的
論述，都以詩社來劃分其流派，並以此凸顯其於詩潮演變中所
占據的重要地位，以致在按年代順序編撰詩史的發展中，慣以
詩社切塊分章（節）討論。具體的作法即先劃分詩社（或詩派），
再以劃分的詩社編派不同的代表性詩人，進而一一論述這些不
同流派的代表性詩人與詩作，也就是林燿德所說的：「以各詩
社的成立過程領銜，並以詩人個論爲專節討論」，這就導致「詩
社史在文學史中非常諷刺地被神聖化了，並取代了所謂『詩藝
自身的規律』」（1995: 15）。

復次，不論是從宏觀面詩潮的演變抑或自微觀面詩作的解

---

[2] 游喚認爲，之所以需要詩評家去做散文譯解的工作，是因爲在基本上，
那是「拿一種語言系統去對待另一種語言系統的方式」，譬如，用現
代語體去譯解古文古詩。但是，大陸詩評家對於台灣新詩的譯解，卻
是「在基準點上同屬於一個系統下，去把那首詩的『什麼』說出來。
這個說出來的『什麼』，亦即是不在書面語上的弦外之音。簡言之，
現代詩的語言系統不需要散文譯解，因爲它本身即已是與散文語言同
一系統，只是在形式與結構技法上有別於散文。」（1993: 12）

讀，以至於詩人在詩史中的定位，如上所述，中國學界喜從意
識形態的角度立論，向來不避諱其「中國統一」的政治立場，
以中國主義（亦即民族主義加中國論）的解讀文字來強作解
人，將台灣新詩納爲中國（大陸）新詩的一支，說成「台灣新
詩是在台灣的中國新詩」（游喚，1992: 25）。面對這樣的史
觀，台灣詩人及評論家率多期期以爲不可，誠如林燿德所言：
「十餘年來大陸的台灣文學研究往往令台灣本地的創作者產
生層層疑慮，其中最大的疑慮是政治的操作與台灣文學淪爲
『邊疆文學』的險境」（1992: 48），顯示此間對彼岸的中國
主義論述不表贊同的態度。

　　有鑑於此，本章底下擬從作者論、詩社觀、中國主義
（Chinaism）三個層面，分別檢視中國大陸的台灣新詩史觀，
並在檢視與討論之餘，提出其可供質疑之處。

第二節　作者論

　　作者論是一種文學的外部研究，而所謂的「外部研究」，
指的是對文學作品所產生的背景、環境，以及包括作家的生
平、屬性（身分）、創作理念與意圖等等的研究，作品本身反
而被忽視了。歷來文學史的研究，誠如韋勒克和華倫二氏所說
的，過份側重文學的背景，對作品本身的分析極不重視，卻把
大量的精力消耗在對環境及背景的研究上（1977: 139）。作
者論即爲文學史中常可見到的一種外部研究方式，廣義的作者

論包括傳記式批評（biographical criticism）、心理學或精神分析理論、現象學（phenomenology）、原型批評，甚至是較早的表現主義等。狹義的作者論則認為文學主要是作者個人的產品，因而文學研究「主要地必須從考察作者的生平和心理著手」（Wellek and Warren, 1977: 73）。所以，韋、華二氏即言：「一部文學作品最明顯的起因，就是它的創造者，即作者。因此，從作者的個性和生平來解釋作品，是一種最古老和最有基礎的文學研究方法。」（1977: 75）

如上所述，中國學界所撰寫的台灣新詩史，其所採取的作者論研究方式，主要係從詩人的生平以及詩人的創作意圖與理念著手。這二種研究方式都成了其解讀作品的主要依據。先言第一種作者論的研究方式。從詩人的生平（遭遇）來解讀作品，是典型的一種傳記式批評。以傳記式批評來編撰文學史，其結果就導致每每在評介一位詩人之前，先來一段有關他生平的簡介，從他生於何年、長於何地，以至於求學經過、婚姻狀況等等，大致都有扼要的交代，例如公仲與汪義生的《台灣新文學史初編》，書中對於詩壇重鎮洛夫的評介占有三頁的內容（125-127），然而光是對他生平的介紹便將近占去一頁的篇幅（125）；類此例子，可以說幾乎已成了古繼堂與洪子誠、劉登翰上二書的「寫作模式」。

茲舉古繼堂上書對於蓉子的評介部分以為說明。在該書（文史哲增訂再版）第二二○至二二一頁，對於蓉子出生與家庭背景、求學與來台經過、寫作歷程、出版作品、婚姻與退休

生活等等，都有簡要的交代；第二二一至二二三頁則進一步敘述了她初中時代的生活點滴，以及生於三代皆爲基督徒家庭背景對她創作上的影響；第二二六至二二七頁甚至還追蹤她曾參加台灣女作家三人代表團（一九六五年）訪問南韓時的情景，以致有懷鄉之作〈古典留我〉的發表。而蓉子寫詩究竟起於何時？她的師承又爲誰？此又對她的創作有著什麼樣的影響？古繼堂在此舉了她早年（一九五二年）發表的小詩〈笑〉做了說明。他說：「不管是詩的小巧的形式、清新優美的風格，還是詩的感情上和哲理上的蘊蓄，彷彿都有冰心的影子在晃動。」（1997: 222）但是〈笑〉中怎麼會有「冰心的影子在晃動」？古繼堂在此則展開了他傳記式追溯的功夫：

> 蓉子嫁給詩神，並不是到台灣以後的事。早在家鄉讀小學時，她就開始做「現代李清照」的夢。初二時，一次老師佈置作文，別的同學都寫了作文交了，而蓉子卻大膽地寫了一首詩代替作文交了。詩交上之後，蓉子的心如十八個吊桶打水，七上八下，不知老師會怎樣發落。但等的結果卻出乎蓉子的意料，老師做的批語是「東西很好……字不好」。蓉子看到老師的批語高興極了，由此她彷彿拿到了去往詩國的通行證，便下定了要做詩人的決心。蓉子的幼年時代，非常喜歡冰心和泰戈爾的詩，她常模仿冰心的作品進行創作，因而同學們送她一個雅號「冰心第二」，蓉子以此為榮。所以蓉子走進詩國的大門，啓蒙老師冰心是

指路人。冰心五四時期那露水般清新、珍珠般玲瓏的詩風，明顯地凝結在蓉子的作品中。（1997: 221-222）

古繼堂這種傳記式的批評史觀，使其在臧否詩人時，往往不從詩作的文本下手，而是視其生平中所經歷的事件（或運動），以及其於所涉事件中所處之位置如何而定。不僅如此，在解讀詩作並為其定位時，傳記式批評常成為他慣用的手法，例如他在解讀周夢蝶的詩作時所提出的「詩的現身性」主張，即係一種典型的傳記式批評。他認為周夢蝶有一部分作品是從其自身出發，「從自我寫起，再折射現實」──這就是他所稱的「作品的現身性」，底下他就以周夢蝶的若干詩作說明其作品如何具有「現身性」：

> 例如他的〈山中拾掇〉組詩，是自我生活的寫照。其中的〈守墓者〉就是他於一九五九年的一天，因生活所迫，應朋友建議，到台灣六張犁公墓去當守墓人所獲靈感的結晶，不過當他帶著麵包水壺，到墳塚壘壘，荒草滿地，墓碑如林，夜裡令人毛骨悚然的墓地住了一夜後，他再也不幹了，那一夜恐怖離奇的生活，使他創作了這首有名的詩。他的〈焚麝十九首〉中的〈還魂草〉、〈尋〉、〈關著的夜〉、〈錯覺〉、〈晚安！小瑪麗〉、〈虛空的擁抱〉、〈空白〉、〈你是我的一面鏡子〉、〈絕響〉、〈落櫻後，遊陽明山〉等，是分別贈給兩位情人的，或者是和女友結伴而行的收穫。周夢蝶本來皈依佛門，談經論道，生活是

相當嚴肅的。但是三十多年的獨居生活，可能使詩人感到
過於乏味，從六○年代到七○年代，他的生活比較平靜
點，生活中出現了兩件自稱為「柏拉圖式」的事件。一位
十七歲的台北一女中畢業和一位身世淒涼、秉性剛烈的女
子，先後闖進周夢蝶的生活。周夢蝶為她們獻出了感情，
獻出了詩。（1997: 252-253）

　　次言作者論的第二種研究方式。中國學界慣以徵引詩人
「夫子自道」的話，做為解讀詩人自己作品的依據，為此，他
們常常必須從台灣詩人詩集的序、跋文以及其自剖詩觀詩論的
文章中，尋繹其蛛絲馬跡以為立論。他們或以為，讓詩人「現
身說法」來為自己的詩作「講話」，毋寧最具公信力，也是一
種最具權威的詮釋方式。這種作者論的詮釋手法，如前所述，
無非就在藉此以探測詩人的創作理念與意圖，以之做為評析詩
作的基礎。如洪子誠、劉登翰上書在評介瘂弦（早期）的詩作
特色時，便援引《瘂弦自選集》中瘂弦自己的話說：「我早期
的詩可以說是民謠風格的現代變奏，且有超現實主義的色彩，
在題材上我愛表現小人物的悲苦，和自我的嘲弄，以及使用一
些戲劇的觀點和短篇小說的技巧。」（1993: 514）又如古繼
堂上書在評析敻虹的〈白鳥是初〉這首詩時，亦引詩人此詩的
詩後註以為對該詩「思想的分析」：「白鳥，是代表我至遠至
美的童夢，那幾乎是不可追尋的幸福。孩提時，我常夢見白鳥，
體態嬌小，翎羽瑩潔，靜靜地跳躍於桂樹的細枝間，葉蔭使空

氣變得清泠。這一直是我最珍愛的秘密。謹以此詩贈給藍。」
（1997: 231）[3]尤有甚者，若逢無適切的（或找不著）詩人的
「自剖話語」，只好拿其親朋好友的話代為充數（愈親愈有信
賴感），洪、劉二氏評析管管的詩風時，以管管前妻袁瓊瓊當
時為他所寫的一篇序文〈吾遇見一匹馬〉的評語，做為詮釋的
依據（1993: 521）[4]，即為顯例──這也算是變相的一種作者
論。

　　持作者論史觀的彼岸學者，或許如韋勒克和華倫二氏在上
書所說的，他們均認為：首先，「傳記可以有助於揭示詩歌實
際產生的過程」，蓋其為系統地研究詩人的心理和詩的創作過
程提供了材料（1977: 75）；其次，「如果我們能確定作家的
創作意圖，並看到該作家已達到他的目的，我們也就解決了文
學批評的問題：既然原作者已經滿足了當時的要求，那麼就毋
須，甚至也不可能，再對他的作品做進一步的批評了。」（1977:
41）

---

[3] 夐虹這首詩的詩後註最後一句：「謹以此詩贈給藍」，想不到竟引發古
繼堂莫大的興趣，在書中為此還不惜筆墨去「探討」「藍」到底是誰
（或者是什麼），想要揭開「藍」中的秘密（1997: 231-232）。典型的
傳記式批評手法，在此可說一覽無遺。

[4] 袁瓊瓊在〈吾遇見一匹馬〉中對於管管的創作風格有底下不無調侃味
道的解讀：「可以說管管是個寫『自身』的詩人，他所寫的每一行文
字都可以在他自身找到棲止。做為一個人，管管是熱愛萬物的，但做
為一個詩人，管管卻除了自己什麼也不觀看。他不寫民生疾苦，不寫
國家興亡，不寫象牙塔內，也不寫象牙塔外．．讀《荒蕪之臉》即是
在讀管管。……內中除了管管以外一無所有，他可以說是當今最膽大
的、也是最偉大的『肚臍眼作家』。」（洪子誠、劉登翰，1993: 521）。

　　然而，即便不談兩位後結構主義理論家傅柯（Michel Foucault）與巴特（Roland Barthes）所提出的「作者死亡」（the death of author）的說法，韋、華二氏對上面的論調亦不敢恭維：首先，雖然我們很難不以詩人去解釋詩作，因為詩人本身也認為他的詩作正如歌德的名言所說係「偉大自白的片斷」；但是詩人自傳性的個人敘述與同一母題在詩作中的運用，兩者之間存在的差別仍不可能抹殺掉：

> 一件藝術品與現實的關係，與一本回憶錄、一本日記或一封書信與現實的關係是完全不同的，前者是在另一個平面上形成的統一體。只有誤用傳記式文學研究法的人，才會拿一個作家最具有私人性質和最偶然的生平材料做為重點研究的對象，而以這些材料為根據來解釋並編排詩人的作品，惟這種解釋和編排往往與從作品本身的判斷和分析所獲得的結論是完全脫離的甚至是相互矛盾的。（1977: 77-78）

　　其次，認為詩人的「創作意圖」就是文學史的主要課題這樣一種觀念，看來也是十分錯誤的。一首詩作的意義絕不僅僅止於也不等同於詩人的創作理念與意圖；做為一首詩的全部意義，是不能僅僅以其作者和作者同代人的看法來界定的。「它是一個累積過程的結果，也即歷代的無數讀者對此作品批評過程的結果」（1977: 42）。平心而論，以作者論撰寫新詩史，容易入手，只要資料、材料蒐羅完備，就難不倒撰史者；然而，

如此的研究方式，卻往往證明了一件事，那就是撰史者「理論的貧血」。

第三節　詩社觀

　　詩社觀是一種以文學集團的角度來爲詩人定位，並以之做爲詩潮演變的註腳的看法。嚴格而言，這其實是作者論史觀的擴大，蓋詩社乃是詩人的集結，由多位詩人形成一個集團，從這裡放大去觀看整個詩史的流變，也從這裡縮小去考察詩人的歷史地位。詩社做爲一個集團，往往也由集團形成一種流派，在文學史的撰寫中，不論是中國文學或西洋文學，文學集團或流派或多或少都扮演其中一個重要的角色，文學史中很難沒有它們的位置。譬如法國的當代文學史中就少不了新小說派的一頁；在新小說派之後更有活耀在一九六○、七○年代法國文壇的所謂原樣派與新新小說派，這是一批團結在《原樣》（Tel Quel）雜誌周圍的前衛作家（張容，1993: 9）。又如中國文學史中提及宋詩的一章，以黃庭堅爲主的江西詩派必占有一席之地，而所謂「江西宗派詩者，詩江西也，人非皆江西也」（見楊萬里〈江西宗派詩序〉）[5]；江西詩派之餘尚有四靈派、江

---

[5] 嚴羽的《滄浪詩話》曾謂：「山谷用工尤為深刻，其後法席盛行，海內稱為江西宗派」，而江西詩派之名，則始自紹興進士呂本中所做《江西詩社宗派圖》。被列入此一詩派的詩人，依《苕溪漁隱叢話》（卷四十八）所說：「自豫章以降，列陳師道、潘大臨、謝逸、洪芻、饒節、僧祖可、徐俯、洪朋、林敏修、洪炎、汪革、李錞、韓駒、李彭、晁

湖詩派等（林庚，1995: 367-370）。此外，像譚正璧晚近出版
的《中國女性文學史》中，在第四章論及「隋唐五代女詩人」
時，「唐代宮闈女詩人」做為一個「派別」，也占有兩節的篇
幅（2001: 109-124）[6]。

　　或緣於此故，公仲與汪義生合著的上書，在論及台灣「現
代派文學」時，便認為其「以現代詩的興起為發端，而現代詩
的發展，又以詩社、詩刊為中心」（1989: 103），並將現代
詩的發展，派給三足鼎立的《現代詩》、《藍星》及《創世紀》
（既為詩刊，亦是詩社）以主要的角色，三大詩社縱橫了一九
五○及六○年代的台灣詩壇，當中卻只約略提及《南北笛》與
《葡萄園》，至於以省籍詩人為主的笠詩社，其主辦的《笠》
詩刊後來雖「成為台灣最有影響的詩刊之一」，惟在當時被渠
等認為似乎也只是「聊備一格」的角色。不論葡萄園、笠詩社
在當時究竟扮演何等角色，其出以詩社觀的撰寫立場則一。

　　此種詩社史觀，在上述古繼堂、劉登翰、朱雙一……諸人
的著作中亦可見之。例如由劉登翰執筆的海峽文藝版的《台灣
文學史》（下卷）第五章有關「現代主義詩歌運動及其詩人創
作」部分，不看內容，光看其節目的安排（共四節）：「現代

冲之、江端本、楊符、謝薖、夏倪、林敏功、潘大觀、何覬、王直方、
僧善權、高荷，合二十五家。」（林庚，1995: 367）

[6]　譚正璧列出的唐代宮闈派女詩人包括：長孫皇后（太宗）、徐惠、上官
　　婉兒、楊玉環、江采蘋、宜芬公主、龍城公主、金真德、宋氏五姊妹
　　（宋若華、宋若昭、宋若倫、宋若憲、宋若荀）、鮑君徽，以及武曌
　　女皇等人。

主義詩歌運動的發展及其論爭」、「紀弦、鄭愁予與『現代派』詩人群」、「覃子豪、余光中與『藍星』詩人群」、「洛夫、瘂弦與『創世紀』詩人群」，即能一目瞭然，他是以詩社的文學集團觀點來架構這一段台灣現代詩史。所以，他和洪子誠才說：「在某種意義上，台灣的詩歌運動史，往往也被闡述爲詩歌社團的發展史。」（1993: 460）

　　以詩社來架構並貫串台灣新詩史者，最具代表的則非古繼堂莫屬了。在古氏上書中，從中篇〈台灣新詩的再興與西化期〉到下篇〈台灣新詩的回歸期〉，以至於再版增訂的續篇〈台灣新詩的多元化〉，可以說完全以詩社做爲分章論述的基礎。在「再興與西化期」中，如同前述公、汪、劉等人所持的論調，亦以現代詩（派）、藍星、創世紀三大詩社分章論述；在「回歸期」中，則以葡萄園、笠以及於一九七〇年代初興的年輕詩社包括：龍族、主流、大地、海鷗、秋水、綠地、草根、詩潮、掌門、陽光小集等，做爲分章、分節論述的架構。至於從一九八〇年代開始的色彩斑爛的「多元化期」，古氏亦提及不少流派，例如「後現代派青年詩人群落」，而被歸入此一群落的所謂「後現代派詩社」則有：四度空間、地平線、象群等詩社（1997: 524）[7]。按照古繼堂的觀察，台灣詩壇極具群體意識，因爲主宰詩潮起落的詩刊，基本上都是詩社創辦的，這種情形恰和大

---

[7] 此一歸類頗值得商榷。嚴格而言，台灣詩壇並無古繼堂所稱的「後現代派」，四度空間等三個年輕詩社，雖頗具前衛性色彩，但其同仁未盡皆爲「後現代派」。台灣後現代詩人其實不成派（孟樊，2003:1-4）。

陸詩壇各自為戰的情況形成鮮明的對照：

> 當然在大陸詩壇上如今也或明或暗地出現了以某些地方
> 特色為標誌的詩人群落。比如西部詩人群落，中原詩人群
> 落，上海詩人群落等。但大陸上的這種詩人群主要表現在
> 作品風格和特色上，而不像台灣的詩社同仁之間，是一個
> 有形的組織和集體，是每個成員都必須愛護和維持的中
> 心。台灣詩壇的群體意識是和台灣的社會和歷史背景分不
> 開的。台灣是一個競爭激烈的社會。在弱肉強食的情況
> 下，單憑個人力量難以生存和發展。於是人們便學會了借
> 群體的力量相抗爭。詩社的功能大體上有這樣幾種：一是
> 積資創辦詩刊為同仁提供發表園地；二是藉集體的力量保
> 護自己，擴大影響；三是創造共同的藝術風格。由此結成
> 一個個詩社，從而構成台灣詩壇濃厚的群體意識。（1997:
> 7-8）

　　古繼堂這一段話等於告訴我們，他的《台灣新詩發展史》
為何會持詩社史觀，係因台灣詩壇有著大陸所缺乏的群體意
識。正因為如此，詩人必須歸入詩社名下，始能取得被論述的
位置，這是撰史的原則；至於無法歸入任何詩社的吳晟、蔣勳
等人則都屬例外了（420-430）。然而，詩社史觀所引發的問
題也恰恰在此出現。筆者在一九九二年評古氏上書的〈書寫台
灣詩史的問題〉一文中即曾對此一史觀提出兩點質疑：其一是
台灣詩人跨社的風氣十分普遍，例如林亨泰和白萩二人，早先

都是現代派的一員，後來又相繼成為笠詩社的發起人。而古氏將白萩硬列入「回歸期」的代表人物，但書中所引詩例卻又極具現代性，觀點難免矛盾。其二是詩壇上仍有不少重要的詩人並未加入任何詩社，比如夏宇、羅智成[8]，以及上所舉吳晟、蔣勳等人，古氏不及見此，該書初版遂將羅智成漏列（75）。此外，一九七〇年代以來旋起旋滅的新興詩社不談外（詩社短命，本就不具歷史意義），即便是老牌的詩社，其成員經常變動（創世紀即為顯例）[9]，來來去去的人數不少，則代表性又何在？林燿德對此種詩社史觀便曾提出強烈的批判：

> 單一詩社的社團編年史絕不可能在特定的文學史階段完
> 全壟斷文學發展的全貌，除非有某一個社團不僅在任何標
> 準之下都吸引了所有的主流詩人，並推出所有的詩作！如
> 果有這麼一個詩社存在，那麼因為它所保存的資訊已經龐
> 大得如同一個國家規模的戶政機構，遂使得它本身形同未
> 經處理、重建的詩學資料博物館，而喪失了存在的意

---

[8] 羅智成曾與天洛、苦苓等台大現代詩社的同仁代編過《藍星》，而被該社視為新血；惟羅智成本人始終並不承認他加入過任何詩社。他只承認自創的「鬼雨書院」（實際上並不存在）。復刊的《藍星詩學》同仁名錄中也未登錄他的名字。

[9] 可參閱一九九四年由張默與張漢良合編的《創世紀四十年總目：1954-1994》，該書載有「創世紀歷年同仁名錄」（277-278），同仁名單歷來常有變動，可以發現，隸屬其他詩社的同仁如葉笛（一九五八年）、葉珊（一九五九年）、白萩（一九六一年）、黃用（一九六一年）、鄭愁予（一九六一年）、梅新（一九六五年）、羊令野（一九六五年）……皆曾分別在不同年度加入該詩社。

識……詩社往往只是一群風格各異的詩人,在情感的凝結下組合而成的散漫組織;當詩社和文學運動結合時,或者形成師徒承傳的流派時,才能顯現其文學史中的背景性。(1995: 17)

進一步言,詩社史觀尚有一個問題,即其往往把詩社的成立當做推動詩潮的方向標,而其立論依據竟是這些詩社所提出的綱領、主張和宣言,古繼堂上書第十三章分析一九七○年代初興的「民族的、鄉土的回歸詩潮」時,便是如此作法,不去談詩人的作品,而是去討論一個個新興詩社的宣言與主張,這和王晉民主編的《台灣當代文學史》的撰寫方式如出一轍,遂有吳浩的質疑:「僅憑某詩社所發表的主張,就確定它對當時的主流詩潮形成『嚴重挑戰』等,都頗爲可議」(1996: 10)。

詩史的重心與主角理當是詩人及其詩作,持詩社史觀因此容易本末倒置,使一部新詩史淪爲詩社史。余光中在《星空無限藍——藍星詩選》的序言中所說的這一段話,值得大陸撰史者深思:「在我看來,詩是必然,詩社卻是偶然。詩社的存在,是爲了便於詩人追求繆思。要把詩人的成就歸屬於詩社的光輝之下,無異把詩社反過來當做目的。」(引自林燿德,1995: 16)

第四節 中國主義

中國主義,簡言之,即中國的國族主義(nationalism of

China）。國族主義一詞來自英文 Nationalism 的翻譯，也有人
譯爲民族主義。它最簡單的涵義是指同一民族的人群應該建立
一個屬於他們自己的國家，而一個國家也必須設法使其成員由
同一民族所構成，所以葛爾納（Ernest Gellner）在其名著《民
族與民族主義》（*Nations and Nationalism*）一書中開頭即言：
「民族主義基本上是一種政治原則，主張政治單元與民族單元
必須一致」（1983: 1），若從這個角度看，那麼 Nationalism
譯爲國族主義會顯得較爲貼切，政治學上常常講到「族國締造」
（nation-building）一詞，即係植基於上述此義。而所謂「同
一民族建立一個自己的國家」云云，並非狹義的指稱僅由一個
種族（race）構成一個國家的成員，尤以現今的國際局勢來看，
這種理想更難達到。若按安德森（Benedict Anderson）的界定，
民族乃是一種「想像的共同體」（an imagined political
community）（1991: 6），那麼在一國之內（有一定的疆域），
即便存在有多種不同的族群（ethnic groups），只要他們在主
觀上能形成一種集體的認同（collective identity），相信其福
祉只有在建立一個國家後才能獲得保障，民族國家（或簡稱族
國，nation-state）亦因而得以組成。依此看來，所謂「中國的
國族主義」，指的是由中國民族組建一個國家。

　　然而今天的問題出在：何謂「中國民族」？尤其台海兩岸
原屬同一個中國的政治領域分裂已逾半個世紀以來，此詞已因
政治立場與意識形態的差異而迭生爭議。簡單的邏輯即是：如
果民族是一種想像的共同體，必須植基於集體的認同，那麼分

隔在台海此岸的人民未能與彼岸人民擁有一個「共同的想像」，也即享有共同的認同，如何形成同屬一脈的「中國民族」？名詞之爭，還有文化上與政治上的區別，但是若按霍布斯邦（Eric J. Hobsbawn）的考察，民族一詞自一八八〇年左右開始，已逐漸被界定為「共同居住在國境之內，受同一政權管轄，享有共同利益的一國公民的集體稱呼」，這群人民並要「臣服於中央政權的管轄，以便維持其群體的團結」（1990: 14）；那麼，「中個民族」的指稱絕對避免不了有政治的意涵，而從彼岸的角度觀之，統轄「中國民族」的此一中央政權當為中共政權，殆無疑義。大陸學界對於台灣新詩史及文學史所抱持的中國主義論調，自亦屬此義。

　　彼岸所持的此一「中國民族」史觀，表面上雖將政治意涵的一面隱藏，強調「讓文學的歸文學，政治的歸政治」，惟骨子裡仍然是以中國的國族主義為基調。出以這樣的觀點與角度，它首先強調台灣與中國關係的不可分，就像黃重添等人的《台灣新文學概觀》中所說的：「我們在確認台灣新文學的性質時，必須看到台灣與祖國大陸的地緣關係和血緣關係，祖國文化對台灣文學久已存在的歷史影響。」（1991: 3）；其次，據此關係，它更進一步主張：「台灣是祖國領土不可分割的一部分，台灣人民和大陸人民同是炎黃的子孫，台灣的文化是祖國大陸文化的延伸」（黃重添等，1991: 2），所以「毫無疑問，台灣文學是中國文學的一個組成部分」（劉登翰等，1991: 4），「在台灣文學裡看到的是中國文學不滅的延續」（公仲、

汪義生，1989: 1）。理所當然，「台灣當代詩歌是中國當代
詩歌發展的一個重要組成部分」（洪子誠、劉登翰，1993:
451）。

　　如此的中國主義史觀，如上所述，往往變成祖國論的論
調，亦即中共政權統治下的中國，相對於台灣而言，已成爲後
者的母國，也就是祖國。祖國論一出，則不僅台灣文學（新詩）
是中國的一個分支，其源流更是從中國的母體出來的，一言以
蔽之，即「從文學的發生和發展看，無論古代還是現代，都直
接衍源於中國文學」（劉登翰等，1991: 8）。從前述國族主
義的精神看，這其實是其應有之義，台灣既被彼岸視爲同一個
民族，擁有相同的文化（語言、血緣、風俗習慣等等），則將
台灣文學視爲祖國文學之一支，乃順理成章之事。然而，換個
角度，即便不從台灣主體性的位置來看，雖云兩岸同屬一族同
爲一國，但誰才是祖國仍有待辯駁，台灣作家和詩人都可以
問：「爲什麼不是台灣？」；否則就如小說家張啓疆所指斥的，
對岸這奇特的意識形態，根本就是一種「中心 VS.邊陲」、「主
流 VS.旁支」、「祖國 VS.邊疆」的收編心理，以致所有關於
台灣文學的評析文字都是爲了「實現中國的統一大業」而做
（1992: 64）。試問以如此的中國主義史觀撰寫台灣文學史、
新詩史，如何令台灣作家、詩人口服和心服呢？

　　然則，大陸學者如何將此中國主義的史觀載入台灣新詩史
內？首先，自宏觀面來看──這又可分爲其如何看待詩潮的演
變以及詩史的定位兩方面來談。先言前者。以台灣新詩之起爲

例，彼岸普遍認爲，日據時期台灣新詩的誕生是受到中國大陸
（祖國）新詩的直接影響，如洪子誠、劉登翰所說，從一九二
一年起，台灣文化協會及《台灣》、《台灣民報》等報刊，在
介紹五四新文學運動的情況以及新文學作家和作品時，新詩的
理論和作品，包括胡適、郭沫若、劉半農、俞平伯、康白情、
冰心、徐玉諾、西諦等人及其詩作，便已陸續介紹到台灣來；
而一批曾在大陸生活、學習過的台灣文學青年（如張我軍），
成了台灣新文學的倡導者與實踐者，他們最早嘗試的文學形式
也是新詩（1993: 454）[10]。又如一九四九年之後「台灣新詩的
重新起步」，按古繼堂的說法，這是去台詩人包括紀弦、覃子
豪、鍾鼎文、李莎、王藍、宋膺、余光中、楊喚、鍾雷、張秀
亞、彭邦楨、公孫嬿、羊令野、上官予、葛賢寧、葉泥、墨人
等，做了「大陸新詩的使者和大陸新詩火種的傳播者」，溝通
了海峽兩岸詩藝的交流，促進了台灣新詩的蓬勃發展（1997:
91）。準此以觀，一九五〇、六〇年代的台灣現代詩運動，乃
是中國文學史上現代主義思潮的承續，理由是來台詩人紀弦承
接了大陸時期李金髮、戴望舒的現代藝術觀念與主張（洪子
誠、劉登翰，1993: 464）。總之，台灣詩潮的流變，直接或

---

[10] 古繼堂亦持此論調，他舉的例子有：一九三四年十二月蔡嵩林和賴明
弘在北京拜訪了詩人郭沫若；一九三五年吳坤煌與雷石榆在東京直接
交往，張天翼、張資平、郁達夫、冰心、魯彥、沈從文等人的作品被
介紹到台灣；一九三二年十二月郁達夫訪台，台灣報紙連載〈達夫片
片〉等。這些都使大陸新文學和新詩對台灣新詩的發展起到了影響和
推進作用（1997: 42）。

間接都受到中國大陸的影響。次言後者。關於此點,已見於前
面的論述。典型的說法是,台灣新詩乃是祖國(中國大陸)新
詩的一支,也就是前言所說:「台灣新詩是在台灣的中國新
詩」,即為台灣新詩史的定位。古繼堂、劉登翰等人皆有如是
論調,茲不贅。

　　其次,自微觀面來看,這是指彼岸如何詮釋與評價台灣詩
人及其詩作。關於這一點,古繼堂的中國主義史觀最具代表
性。在詮釋詩作上,他動輒以中國論入手,被他點名具「中國
味」的詩人(及詩作)不在少數,如羊令野、鄭愁予、林泠、
向明、非馬、文曉村……等。以非馬的〈黃河〉及〈醉漢〉二
詩為例,前者寫黃河「當然就是寫中華民族」,後者則是寫「對
大陸母親的思念,也是對國家民族的期盼和嚮往」(1997:
380)。再以林泠的〈紫色與紫色的〉一詩為例[11],古繼堂認
為這是她做為「一個非常熱愛祖國的女詩人」的證據,他這樣
詮釋道:

　　她以楓葉紅象徵著東方的中國,以海洋藍象徵著西方。它
　　的形體是中國農家小院的牆頭上爬的牽牛花,它們柔韌的

---

[11] 〈紫色與紫色的〉一詩收在《林泠詩集》中,全詩如下:「淺淺的憂
鬱/淺淺的激動與寧靜/如同我,在五月,五月的一個清晨/將楓葉
的紅與海洋的藍聯想//你曾見過它的形體麼?/那延伸於牆外的
牽牛花/像我的詩篇一樣,野生而不羈/而你,你曾聽過它的聲音
麼?/在氾濫的無定河邊,水流泠泠……」(林泠,1990: 15-16)。詩
人藍菱收在該詩集(四版)書末的〈詩的和聲──《林泠詩集》讀後
感〉一文中,對這首詩有完全不同的詮釋(190-192)。

藤，芬芳的花，從海峽彼岸爬到了台灣，又從台灣爬到了
美國。但它不管爬得多遠，其根仍然在中國，因為它的聲
音，是古老的無定河中那冷冷的流水。（164）

　　離譜的是，他把向來是台灣本土代表性詩人的巫永福與陳
秀喜二人，均歸爲他所謂的「熱愛祖國」的詩人，舉例說明的
詩例，前者是〈祖國〉與〈孤兒之戀〉，後者則是〈我的筆〉
與〈耳環〉（都是詩人早期的詩作）。古氏只抓住四詩表面的
字義做文章，卻故意忽視其抵殖民的心態，把四詩背後殖民者
（日本人）的帝國主義黑影給塗抹掉，藉此以符合其中國主義
的論調。

　　至於在詩人的評價上，古繼堂亦不忘隨時拿出他的中國主
義做爲品評的標尺，比如他認爲「紀弦是台灣詩壇現代派的領
袖，也是橫跨中國詩壇五十年的重要詩人。不僅在台灣詩歌史
上應有他重要的位置，就是在全中國詩歌史上也不應將他忽
略」（雖然在台灣他早期寫了一些反共詩）；又如「鄭愁予是
中國詩歌藝術長河中一顆閃亮而神秘的星。讀了他的作品，彷
彿面前站著一個中國當代的李商隱……鄭愁予不管在台灣詩
壇上，還是在全中國的詩壇上，都是一個很特出的詩人」（131,
133）；再如被台灣稱爲「藝術上的多妻主義詩人」的余光中，
雖然「是台灣詩壇上一個相當複雜的詩人」，然而「不管是在
台灣詩壇上，或是整個中國當代詩壇上，都是一位重要詩人；
不管是台灣新詩史上或是整個中國新詩史上，都應該有他的地

位」（194, 198）。台灣重要詩人的歷史定位，最終都必須拿到整個中國詩壇來看。

如上所述，古繼堂諸人這種詮釋詩作與評價詩人的觀點，當然會引起台灣詩人及詩評家的不快與不滿，比如游喚即指斥道：「由於在『台灣文學』與『台灣新詩』的定位上，歸屬上，與形態、精神路向上的唯『中國』主義，以致解釋任何的詩及評價任何詩人，都有『中國化』的機械化約傾向，幾至成為一公式」（1992: 26）。也正因為如此，游喚認為古氏的盲點顯而易見：

> 凡任何時期的台灣新詩都要一貫地公式化地通過諸如「祖國意識」、「民族情感」、「文化傳統」等幾道大柵口，勉強地塞進塞出，然後全面性地通過，其結果是「台灣新詩發展史」寫成「在台灣」的「新詩階段史」以及「在台灣的新詩」之「年代描述史」。（1992: 24）

游喚的批判顯然也代表了此間多數人的看法（可參見《中國論壇》卅二卷第九期的專輯文章），而這似乎也告訴我們：兩岸詩壇並未形成族國主義所強調那種共有的「集體的認同」，而這裡面又牽涉太複雜的「中國結」與「台灣結」有關政治與文化認同的爭論。筆鋒比游喚更兇悍的本土論批評家如葉石濤、陳芳明、彭瑞金等人，對中國主義史觀的批判只有更強烈。史觀問題，對他們而言，不僅是意識形態之爭，也形成意氣之爭。然而，兩岸彼此之間也未嘗完全沒有一點交集，洛

夫底下這一段回應古繼堂與游喚的話，則從另一個角度表示了不同的意見：

> 我相信絕大多數自三十八年遷移來台的外省詩人，都不會認同政治上的中國，卻都認同文化上的中國。因此說「台灣新詩是在台灣的中國詩」，這句話就歷史、現實或文化根源而言，並沒有什麼不對。如果我們說「台灣新詩只是台灣的詩」，雖然強調了台灣的本土性或主體性，但這樣豈不是自貶為邊緣文學。我認為：自外於文化意義的中國，我們不但失落了根源，同時也失去了民族文化傳承的責任。（見「大陸的台灣詩學」討論會洛夫的發言，《台灣詩學季刊》第二期，頁 26）

第五節　結語

　　史觀是躲藏在文學史背後操縱如何撰述的舵手，文學史涉及作品的評價、作家的定位……乃至文學活動因果關係的解釋，而這和撰史者採取何種視角、發言位置、文學理論、批評方法等等至為相關，這些則又視撰史者本身採取何種史觀而定；而史觀本身其實亦為撰史者的觀看視角、發言位置、文學理論及批評方法所決定。不同的史觀，自然會得出不同版本的文學史。台灣新詩史的情況亦同。例如葡萄園詩社及蔣人群之所以在古繼堂的《台灣新詩發展史》中占有重要的一席之地，

和現代詩、藍星、創世紀、笠各占一章的篇幅，形成互為犄角的「五大詩社」局面，如上所述，實與其詩社觀與中國主義的論述史觀有關。看看台灣評論家彭瑞金所寫的《台灣新文學運動四十年》（1991），顯然便大異其趣，葡萄園詩社及詩人群在該書中幾乎找不到位置，在一九六〇年代中更是完全空白[12]。相反地，在詩的部分，笠詩社及詩人卻獨占鰲頭。這當和彭瑞金本人所抱持的寫實主義及台灣本土論的史觀有關。

兩岸自一九八〇年代末開始陸續交流以來，詩壇往來日益頻繁，無形之中亦增進了雙方彼此的了解，這對彼岸研究台灣文學的人士來說，更有撥雲見日的作用，迄今為止，研究台灣新詩的大陸重鎮，包括劉登翰、朱雙一、古繼堂、古遠清、沈奇……都到過台灣（有些人不只一次），百聞畢竟不如一見，當初因認識不清、資料不足所造成的瞎子摸象、隔靴搔癢似的誤解，因而獲得澄清的機會，自不在話下。如今要再犯下遼寧

---

[12] 在彭瑞金該書第四章〈埋頭深耕的年代（一九六〇～一九六九）〉中，完全對葡萄園不置一詞。要到第五章討論「回歸寫實與本土的運動」的一九七〇年代，才在談到《龍族》的民族路線時，順帶以比較兼回顧的口吻敘述了一下葡萄園的情況，連這「施捨式」給予的九行字，也不假辭色地批評了一番：「《龍族》走的民族路線使人想起六〇年代的《葡萄園》（一九六二年創刊），《葡萄園》的『明朗、健康、中國路線』固然狠狠地敲打了現代派的晦澀和西化，但事實證明，六〇年代晦澀貧乏，並不曾因此有覺悟性的改善，《葡萄園》也未取代現代派獲得現代詩的領導權，追根究柢，《葡萄園》的路線說，買空賣空，所謂『真實性、民族化、中國化』，仍然是架空了現實與土壤的假說，《龍族》只是沒能記取這個歷史前車，重蹈了覆轍而已。」（1991: 181-182）彭瑞金對葡萄園有如許評價，得出和古繼堂完全不同的結論，一言以蔽之，乃「台灣路線」與「中國路線」之差異使然。

大學版《現代台灣文學史》中那種把只寫古典詩詞的于右任也放入「鄉愁詩」中使之成爲三大鄉愁詩人之一的「錯認顏標」（1987: 273），大概也不太容易。

　　然而，資料不足，採信困難，因之而造成的誤解，處理容易；因史觀所引起的爭議，以致得出不同的評價結論，甚至引來黨同伐異的攻訐砲火，則不易解決，因其難有定論，尤其是目前仍舊難解的「中國結」與「台灣結」的「癥結」。林燿德生前有一段頗爲肯綮的話，值得吾人深思，在此權充爲本章的結尾：

> 對於台灣文學研究，整個大陸學界已逐漸建立有限度的學術自主性；至於大一統的民族觀實在無法予以苛責，某種文化中心主義不獨大陸爲烈，過去台灣文壇對東南亞文壇的心態何嘗不值得反省，而虛構的台灣文化自主論和虛胖的中原沙文主義在本質上也不過是一丘之貉。目前的真正關鍵，是如何脫離狹窄的本位主義，尋求華文文化/文學共同體共生原則，兩岸對於彼此文壇的解釋權爭奪與競合，可能是本世紀末最迫切的議題之一。（1992: 49）

第六章

台灣小說的接受史觀

第一節　前言

　　時序已走過二十世紀的今天,就做為一門學科的文學史的
建構來說,除了中國學者古繼堂出版了一本《台灣小說發展史》
外,台灣文壇迄今仍未見《台灣小說史》或《台灣現代小說史》
的出版[1]。正因為如此,有關小說史史觀的討論,無法以小說
史的專書做為依據。其實,不獨小說史,連文學史亦付諸闕如
[2]。縱然如此,台灣現代小說史的相關研究,或以單篇論文方
式出現,或用研討會的形式召開,向來並不缺乏,前者如許俊
雅的〈戰後台灣小說的階段性變化〉（ 1996: 77-121 ）,不啻
就是一篇「台灣現代小說簡史」,後者如一九九七年由《聯合
報副刊》主辦的台灣現代小說史研討會,主題即為「詳析台灣
小說發展風格,建構台灣小說史觀」。從這個角度來看,台灣
小說的史觀仍舊是可以且值得探討的一個重要課題。

　　那麼,台灣的現代小說究竟呈現了什麼樣的史觀?史觀的
呈現,一來可直接從小說史的著述中找到,二來間接也可從小

---

[1] 一九七九年夏志清《中國現代小說史》（劉紹銘等譯）的中文版於香港
出版,是台灣較早可看得到的現代小說史的專著,該書亦因此被台灣
文壇與學界奉為文學批評與文學史的經典,由於「在台灣、香港、美
國,甚至是大陸,都是拓荒鉅著,前此並無所承」,以致該書「不只
是研讀現代文學的指南與基礎,也常是歸向」（龔鵬程, 1999: 477）。
惟該書自民初魯迅開始只寫到張愛玲、錢鍾書與師佗等人,完全不涉
日據時期及當代台灣小說家,顯非台灣小說史的論述領域。
[2] 台灣本地學者專家撰寫的文學史迄今只見一本由皮述民、邱燮友、馬
森、楊昌年合撰的《二十世紀中國新文學史》,但本書包括中國大陸
文學部分,未被視為純正的「台灣文學史」。

說史的相關討論與研究中加以檢視；前者主要呈現在斷代史或專題史的論述裡，後者則在相關的史論中呈現，蓋史論也者，即為史觀之主張。然則不論是自前者或後者觀之，自日據時期以來的台灣小說史觀，例如發表於二次大戰之前的黃得時的〈台灣文學史〉與戰後的〈台灣新文學運動概觀〉諸文[3]，以及林載爵的〈日據時代台灣文學回顧〉（1996）、葉石濤的《台灣文學史綱》（1987）等有關小說部分的論述，甚至包括前述台灣現代小說研討會所出版的論文集《台灣現代小說史綜論》（1998）中的文章，呈現的多半是德國接受美學（aesthetics of reception）文論家姚斯（Hans Robert Jauss）所不以為然的實證主義（positivism）的史觀。

　　依姚斯所信，實證主義的史觀主張仿照自然科學的方法，煞有介事地把文學（小說）作品看成是可證實、可測量的原因的結果（the consequences of verifiable and measurable causes），亦即將純粹因果解釋的原則（the principle of pure causal explanation）運用在文學史上（1982: 8），這樣的撰寫方式主要有底下兩種型態：其一是「僅依據總的趨勢、類型以及各種屬性來安排材料，搞一個編年史一類的事實的堆積，在這個成規之下，研究編年系列中的文學史，而做為一種附帶的形式，

---

[3]　〈台灣新文學運動概觀〉（先發表於一九五四年八月的《台北文物》）一文後來收入李南衡主編的《文獻資料選集》（1979）；〈台灣文學史〉其實包括四文：〈台灣文學史序說〉、〈台灣文學史第一章：明鄭時代〉、〈台灣文學史第二章：康熙雍正時代〉與〈輓近台灣文學運動史〉，後亦於一九九九年收入葉石濤編譯的《台灣文學集：二》。

作者及其作品的評價卻在文學史中一筆帶過」；其二則係「根據偉大作家的年表，直線型地排列材料，依照『生平與作品』的模式予以評價；在此，次要的作家被忽略了，而流派的發展也被肢解了」（2-3）。前者例如許俊雅上文即為代表，而後者則葉石濤上書庶幾近之。

然而，無論是第一種或第二種寫作形態，在姚斯看來，兩者都難以令人滿意：「前者最終成為以文學為例證的文化史，而後者則是由鬆散的編年紐帶與〔作家的〕國籍巧合湊在一起的論文合集。」（Holub, 1984: 56）有鑑於此，姚斯在〈文學史做為向文學理論的挑戰〉（"Literary History as a Challenge to Literary Theory"）一文中始揭櫫接受美學的理論，以之做為向在此之前的舊文學史挑戰的依據，主張文藝作品的歷史本質，不能被單純的作品描述及其生產的考察所抹殺；相反，我們應該把文學看成生產和接受的辯證過程（a dialectical process of production and reception），也就是「只有當作品的延續不再從生產主體思考，而從消費主體方面思考──即從作者與公眾互動的方面思考時，才能得出一部文學與藝術的歷史。」（1982: 15）只有從作品的接受角度出發，將歷史與美學二者融匯，始為文學史撰述應有之道。

雖然如上所述，相關的台灣小說史和文學史的著述，呈現的多半是姚斯所謂的實證主義式史觀，更未見從讀者的接受角度撰史的著作；但是近二十年來，在台灣文學或小說的發展中，前前後後也出現了若干從接受的角度觀之不無意義的文學

現象或活動，舉其犖犖大端，包括一九八六年久大書香世界「暢
銷三十」的問卷與市場調查、年度小說選的持續出版（自一九
六九年開始）與一九九九年由《聯合報副刊》承辦的「經典三
十」的評選，以及二○○四年由誠品書店等單位合辦的「最愛
一百小說票選」等，這些於當代小說史中出現的文學事件或活
動，可從接受的角度出發來一一檢視其於歷史演變中所產生的
意義。本文底下即分從上述所舉具代表性的文學事件以接受美
學的角度予以探討，同時檢視與之相關的評論，進而試圖描繪
台灣小說的接受史觀。

第二節　「暢銷三十」：文學社會學的解讀

小說的創作與閱讀──或者說生產與消費，都是和社會離
不開的一種活動：首先，小說作品做為小說家個人神思對象化
的客體，不能不打上社會意識形態的烙印；其次，語言本身是
人類社會交往與社會存在的基本形式，小說所使用的語言仍不
能例外；再次，讀者做為社會的成員，他們的閱讀活動也時時
處在社會關係交織成的網絡中（朱立元，1989: 165）。因此，
小說的創作／生產以及閱讀／消費的辯證過程，可從文學社會
學的角度加以考察。文學社會學（sociology of literature）被視
為接受理論的「影響與先驅」之一，可謂其來有自（Holub, 1984:
45-52）。大體上，接受美學的研究途徑（approach）可分為宏
觀與微觀兩種方式，前者以姚斯的接受史理論為代表，後者則

以伊舍（Wolfgang Iser）的審美反應理論為最著。而文學社會學的接受史觀係屬前者宏觀式的研究方式。

　　從文學社會學的角度看，小說的創作與閱讀無疑要被納入生產與消費的活動中，進一步言，讀者對於小說作品的接受與否，已成出版產銷體制中的一個環節，在整個產銷的流程中，雖然位居末端的位置，但他所產生的反饋（feedback）卻對前端作者的創作與中段出版機制的生產過程有所影響，試看圖 6-1。

　　在圖 6-1 出版產銷流程圖中，作者（小說家）的創作與出版社的生產雖居於發動產銷過程的前端，但是這二者都必須接受流程末端讀者消費訊息的回饋，從此一角度看，讀者消費的反饋流程，發自下圖的右端回溯箭頭，也可說是居於主動發送

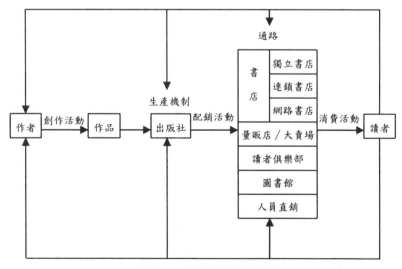

圖 6-1　出版產銷流程圖

訊息的位置，其角色並非純然被動。誠如朱立元底下所言：

> 其實，在商品社會中文學作品的商品屬性，是一種客觀的社會存在。而且無論從社會發展還是文學發展角度看，這對於文學成為億萬普通人民都能閱讀、欣賞──消費的對象，無疑是一個推動。不僅如此，它還可以把變動著讀者文學消費的需求及時反饋給作家，實際上制約著、規定著作家創作的方向，調節著文學生產的發展。這是一種看不見、摸不著，卻實實在在在那裡發號施令的強大力量。「讀者就是上帝」這個口號，在一定意義上是通過商品交換的途徑獲得其現實性的。（1989: 85）

「讀者即上帝」（The reader is God）意謂的是，在透過書市的交換過程中，小說的銷售狀況，譬如暢銷或滯銷、快銷或慢銷、由暢變滯或由滯變暢等市場訊息，如上所述，首先會透過種種途徑反饋到作家那裡，作家從中可以獲得某些讀者對作品反應、喜好或嫌惡的訊息，並進而揣測到一定時期不同讀者群的審美閱讀趣味、需要的變化情況，從而持續或調整自己的創作方式或方向。像蔡智恆二○○一年出版的第二本小說《檞寄生》，創作基調（俗濫的浪漫愛情故事）即係延續前年第一部大賣的小說《第一次的親密接觸》而來。其次，出版社做為生產的機制也會從讀者的接受狀況做出下一步的因應措施，暢銷小說家通常都會持續一直火紅，例如瓊瑤和藤井樹等，就是因為出版社鑒於同樣類型與題材的小說能持盈保泰、

穩固市場，遂引導或鼓勵旗下作家持續創作同一性質的小說，這也就是埃斯卡皮（Robert Escarpit）在《文學社會學》一書中所說的由出版商運用的一種「拜倫主義」式的操作方式[4]（1990: 87）。

　　不論是小說家或出版社，最能感受讀者的接受狀況的，厥非暢銷書／長銷書莫屬，暢銷或長銷小說本身不啻說明了讀者大眾對於創作與出版該書的小說家與出版社的熱烈或長時間的支持。如果能長期追蹤暢銷書的銷售狀況，即有可能從讀者的角度梳理出一部小說的接受史。台灣的年度暢銷書排行榜於一九八三年金石堂連鎖書店草創之後才遲遲出現，依吳興文的分析，原先在文學書市場上居強項地位的小說至一九九○年代伊始，在排行榜上有逐年衰退的跡象（逆勢上揚的是散文作品，詳下一章），而且整個文學出版生態有逐漸走向通俗化的趨向（1996: 74-75）。這一小說／文學日趨衰頹且通俗化的走向，顯然和久大書香世界於一九八六年十二月對前此時期所做的一項暢銷書調查結果大異其趣。

　　久大書香世界的該項調查，「花了兩個多月時間，諮詢三十位文化界、學術界人士，做了四百餘份讀者問卷調查，以及

---

[4] 所謂的「拜倫主義」指的是拜倫當年初獲成功時的寫作模式。拜倫早年曾出版《哈羅爾德遊記》一書，該書前二章抒情詩的特點，係迎合出版商默瑞（John Murray）所斟酌的浪漫派讀者群的需求，從此他便無法從這個寫作模式中脫身。默瑞促使拜倫一逕以原先寫作路線來創作，其他作品，大凡會拂逆那些已習慣於「哈羅爾德方式」的群眾，則設法不予出版（Escarpit, 1990: 87）。台灣九歌出版社當初和林清玄的關係就是如此，林清玄的「菩提系列」，援用的即「拜倫主義」的出版模式。

實際市場調查」，選出了近三十年來三十本暢銷書（劉素玉，
1987：1）。雖然此一調查並非實際銷售數字的累計，無法如
暢銷書排行榜那樣反映真實統計狀況，進行方式也略嫌粗糙
[5]，然而誠如杭之所言，撇開一些技術方法上的考慮，從一些
主觀的印象來看，調查所公布的這份書單「或許不夠周延，但
在一定程度上還是能反映出三十年來暢銷書的大致情況」
（1987：21）。**表 6-1**是這項「暢銷三十」調查所列的三十本
暢銷書單。

　　這三十本暢銷書單中，小說共有十六本，其中台灣本地小
說有十三本，佔四成三，足見從一九五○年代到八○年代上半
葉，在台灣文學史的發展中，小說在各種文類中獨占鰲頭，較
為讀者大眾所接受。惟這項調查似將通俗小說排除在外，以致
表面上看來，我們的讀者偏好與接受的率多為純文學小說，這
和實際的接受狀況有所差距，通俗小說中的作家諸如瓊瑤、金
庸、古龍、倪匡……向來即擁有極高的人氣，可謂是暢銷書之
林中的長青樹，以致迄今仍人氣不衰（參閱本書第二章），而
這也顯示久大的調查過於側重三十位文化菁英的意見。

　　無論如何，這份小說書單「具有相當珍貴的意義，呈現出
三十年來台灣文學發展與社會變遷的脈絡」，如同尉天驄所

---

[5] 杭之（陳忠信）在為此項調查寫的「總論」中即坦言，久大在公布這
　項調查結果時，並「沒有詳細說明調查編製這份書單的經過情形及其
　根據的資料」，儘管調查本身很有意義，但由於在此之前「出版業、
　書店業沒有可靠而全面的統計資料」，不容易做到精確的統計（1987：
　19-20）。

表6-1 「暢銷三十」調查所列的三十本暢銷書單

書名	作者	譯者	出版社與初版年份		出版版數
《星星、月亮、太陽》	徐速		香港高原	1958	6
			水牛	1968	35
《藍與黑》	王藍		紅藍	1958	26
			純文學	1977	28
《滾滾遼河》	紀剛		純文學	1970	46
《未央歌》	鹿橋		商務	1959	38
《張愛玲短篇小說集》	張愛玲		皇冠	1968	26
《異域》	鄧克保		星光	1961	6
《西潮》	蔣夢麟		中華日報	1959	
			世界	1961	18
			重光	1968	
			金川	1981	
			鳳凰城	1981	
			文國	1983	
《新人生觀》	羅家倫		華國	1954	
			金川	1980	
			偉文	1981	
			文國	1982	
			漢京	1982	
			武陵	1984	
			黎明	1984	
《異鄉人》	卡謬		台南中華	1966	
			新世紀	1969	
		孟祥森	牧童	1976	
			五洲	1981	
		鍾文	遠景	1981	
		莫渝	志文	1982	
《少年維特的煩惱》	歌德		啟明	1956	
		林干	淡江	1956	
		李牧華	文化	1968	
			復漢	1969	
《改變歷史的書》	唐斯	彭歌	純文學	1968	47
《天地一沙鷗》	李察·巴哈	呂貞慧	五洲	1972	
		陳蒼多	巨人	1972	
		金家驊	昌言	1972	
		楊珊	林白	1978	
		姚朋	中央日報	1973	12

（續）表 6-1　「暢銷三十」調查所列的三十本暢銷書單

書名	作者	譯者	出版社與初版年份		出版版數
《台北人》	白先勇		爾雅	1971	27
《家變》	王文興		洪範	1973	20
《尹縣長》	陳若曦		遠景	1976	26
《鄭愁予詩集》	鄭愁予		洪範	1979	28
《莎喲哪啦·再見》	黃春明		遠景 皇冠	1974 1985	
《棋王》	張系國		言心 洪範		18
《青青子衿》	陳曉林		言心 時報	1977	19
《小太陽》	子敏		純文學	1972	65
《開放的人生》	王鼎鈞		爾雅	1975	35
《代馬輸卒手記》	張拓蕪		爾雅	1976	22
《撒哈拉的故事》	三毛		皇冠	1976	29
《開放的婚姻》	毆尼爾	鄭慧玲	遠景	1974	62
《人生的光明面》	皮爾博士	彭歌	純文學	1972	83
《無怨的青春》	席慕蓉		大地	1983	36
《千江有水千江月》	蕭麗紅		聯經	1981	30
《愛、生活與學習》	利奧·巴士卡力		書評書目	1983	71
《野火集》	龍應台		圓神	1985	64
《暗夜》	李昂		時報	1985	21

資料來源：劉素玉，〈三十年台灣脈動·三十年暢銷好書〉（1987: 3-6）。

說：「這充分暗示我們讀者群的程度與口味」（劉素玉，1987: 8）但究竟是什麼樣的讀者口味？從讀者接受的角度言，這一頁暢銷小說史，反映的是小市民的趣味（同上引）。關於這一點，杭之在為這項調查所寫的總論〈從大眾文化觀點看三十年來的暢銷書〉一文中有較為全面的析論。杭之認為，雖然「暢

銷三十」的調查方式並不嚴謹，影響集體行為（如群眾購書消費）的因素也很複雜，不能逕予認定「暢銷書排行榜反映了某種社會集體情緒，透過排行榜，我們可以『閱讀社會』」；但是「如果我們從長期的眼光，把暢銷書當作社會現象來看，佐以謹慎的限定和其他相關的資料，有關暢銷書資料的閱讀是可以有限度地被當作文化變遷（即對生活之態度、價值的變化）與文化運用指標來看，從中有限度地閱讀到一點社會的訊息。」（1987: 17-19）

基本上，杭之該文係從文學社會學的角度，以每十年為一期的方式，循線追蹤各個年代的暢銷書所反映的社會情況，例如對於一九五○年代兩本暢銷書《星星‧月亮‧太陽》和《藍與黑》的考察，即有下面這樣的結論：

> 這兩本愛情小說的暢銷，反映著那一個時代的小市民趣味。在一個思想、文化意識脫離了社會之現實時空，而且社會上有著太多禁忌與教條的情形下，這種缺乏深度的、略帶浪漫氣息、夢幻成份並兼有膚淺人生體驗的感傷濫情文藝作品就得到滋長的苗床，並多多少少填補了小市民（特別是年輕學生）的空虛。這類文藝作品在三十年來的市場上以各種不同形式一直存在著，在以下各階段的暢銷書本中可以清楚地看到這一點，這使得許許多多苦澀青少年多多少少都通過這類感傷、夢幻的作品走過他們的成長歲月。（同上引，29）

　　上述這個文學社會學的說法，主要是從讀者的角度出發的。但是綜觀他通篇的析論焦點，卻是以馬克思主義庸俗的反映論（the theory of reflection）為立論基礎的，也即文學的發展完全由社會的經濟政治關係所決定，如同姚斯所說的，這不是文學史的寫法，而是忽略了讀者審美特質的「一般歷史」的決定論。姚斯在上文中即曾批評盧卡奇（Geory Lukács）和高德曼（Lucien Goldmann）等人把文學看做外在世界被動的鏡子之說，而這是他一向所不齒的「歷史主義—實證主義者」（historicist-positivist）的研究典範（Holub, 1984: 56）。最明顯的例子是，杭之在一路剖析自瓊瑤小說、《張愛玲短篇小說集》、《異域》以下，以至於《台北人》、《家變》，甚至到《棋王》等小說，都認為它們脫離了台灣社會具體的時空背景。即以《棋王》來說，張系國本來是想寫一本有關台灣一九七〇年代浮現之新興中產階級的未來的寫實作品，惟杭之認為：「就這一點而言，《棋王》寫得很失敗，這本小說完全沒有呈現台灣社會的真實（reality），書中那些空洞的台灣社會面貌都是大家日常生活所熟悉的，作者沒有呈現任何新的視覺境界給讀者。」（1987: 61）因此嚴格說來，杭之如斯論點係屬於本章前言中姚斯所說的第一種類型的實證主義史觀。

　　同樣是以文學社會學角度分析瓊瑤等人的言情小說，不同於杭之的寫法，林芳玫在《解讀瓊瑤愛情王國》一書中，即從出版產銷結構、文學評論家，以及少女讀者的反應與接受狀況，對於以瓊瑤為首的言情小說家有進一步的分析，特別是後

項有關少女讀者反應的討論（1994: 170-177）[6]，令人耳目一新，惜乎未能予以深論。從林芳玫該書的編排架構來看，似有寫史的企圖，只是該書針對的是言情小說，而且主要集中在瓊瑤身上，也未對讀者的閱讀審美反應加以著墨。儘管如此，同樣是從文學社會學的觀點切入，林芳玫的研究已注意及讀者的接受狀況，在對於言情小說的分析上，不妨可以把她的研究成果看成杭之上文的另一種接受史觀式的註腳。

第三節 「經典三十」：詮釋共同體的詮釋策略

從接受的角度看，小說需要被讀者閱讀，但是讀者的反應有其共同性和特殊性的問題，首先，第一個問題是：在閱讀一部相關的小說文本時，爲什麼不同的讀者會有相似的行爲？這是接受的共同性（也就是詮釋的穩定性）問題；其次，第二個問題是：在閱讀兩部不同的小說文本時，爲什麼同一讀者會有不同的詮釋行爲？這是接受的特殊性（也就是詮釋的變異性）問題。按照美國接受理論家費許（Stanley E. Fish）的說法，這兩個問題的產生都是由於詮釋策略的功能（functions of interpretive strategies）而非文本的功能（1980: 179）。

依費許所信，任何一位讀者不一定非得固守某種特定的詮

---

[6] 林芳玫的分析，係以一九七四年十月號《文藝》月刊上「大家族」專輯讀者的來信爲主要依據，該專輯的主題是瓊瑤小說；同時再輔以她自一九八七年開始陸續對少女讀者所進行的非正式訪談（1994: 170）。

釋策略不可，在閱讀不同的小說文本時[7]，他可以選擇另一套
詮釋策略，也因而產生另一種不同的文本；反過來，採用相似
詮釋策略的讀者，也會因此採取大致相同的連續性詮釋行爲。
而由此點再推出去，擁有不同詮釋策略的讀者群，彼此之間必
然採取不同的連續性詮釋行爲（1980: 180）。這些擁有相同
詮釋策略的讀者群即構成費許所謂的詮釋共同體（interpretive
communities）。費許這樣詮釋他的詮釋共同體：

> 詮釋共同體是由那些共有詮釋策略的人所組成；這些詮釋
> 策略不是指一般意義上的閱讀，而是有關寫作文本、構成
> 其特性以及選定其意圖的策略。換言之，這些策略先於閱
> 讀行為而存在，並因此決定了被讀之物的形態⋯⋯如果一
> 個共同體擁有一個信條，即認為文本具多樣性，那麼它的
> 成員便會持有一種以便能完成這些文本的策略的戲目（a
> repertoire of strategies）。而如果一個共同體相信只存在一
> 種文本，那麼它的成員也將使用單一的策略，以便能永久
> 寫作這種文本⋯⋯每個共同體都假定他人都沒正確地理
> 解「真正的文本」，但事實是，每一共同體都以它自己的
> 詮釋策略及其所要求實現的東西來理解文本。如此一來這

---

[7] 費許在〈注釋集註本〉（"Interpreting the *Variorum*"）一文中所舉的
說明的例子是詩而非小說，以〈利希達斯〉（*Lycidas*）和〈荒原〉（*The
Waste Land*）二詩為例，是讀者採取不同的詮釋策略，使這二首詩「生
產」出不同的形式結構，而不是由於它們的形式結構「喚起」不同
的詮釋策略（1980: 181）。費許在此用的雖然是詩例，但用在小說文
本的討論上，一樣說得通。

就同時解釋:屬於同一共同體中的不同讀者具有詮釋的穩
定性;以及單一讀者在他分屬不同詮釋共同體時,也可以
換取不同的詮釋策略去閱讀並因而創造出不同的文本
來。(1980: 182)

由此看來,費許的詮釋共同體擁有的詮釋策略,不只是一
種寫作文本的策略,同時更是一種閱讀策略。社會上自然存在
各式各樣的詮釋團體(共同體),其中有所謂主流的詮釋團體,
其對於一般群眾的影響力位居金字塔的頂端,而它的詮釋策略
如何,當然也就影響文學史的發展至深且鉅。在此,埃斯卡皮
提出了一個「文人圈」的說法。按過去的說法,文人圈指的是
那些騷人墨客所形成的文人群體,後來漸漸指涉有文化修養的
中產階級;直至今日,它已演變成聚集大多數作家、文史學者、
文學批評家以至於出版商等所有文學活動的參與人士(1990:
92)。依此看來,主流的詮釋團體可說是文人圈中最重要的一
環,相對於一般讀者的「大眾圈」(Escarpit, 1990: 93),雖
然同樣是讀者角色的主流詮釋團體,它的詮釋策略卻是對大眾
圈讀者的接受狀況具有相當的影響力。

一九九九年底由《聯合報副刊》主辦的「台灣文學經典」
評選活動,從小說的接受史角度言,此一「經典三十」的評選,
不啻就是主流詮釋團體對於其他文人圈與大眾圈一次詮釋策
略的公然展現,也是其試圖創造歷史的證明,如決選委員之一
的王德威所說:「經典的成立確實有神聖化、權力化的意義在

其中。」[8]該項評選過程，首先是由藝文界人士推薦近一百五
十餘本建議書單（初選），再經六十七位專家學者票選出五十
四本書目（複選），最後才由七位藝文界人士（王德威、何寄
澎、李瑞騰、向陽、彭小妍、鍾明德、蘇偉貞）組成委員會，
評選出三十本經典作品（陳義芝，1999: 1; 7），其中經典小
說有十本（占三分之一）：吳濁流《亞細亞的孤兒》、姜貴《旋
風》、張愛玲《半生緣》、白先勇《台北人》、王文興《家變》、
七等生《我愛黑眼珠》、王禎和《嫁妝一牛車》、陳映真《將
軍族》、黃春明《鑼》、李昂《殺夫》。

　　為了「經典三十」的評選，《聯合報副刊》特別舉辦了一
場「台灣文學經典研討會」（一九九九年三月十九至二十一
日），會後並出版研討會論文集。然而從結集的各篇論文來看，
有關十部經典小說的討論，率多由作者與作品入手，只有陳器
文〈《家變》小說——論王文興《家變》〉一文稍稍觸及讀者
接受反應的審美問題：

　　就接受與影響的角度來說，讀者自閱讀活動所獲得的訊
　　息，「意外性」是衡量訊息多寡的重要尺度，一定的模式
　　或象徵越少見，它攜帶的訊息就越多，衝擊的力量就越

---

[8] 王德威在這句話的後面雖然還表示，如此說法「是武斷的」，但他也不
　諱言，經典的評選既然已經進行了，「走那麼遠了，就向前走吧！」「在
　知道歷史時空的限制之下，我們既然已被賦予這樣的權力，就沒有妄
　自菲薄的必要，大可正正當當提對台灣過去五十年來文學發展的看
　法。」（陳義芝，1999: 520）

強；如果敘述技巧走向一律化、公式化，「訊息」傳達的
損失越大，讀者的感受與感動也就跟著遞減了。同樣地，
讀者對小說人物的遭遇、結局等也有預期，如果讀者準備
好得到某種類型的訊息，結果他的期待完全得到證實，也
會使他的審美活動落空。（1999: 83）

陳器文認為，以上述觀點而論，王文興慣用的戲劇性逆轉
手法，就單一事件來說，提供了「意外」之趣，即提供了一種
對比懸宕的效果；而從《家變》提供訊息的總體走向來說，卻
有將逆轉「制式化」的危險，即以全書中經營得最細膩、故事
肌理最豐厚的一次「幻滅事件」為例[9]，該樁事件最後落幕的
方式並不令人感到意外，可說是讀者又一次預期中的「預期落
空」，「原本真幻對照經營的悲劇嘲弄氣氛，在讀者期待得到
證實後顯得有些稀薄」（1999: 83-84）。

無論如何，被選出的上述這十部經典小說，反映的是台灣
一小撮文人圈（主要由作家、評論家、學者與媒體工作者構成）
所持的詮釋策略，雖然這一主流詮釋團體的成員本身也是讀
者，但是誠如決審委員之一的彭小妍所提出的：「今天做決定
的我們都是所謂的學者，不曉得讀者大眾的看法怎樣。」如果

---

[9] 關於這樁「幻滅事件」，陳器文的描述如下：「范父〔小說男主人翁范
曄的父親〕一位久未謀面的朋友，主動許他一個待遇不錯的職位，勸
父親退休和他一起辦外銷，想著能擺脫眼下窮債困窘的日子，一家人
做了好幾個月的春夢，范曄尤其比父母還起勁，最後等到的是卻是這
位仁兄的喪帖，才知道他素有幻想症，不但沒撈到一文錢，反倒貼上
肉痛之極的兩百塊奠金；也正是這樁事件，徹底暴露了范父的愚昧無
知，摧毀了范曄對老父僅餘的信賴。」（1999: 83-84）

把這一評選活動如一九二〇、三〇年代某本期刊的作法那樣分
爲專家組（文人圈）和一般讀者組（大眾圈）加以調查，其選
擇結果或許會很類似，但或許會有更大的差異也說不定（陳義
芝，1999: 520）。彭小妍後面的這個揣測，在底下「最愛小
說一百」的讀者票選活動中得到了證實（下詳）。顯而易見，
在「經典三十」的評選過程中，讀者大眾是缺席的，主辦人陳
義芝便坦言這份書單是「一群人文菁英實實在在的認知交
集」，可以說是「第一份以台灣爲中心的必讀書目」（1999:
7）。惟讀者大眾是否亦做如是觀？尚待進一步檢視。

　　反映主流詮釋團體的詮釋策略，還可從上述「經典三十」
相關的年度小說選的出版史中見之。相較於「經典三十」的評
選，從一九六九年編起的爾雅版《五十七年短篇小說選》開始，
歷經三十年歲月，每年一本小說選的出版，可說是一項長期的
文學事業[10]，於文學史的發展甚至更具重要性，就像王德威所
說：

　　這樣漸進積累的編選方式，在初期看似小本經營，但經過
　　相當時期後，竟顯出另一種史觀：創作風貌的改變、批評
　　標準的推移、閱讀團體的替換，若斷若續，形成選集本身

---

[10] 橫跨三十年的年度小說選，曾歷經仙人掌、大江、書評書目等出版社
　　接手出版，但主要由爾雅出版社負責人隱地挑大樑，正因為如此，王
　　德威才將之說成「小說爾雅三十年」，而截至他執筆〈典律的生成——
　　——小說爾雅三十年〉一文時，「爾雅年度小說選」已蒐集三〇四篇作
　　品，入選作家人數則超過兩百五十人，題材包羅廣闊，風格煥然多變
　　（1998: 549-550）。

演化的有機因素，更不提文學創作、出版環境以外的種種
歷史變遷力量。（1998: 551）

　　其中就「閱讀團體的替換」來說，如果能拿到每年小說選
的銷售統計數字，至少可以了解各該時段讀者的接受程度，再
以此比對該年度小說文本的特色，或多或少隱約可看到一條小
說接受史演變的軌跡，譬如某種文體風格的盛衰情形。儘管未
能追蹤到各年度小說選的實銷數目，但文人圈其實都心知肚
明，年度小說選的銷量有限，以致構成爾雅負責人隱地沉重的
負擔[11]。這一推估的結果，允許我們這樣論斷：年度小說選的
編纂出版，與一般讀者的大眾圈關係不大，反而是主流詮釋團
體為自己以及文人圈讀者留下的歷史見證；這些編者有職業編
輯、現役作家與學者文人，皆屬文人圈中的秀異份子，其選本
的訴求對象也同樣是屬文人圈的讀者。埃斯卡皮在《文學社會
學》中說到：

　　文學批評家跟文人圈讀者都屬於同一個社會階層，受相同
　　的教育，即使各有文化社群和不同的生活方式，從批評家
　　身上所綜合的政治意見、宗教信念、美感及性情上之多樣
　　化，在在是〔文人圈〕讀者的寫照。而且不提文學批評家
　　的評斷，光是他會談論這一些作品，卻不去談論那一些作

---

[11] 隱地在〈一條時光的河──「年度小說選」二十年〉一文中回憶說，
　　二十年來年度小說選的持續出版，讓他感到「只剩一個『累』字」，
　　又說：「我真的不知道為何在我二十多歲時就敢挑起那麼一個重擔，
　　一挑竟挑了二十年。」（1994: 43-44）

品,已經是一種有意涵的選擇:不論好壞,一本被談論的
作品就已經適應於社會上某一個團體了。(1990: 99-100)

這裡的「文學批評家」把它改爲年度小說選的詮釋共同體
(也就是歷年的主編群),亦言之成理,這些主編會選這些小
說而不去選那些小說,「已經是一種有意涵的選擇」,也就是
出於他們的某種詮釋策略,而從不同時期詮釋策略的變化(如
早年沈謙、詹宏志到晚期廖咸浩不同的編輯方針)──蓋共同
體本身也會更易,接受的演進史也就呼之欲出,可惜的是,有
關這一部分的論述,王德威在爲爾雅年度小說選三十年而寫的
〈典律的生成〉一文,只是點到爲止,多著墨在作家、作品及
時代特色的介紹,使得在「典律三十」的生成過程中,依然看
不清讀者(尤其是一般讀者)真正的面貌。

第四節 「最愛小說一百」:讀者的期待視野

在接受史的宏觀性考察中,姚斯在〈文學史做爲向文學理
論的挑戰〉中所揭櫫的「期待視野」(horizons of expectations)
概念,可說是最重要的「方法論的頂樑柱」(the methodological
centerpiece) (Holub, 1984: 59)。事實上,在姚斯之前,波
普(Karl Popper)與曼海姆(Karl Mannheim)就使用過「期
待視野」這個術語,而藝術史家岡布里奇(E. H. Gombrich)
在波普的影響下則將他使用的「期待視野」定義爲一種「思維

的定向（mental set），記錄了過份感受性的偏離與變異」
（Holub, 1984: 59）。

如同霍魯勃（Robert C. Holub）所說的，姚斯自己並未明
確定義他所使用的這個術語，按霍魯勃的理解，所謂的「期待
視野」顯然指涉一個互為主體性的系統（an intersubjective
system）或期待結構（structure of expectations），也就是一個
「參照系統」（system of references）或一種假設性的個人可
能賦予任一文本的思維定向（1984: 59）。簡言之，就接受的
角度來看，期待視野指的是讀者在閱讀文學文本時所具有的參
照系統，以之做為解讀以至於評判的依據。期待視野為讀者提
供了一種準則，有助於他如何評判一部小說，例如是魔幻寫實
或是黑色幽默小說，甚至更廣泛一點來說，它涵蓋了如何判斷
什麼是文學的或非文學的語言。

通常作品在進入讀者的眼簾後，會直接喚起他的期待，引
起他的接受反應；然而對那些並不直接喚起期待的作品，則讀
者如何建立他的期待視野呢？在此，姚斯提出了三條普遍的途
徑：首先，可以透過那些熟悉的規範或文類內在的詩學（the
immanent poetics of the genre）；其次，也可透過文學史背景
中熟悉的作品之間的隱在的關係；再次，則可透過虛構和真實
之間、語言的詩歌功能與實踐功能之間的對立來實現。這第三
種途徑，對那些把閱讀做為比較的反思性讀者（the reflective
reader）來說，尤為適宜（1982: 24）。而讀者擁有的期待視
野，可能與出現的新作品產生審美距離，此時，「每一次對創

新作品的接受都會否定先前的接受經驗，由新經驗產生新的接受意識，這就造成了『視野的變化』。然後，這種審美距離又可以根據讀者反應與批評家的判斷歷史性的對象化，產生出新的距離。」（金元浦，1998: 123）誠如金元浦所說：

> 期待視野不是固定不變的，它處在不斷建立和改變的過程中，而這一過程也決定著某一文本與形成流派的後繼諸文本間的關係。一部新的文本喚起了讀者的期待視野，也喚起了由先前的文本所形成的準則。這一期待視野和準則在同新文本的交流中不斷變化、修正、改變乃至再生產，在新的結合點上產生新的期待視野與新的評判準則。（同上引，122）

　　從姚斯此一期待視野的說法，來看二○○四年由誠品書店、聯經出版公司、《聯合報副刊》與公共電視合辦的讀者「最愛一百小說大選」活動，可以發現，和之前所做的幾項暢銷書（小說）調查結果相異的是，讀者的期待視野出現位移的現象。不僅前述久大所進行的「暢銷三十」的調查研究，包括金石堂書店成立後於解嚴（一九八七年）前所統計的「暢銷一○○」連續五年入榜前十名的書單（有三本小說《未央歌》、《千江有水千江月》、與《停車暫借問》），甚至是一九九五年由明道文藝雜誌社所進行的「台灣流行文藝作品調查研究」最多人讀過且喜歡率又最高的書單（如林語堂、張愛玲、黃春明、白先勇、蕭麗紅、廖輝英等人的小說）（1995），多數都屬純

文學小說而非流行的通俗或大眾小說;但是由誠品等單位主辦的「最愛一百小說大選」,由一般讀者票選的結果[12],呈現出很大的變化。票選活動分兩階段進行,第一階段先由讀者自行提名(共四五三三種)投票選出前一百名,再進入第二階段由前一百名小說書單中票選出「最愛二十」。不論是第一階段的「最愛一百」或第二階段的「最愛二十」,在此之前難以進入「暢銷榜」的流行、通俗小說,此次均紛紛入選。

以第一階段的「最愛一百」為例,誠品書店即按類型小說的方式將之分為十類:中國古典小說、中文當代小說、西方經典小說、西方當代小說、武俠小說、成長小說、奇幻小說、偵探與秘密小說、網路小說與日本文學。除了西方經典與當代小說、日本小說、中國古典小說之外,其他類型小說中均出現有台灣(當代)小說,而包括武俠、成長、奇幻、偵探與秘密、網路等類型,可說清一色皆屬當今台灣流行的通俗或大眾小說,例如金庸《天龍八部》等六部武俠小說、黃易的《大唐雙龍傳》、張曼娟的《海水正藍》、倪匡的《藍血人》、水泉的《風動鳴》、深雪的《第八號當舖》、蔡智恆的《第一次的親

---

[12] 「最愛一百小說大選」第一階段參與投票的讀者,根據主辦單位的統計,得出讀者的結構如下(參見活動官方網站 www.favorite100.com):
年齡層比／14歲以下:4.2%;15－20歲:21.0%;31－40歲:8.1%;41－50歲:3.2%;51－60歲:1.2%;61歲以上:0.6%。
性別比／男:40.8%;女:59.2%
職業別比／學生:76.3%;上班族:13.1%;家管:1.5%;退休:0.5%;待業:1.1%;自由業:2.5%;軍公教:5.1%。
學歷別比／小學:2.7%;國初中:5%;高中:55.9%;大專／大學:30.3%;研究所及以上:6.1%。

密接觸》、藤井樹的《B棟11樓》、敷米漿的《你轉身，我下樓》……（參見網站 http：//www.favorite100.com），而後面這幾位暢銷小說家，都是近兩年內崛起的寫作新手。再以第二階段的票選爲例，試看**表6-2**所列二十本讀者所謂「最愛中的最愛」書單（見上引網站）。

　　表6-2這二十本讀者票選的最愛小說中，當代台灣小說入選十本，比例爲二分之一，但是除了《千江有水千江月》與《未

表6-2　「最愛小說二十」票選結果

排名	書名	票數	作/譯者
1	紅樓夢	2435	曹雪芹
2	哈利波特	2056	J. K.羅琳／彭倩文等
3	檞寄生	1999	蔡智恆
4	魔戒	1994	托爾金／朱學恒
5	第一次的親密接觸	1808	蔡智恆
6	千江有水千江月	1680	蕭麗紅
7	傷心咖啡店之歌	1188	朱少麟
8	小王子	1013	聖·修伯里／張譯
9	挪威的森林	1011	村上村樹／賴明珠
10	三國演義	985	羅貫中
11	傲慢與偏見	968	珍·奧斯丁／夏穎慧
12	香水	965	徐四金／黃有德
13	孽子	962	白先勇
14	天龍八部	959	金庸
15	沉默之島	955	蘇偉貞
16	風動鳴	930	水泉
17	我們不結婚，好嗎	924	藤井樹
18	未央歌	919	鹿橋
19	一百年的孤寂	918	馬奎斯／宋碧雲
20	基督山恩仇記	909	大仲馬／鄭克魯

央歌》兩本代表南方朔所說的小說傳統中的「常」這一部分外，
其餘皆屬之前（一九九○年代以前）小說風潮中所謂「變」的
這一部分，而其中屬純文學小說也僅有《孽子》與《沉默之島》
二書而已，顯示二十一世紀以後的台灣年輕讀者（十五至三十
歲佔第一階段投票的 82.6％）對於其所認同的小說作品的期待
視野有了顯著的變化。雖然這份書單是基於票選「最愛」而非
「經典」小說的前提下統計的結果，然而仍可說是「此刻島嶼
上讀者閱讀口味凝固的結晶」（陳淑貞，2004），不僅呈現了
與之前的讀者不同的「口味」（如久大與金石堂的暢銷書單），
更與主流的詮釋團體（金字塔頂端的文人圈）有著不同的期待
視野：即純文學小說與通俗小說的對峙。南方朔在〈只要閱讀，
就該喜歡〉一文中分析道：

> 由於票選形同市場民調，而非專家的評價排名，能被選中
> 固然可喜，不被選中也犯不著悲哀。小說的評量有許多把
> 尺，市場只是其一。但儘管「市場」聽起來俗氣，但它和
> 其他評量的尺也未嘗沒有重疊的地方。市場有常有變，常
> 是傳統，變是風潮，常是經典，變是流行，在陽春白雪和
> 下里巴人間，正是文學的全貌。（2004）

市場上的「變」，就小說的接受史發展來說，格外具有意
義。讀者大眾對一部小說的接受與否以及接受程度如何，最終
會反映在市場上；而市場上的銷售狀況進而會影響出版小說的
書商或出版商的意願，後者的意願如何，如同華特（Ian Watt）

在《小說的興起──笛福、瑞查遜及費爾汀的研究》（*The Rise of the Novel：Studies in Defoe, Richardson and Fielding*）一書所說的，會直接影響小說作者的創作。笛福（Daniel Defoe）與瑞查遜（Samuel Richardson）等十八世紀小說家之所以獲得成功，就是因為眼明手快受到市場的鼓勵，蓋就當時作品在書市上流通的情況而言，由於教育尚未普及，新興的市民階級閱讀能力實為有限，自然是有利於散文（prose）而不利於韻文（verse）作品的銷售，而對書商來說，「一張紙就是一張紙，無論它是散文還是韻文，並沒什麼分別」。韻文作品阻礙閱讀，書商不鼓勵出版，使得當時住在倫敦格拉布街（Grub Street）的窮文人們不再為雜誌寫詩，而是參加到小說的寫作隊伍來（2000: 56）。就他們的考慮來說，首先，清楚且重複的寫法，有助於那些沒受過什麼教育的讀者易於理解他們的意思；其次，因為付稿酬的是書商，所以寫得冗長和快速，對他們才有最高的經濟效益（2000: 56）。可以說，在華特看來，長篇累牘小說的興起，與當時讀者的接受情況密切相關。從接受狀況來看，我們也就不難發現蔡智恆連續三本網路小說《第一次的親密接觸》、《榭寄生》及《夜玫瑰》的出版，有跡可循，讀者接受，書商鼓勵，便一路炮製下來，通通擠進「最愛一百」。

　　南方朔上文的討論，可惜的是並未就接受史這一角度加以闡釋，使得這項號稱「台灣文學史上從無前例的活動」（陳淑貞，2004），讀者所能發揮的文學效應因而被忽略。在陳淑貞

為此項票選活動所做的報導（〈「最愛 100 小說大選」的蝴蝶效應〉）分析中，重點著重在它所引發的社會效應（包括書市銷售成績），諸如作者透過演講與讀者的深度交談、讀書會社群的成立、青年小說創作及書評獎徵文活動等等，掀起了一股閱讀小說的風潮──她稱之為「蝴蝶效應」（同上引），然而她並未就讀者本身閱讀口味如何變化加以分析，也就是姚斯所說的期待視野（如何看待台灣小說）從二十世紀到二十一世紀產生了什麼樣的變化。總之，在有關的台灣小說史撰述裡，迄今仍少見有明確的接受史觀。

第五節　結語

　　文學史的研究乃是接受美學一開始即試圖涉足的一個應用領域，如上所述，姚斯當年雄心勃勃地提出接受美學的理論，就是要嘗試解決他所謂的「文學史悖論」的難題。但是數十年過去了，依照接受美學來研究文學史的嘗試不是沒有，但有影響的、較大突破的成果仍屬有限，因而有人據此認為，接受美學的文學史理論不可能付諸應用，沒有實踐價值（朱立元，1989: 328）。本章以上援用接受美學的若干觀點，分別檢視具有接受史意義的幾樁文學活動，包括一九八六年久大「暢銷三十」的調查、一九九九年《聯合報副刊》「經典三十」的評選，以及二〇〇四年誠品書店等《最愛小說一百》的票選，兼及爾雅三十年年度小說選的出版與金石堂成立前五年的「暢

銷一〇〇」排行榜統計，從中可以發現台灣小說史演變不同的
軌跡，嘗試藉此跨出接受史研究的一小步。

　　運用接受美學從事小說史的撰述與研究，向來即存在著二
種「學派」，這也是兩種方法的衝突，即「註釋」的接受理論
與「經驗」的實證研究的分野。前者以康士坦茨學派（Constance
School）的姚斯與伊舍為代表，他們以當代現象學詮釋學為基
礎的思辯式理論科學較具抽象性，像姚斯前舉的「期待視野」
以及伊舍提出的「潛在讀者」（the implied reader）等概念都
較難捉摸。後者即著重實證取樣的經驗主義派，他們向前者「詮
釋」的理論方式挑戰，採取直接從讀者那裡收集材料，進行社
會學統計分析的方式，不少美國本土學者即從事這種實證的讀
者反應研究（金元浦，1998: 198-199）。

　　本文上述的討論，試圖綜合理論與實證這兩種研究方法，
同時採取思辯式的理論科學與實證的社會學統計分析，以接受
的宏觀角度檢視了上述諸種小說的選拔活動與文學現象，從中
並得出我們該持何種接受史觀，或者從接受美學的立場，怎樣
來看待這一段台灣現代小說史的演變。論者說：「若以台灣文
學系譜來看，從朱少麟以後，九〇年代後的文學小說失去通俗
能力，將市場讓給網路、暢銷作家」（陳宛茜，2004）換成接
受史的說法是：一九九〇年代以後，讀者大眾的口味更換，逐
漸向純文學小說說拜拜，並且化被動為主動，透過出版商和書
店的運作，進而影響小說家的創作，從朱少麟以迄於二〇〇〇
年以後的蔡智恆、藤井樹，都已進入讀者的接受之鏈裡，致使

《家變》時代越離越遠，《台北人》也越發讓人感到鄉愁，而
台灣的小說系譜也以它新的規則開始變化。

第七章

台灣散文的系譜史觀

第一節　前言

　　做爲一個創作文類，散文和韻文向來是中國文學的兩大源流，就像是「車的雙輪，鳥的雙翼一樣」，帶動了中國文學的發展（瘂弦，1994: ii）。即就台灣文學的演變而言，尤其是戰後以來的時期，散文創作的表現絕不亞於小說與新詩整體的成績，作品的銷量且有凌駕後二者的趨勢，在連鎖書店的暢銷書排行榜上更是常勝軍，上榜的比例則是越來越高[1]（吳興文，1996: 74-75）。然而，相較於小說及新詩批評與研究的盛況，散文批評與研究可以說是薄弱許多，就文類批評與文類研究來說，散文繳出的成績單也最爲乏善可陳。

　　散文的研究自然包括散文史的撰寫，而散文批評既爲文類批評中最爲薄弱的一環（徐學，1994: 61），則遑論散文史的書寫會有如何的成就，尤其在有關的「台灣文學史」、「台灣新詩史」（乃至於「台灣文學理論批評史」）專著陸續出版之後，仍未見「台灣散文史」的出現，不禁令人興發「台灣散文無史」之嘆。就拿日據時期新文學史的研究來說吧，按照羊子

---

[1]　按吳興文在〈從暢銷書排行榜看台灣的文學出版——以九〇年代金石文化廣場暢銷書排行榜為例〉一文中對金石文化廣場一九九〇至一九九四年暢銷書榜的統計，散文類作品各該年所占的暢銷書比例分別是：25%、19%、26.6%、37.3%、37.1%；小說類作品的比例分別為：19%、13.1%、16.5%、4.9%、9.25%；詩詞類作品前三年（一九九〇至一九九二）的比例則為：1.5%、1.6%、1.6%（一九九三年起，金石文化廣場取消詩詞類的統計）。

喬對於該時期新詩歷史的發展所做的研究，這一段詩史被他劃分為奠基期（一九二〇至一九三二）、成熟期（一九三二至一九三七）與決戰期（一九三七至一九四五）[2]；而張明雄對於此一時期台灣小說發展的研究，則將之分為萌芽期（一九二二至一九二五）、初步發展期（一九二六至一九三二），以及發展期（一九三二至一九四五）三個階段[3]；但是迄今有關的（日據時代）散文演變階段的研究，卻仍付諸闕如，譬如二〇〇四年八月始出版的《國民文選·散文卷》（陳萬益選編），在選編者為該文選所做的〈導讀〉中，對於日據時期台灣散文如何演變或發展也是隻字未提[4]。再以趙遐秋與呂正惠合編的《台灣新文學思潮史綱》來看，散文受到的待遇遠不如新詩與小說，似乎新文學思潮的演變與散文創作的表現不太有關係，譬如第六章〈現代主義文學思潮的興起與發展〉便只論述現代詩

---

[2] 羊子喬的分法，宋冬陽（陳芳明）在〈家國風霜五十年——日據時期台灣新詩遺產的重估〉中做了二點修正：(1)羊子喬所說的成熟期時間為一九三二年至一九三七年；陳芳明則認為應從一九三〇年就開始了；(2)羊子喬第三階段的「決戰期」（一九三七至一九四五），陳芳明認為改稱為「內斂期」更為妥切。而陳這兩點修正意見，如其所云，主要是從「詩的抵抗的意義」來看的（1988: 61-92）。

[3] 許俊雅的博士論文《日據時期台灣小說研究》也將日據時期新文學的「發展期」分成三個階段（一九二〇至一九三一年；一九三一至一九三七年；一九三七至一九四五年），小說的發展其實也是基於上述的劃分，與張明雄的分法有所出入。

[4] 相對於羊子喬與陳千武主編的《亂都之戀》（遠景版的「光復前台灣文學全集」詩選第一卷），書前附有羊子喬為該詩選撰寫的〈光復前台灣新詩論〉長文（論述了台灣新詩的起源與發展）；陳萬益選編的這一冊散文選所附的〈導讀〉短文，乃顯得太過簡略了，看不到他對日據時期台灣散文如何演變的交代。

與現代小說,對散文與現代主義文學思潮有無關係竟不置一詞
(2002: 259-282)。

　　台灣散文豈無史?誠如上述,迄至目前為止的確尚未聞有
「散文史」專書的出版,但是僅見的幾本相關的「台灣(新)
文學史」的專著,則都列有專章或專節談論散文作家及其作品
的概況,譬如公仲與汪義生合著的《台灣新文學史初編》的第
三、四章(不分節)論及一九五○年代後期與一九六○年代的
台灣文學,便依序討論了梁實秋、柏楊、張秀亞、王鼎鈞、謝
冰瑩、蕭白、郭楓等人的散文(1989: 160-174),儘管該書把
較大的篇幅都給了新詩與小說。又如皮述民等合撰的《二十世
紀中國新文學史》(2003)有關台灣現當代文學部分,也列有
兩章(第二十二章與三十三章)專門探討散文作家及其作品。
換言之,台灣的散文史係「棲身」於一般的新文學史(包括名
為「台灣的」或「中國的」文學史)裡。

　　在上述僅見的幾部文學史中有關台灣散文演變的部分,諸
如公仲與汪義生的《台灣新文學史初編》、葉石濤的《台灣文
學史綱》(1987)[5]、皮述民等人的《二十世紀中國新文學史》,
乃至朱棟霖、丁帆與朱曉進合編的《二十世紀中國文學史》
(2000)等書,率多以作家(及其作品)為主分成不同的章節
予以論述,基本上即一種紀傳體式的寫法(多按作家的生年前

---

[5] 葉石濤該書係以每十年的發展做為分期論述的架構,並在每一期的最
　末一節分論「作家與作品」;惟出現於該節的「作家及其作品」,似乎
　漫無章法,彷彿是葉氏隨手拈來討論的,老少作家往往不按次序(例
　如生年或第一部作品/重要代表性作品的出版等)地共冶於一爐。

後依序排列）。蓋台灣散文的演變或發展，大體上比較單純，誠如李豐楙所言，既不必以政治事件為其劃分階段的準據，也「不似台灣的新詩、小說，可以詩社的興衰、期刊的始末為分期點」（1993: 140），所以有關散文史的記述，最直截了當的便是讓歷史回到作家身上。然而，如何臚列作家於散文史演變的脈流中，也就成為散文史撰寫中最重要的問題了，而此則關涉撰史者究持何種史觀。

在把散文史的寫作焦點放到作家身上這樣的主張中，有若干著作與論調，呈現了一種獨特的系譜學（genealogy）式的散文史觀，比如彼岸專治台灣散文（史）的徐學在《台灣當代散文綜論》（1994）以及劉登翰等人主編的《台灣文學史（下卷）》（1993）等書中所提出的「譜系解讀」論點；或如楊牧在所編的《現代中國散文選》（1981）呈現的「命脈傳承」的觀點。這裡所指的系譜學並非尼采（Nietzsche）式或傅柯（Foucault）式那種獨特的用法[6]，而是《大不列顛百科全書》

---

[6] 傅柯（Michel Foucault）從《規訓與懲罰》（*Discipline and Punish*）以及《性意識史》（*The History of Sexuality*）的出版開始，借用了尼采（Friedrich Nietzsche）的系譜學概念，以探究論述（discourse）與非論述性實踐之間複雜的關係——尤其是權力、知識和身體之間的關係（Smart, 1985: 43）。傅柯以這種方法寫成的歷史，旨在對傳統編纂史學的線性歷史的階段論與目的論史觀提出挑戰。按傅柯自己的話說，系譜學要找出歷史過程的複雜性，並且指陳那些反抗「集中化權力」（centralizing powers）的「非連續性、非合法性的知識」（the discontinuous, illegitimate knowledge），而當代社會之所以穩定發展，乃是這些「集中化權力」的運作有以致之（Foucault, 1980: 83-84）。本文援用的系譜概念，係一般辭典上的意義，指的是氏族世系（lineage）的一種統屬關係，若從歷史角度看，它反映的正是傅柯所要質疑的一

中所說的「一種研究家史的科學」，簡言之，系譜學研究的是具有血緣關係的家譜或族譜，所以《百科全書》乃謂：「家譜則是書寫形式的系譜」（1987）。因此，散文的系譜史觀指謂的是撰史者以散文作家的「家譜」（或「族譜」）呈現的史家觀點，在撰寫的方式上，從縱的面向去追溯代間（between generations）的傳承關係，也自橫的面向去探究彼此（between us）的親近或同族關係（homology）。家譜或族譜的繪圖，其實就是家族史的書寫，而這裡所謂的散文作家的「家譜」或「族譜」，當然不是指個別作家具有血緣關係的家族史，而是指在作品的表現上具近似性的作家群集，所以「家（族）譜」是由作家的「創作關係」所呈現的，而從這個角度撰寫的散文史，不啻就是台灣散文家的系譜史。底下即分從代間的縱斷面以及流派的水平面來進一步檢視台灣散文史的系譜（pedigree）觀點。

第二節　傳承關係的作家系譜

「系譜」一詞最根本的要義，乃是從源流的角度來追溯氏族或家族在血緣上的傳承關係，這一縱斷面的系譜最具有歷史發展的意味，在文學史的考察上，為不同年代與不同年齡的作家，繪製一張傳承關係的系譜圖，一直以來都是最常見也最具

種「連續性史觀」，但傅柯的「系譜學史觀」是他個人承襲自尼采獨特的用法，不從常理上看。

代表性的作法，譬如王德威對於現代小說史的研究，在他特別
關注的二個小說史傳統之一的「戲謔傳統」中[7]，便以老舍爲該
傳統的核心，往上回溯劉鶚找尋「戲謔」的源頭，往下則追到
王禎和（乃至林宜澐等人）探索「戲謔」的遺風（楊照，1998: 45），
爲戲謔的小說傳統描繪出一張具時間縱深意義的系譜圖表[8]。

　　就台灣散文創作的傳承關係來看，系譜史觀的主張主要有兩
個論點：一是強調它對中國古典散文的承續與發展；二是強調它
接續民初五四文化運動開創的現代散文傳統，其間自有典型的奠
立與承續。強調前者，著重的是散文創作的「血脈淵源」；強調
後者，關注的則是創作表現的「歷久彌新」，誠如徐學在上書中
所說：

　　台灣散文奇葩怒放的原因與中國散文源遠流長的傳統有
　　關，一份從先秦到三〇年代的遺產，使台灣散文家們根基
　　穩固，能夠迅速地兼容並蓄，不比小說與新詩，非得仰仗
　　西方同類形式。散文不像詩與小說必得經過一個橫的移植
　　帶來的生硬青澀階段。（1994: 23）

---

[7] 楊照認為，在王德威看來，中國現代小說史有二個歷史傳統，除了「戲
謔傳統」外，還有一個源於魯迅的「寫實傳統」。憂國憂民的「寫實
傳統」小說令人讀來「涕淚飄零」，卻往往因而忽略了另一讓人「嬉
笑怒罵」的「戲謔傳統」（1998: 45）。

[8] 王德威所描繪的系譜圖表，最著名的要屬那張「張愛玲家譜圖」了，
自張愛玲以下，以至於王安憶、鍾曉陽、朱家姊妹（朱天文、朱天心
等）、張大春、林幸謙、駱以軍等人，都被統屬在此一系譜裡。王氏
花費不少筆墨去論述「張派」的傳承關係。

正因爲台灣散文在中國的淵源歷史悠長,所以台灣散文的生發不必像現代詩人那樣非強調「橫的移植」不可,而取代「橫的移植說」的正是這「縱的承襲說」,而這一「縱的承襲說」可說是系譜史觀最典型的說法。台灣散文承襲的這「一份從先秦到三〇年代的遺產」,要之,可分從下列兩項來談:

一、中國古典散文傳統的承續

正如本文開頭所說,散文在中國文學源流的發展裡,向來即與詩歌(韻文的代表)取得並駕齊驅的地位,並並列爲文學的正宗,與西方散文的表現不同;且有很長的一段時間,中國的小說與戲劇甚至不登大雅之堂,而這與西方崇尙小說與戲劇的風尙有別,即如徐學所言:「與西方散文相比,中國古典散文的歷史更爲悠久,品類更爲繁多,色彩更爲絢麗,數量浩瀚驚人,大家層出不窮,風貌歷久常新,成就之高,並世無兩。」(1994: 24)在楊牧看來,台灣散文乃至從近代散文的發軔(時在二十世紀初葉五四運動和白話文倡議前後數年之間),依倚承襲自中國偉大的散文傳統,以古典成績爲其理想的寄託,不論是文林辭苑、小品長篇,「總不乏深刻的啓示和趣味,通過翻陳出新的藝術渲染而出之」(1981: 前言3);不惟如是,楊牧還認爲:

> 中國散文之廣大浩瀚,尚且包括經誥典謨之肅穆,莊列之想像,史傳之篤實;唐宋大家左右逢源,高下皆宜;宋明小品另闢蹊徑,其格調神韻對近代散文的影響更為鉅大而

顯著。猶有甚者，我們還有漢賦的流動，碑銘的溫潤厚重，序跋文體的進退合度，奏議策論的清真雅正；外加駢文的嚴格規律，箋疏寫作的傳承精神，乃至於水墨紙緣題款，尺牘起承轉合的藝術，無不深入中國傳統執筆者之心。（同上引）

正因為散文傳統向來深入「執筆者之心」，所以近代散文的成型亦依倚了上文所提及的這偉大的傳統。然而，楊牧則進一步認為，在這一文學命脈的傳承之中，近代散文更直接拜受兩股文學風潮之賜，即宋元以來的小說與晚明以來的小品，蓋前者是近代散文白話面貌之基礎，後者則為近代散文體製的啟發；尤其「散文家之使用白話抒寫切身之思想與觀察，體製方面則最接近晚明和有清一代的小品和筆記，其中影響尤大者，可推袁氏兄弟、張岱、李漁、隨園、沈復等人。」（同上引，前言 4-5）以上古典散文的這些成就（尤其是明清兩代的小品），便成了台灣散文作家一開始創作「最便利的範本和最直接的養分」（徐學，1994: 24）。

關於此點，徐學在所著上書以及由他負責執筆散文部分的另一書《台灣文學史》中[9]，進一步對個別作家的中國傳統「血

<hr>

[9] 除這二書之外，另有由黃重添、徐學與朱雙一三人合撰的《台灣新文學概觀》（上、下冊）（1991）一書，其第九章〈散文〉亦由徐學負責撰述。這三書對於台灣散文創作的討論，內容（乃至文字）多半雷同。此係因其皆出自徐學一人的手筆，而且三書出版的時間相距只三年之久，故這三本書有關台灣散文部分的討論，其實可以合併成一書來看；而又由於最晚出的《台灣當代散文綜論》係針對散文單一文類論

緣」關係做了相當程度的爬梳，舉例而言，像「琦君散文對宋詞的融匯，羅龍治散文受李商隱的影響，簡媜散文有她喜愛的蘇東坡式的豪邁，羅青短小精美的散文得力於晚明小品的意境」（1994: 26）徐學認為這「是台灣文壇人所共知的事實」[10]；再以張曉風和余光中的散文為例，在《台灣當代散文綜論》（底下簡稱《綜論》）中，他有如下的分析：

> 張曉風的散文也常以歷史人物，詩詞典籍，中國文人所關注的山川風物為題材，在這些流溢著古色古香的散文中，表現出懷古詠史的詩傳統，也表現出一種新的美學眼光，一段〈秋聲賦〉，一幅〈清明上河圖〉都能被她引入現代。她的散文並不單純是發思古之幽情，而是以當代人生命深層的喧囂和騷動，去瓦解古典文化的舊格局，將一則則歷史引入今天。余光中更是以現代詩手法寫中國意識的高手，他深知所謂傳統文化，原是生活加上心靈加上時間的一種東西，不是像借一條領帶就那樣地容易擁有，也不像剪去辮子那般咔嚓一聲便從此不見。古國文化已成為他的血脈，成為他玲瓏文心儒雅風流的養料和支撐，也構成他散文美感的有機因子。當離開中國，它便成了整個中國，中國的記憶與憧憬、恥辱與榮耀都背負在他身上。西方大

述的專書，不僅篇幅較多，論點也較為完整翔實，故可視為徐學的代表性論著。

[10] 徐學此一「推論」，不知根據的是什麼？底下並無證據或理由予以支持。這一「推論」其實太過大膽，舉例而言，若說簡媜散文具有蘇軾的豪邁風格，不僅有很多人不敢苟同，恐怕連簡媜本人也會有「異見」的。

都市的喧囂與繁華，越發使他的散文顯出抹不去的古典芬芳民族情結。（同上引，26-27）

事實上，徐學上述對於張、余二氏承襲中國古典散文精髓的分析頗為浮面，充其量只能說他倆具有中國傳統文化／文學深厚的底子，但如何傳承以及承襲自何代哪家，有待他進一步檢視與辯明。徐學還認為，總的來看，台灣散文家對中國古典散文的承繼關係可以從直接與間接兩個方面看出：(1)直接的可以說是有形的，指的是作家在文字和言談裡對中國古典散文直言不諱的推崇；(2)間接的並不見於言辭，主要地表現在古典散文對作家的氣質、文字素養及文學風格潛移默化的強大影響（劉登翰等，1993: 429）。徐學若只從這兩個角度來支撐他的系譜史觀，說法似乎稍嫌薄弱。難道某位作家由於他推崇中國古典散文的成就，我們因此便可以斷定他承繼了古典散文的傳統？或者說某位具溫文儒雅氣質的作家，其創作風格顯然受自於儒家散文的影響？對於這樣的詰難，徐學其實是心知肚明的，所以在《綜論》中他也自承：

探討作家對傳統文學的繼承和創造性轉化是一個棘手的工作。因為這種承傳往往是一種不知不覺潛移默化的過程，影響同時來自眾多作品的綜合作用而無法截然斷定。此外，作家為張揚其創作個性，也不大願意承認自己曾喜好、仿效或師承了某派某位前輩。這給實證工作帶來了困難。（1994: 25）

二、五四現代散文傳統的接續

就台灣現代散文作家而言,中國古典散文較諸五四以來的現代散文畢竟離他們比較遙遠,後者同樣是用白話的語體文創作,依常理來看,應更具吸引力,也因此台灣散文作家可以順理成章地接上五四現代散文的傳統,五四這個系譜並不因台灣海峽的阻隔而斷絕[11]。李豐楙在一九八五年出版的《中國現代散文選析》的〈緒論〉中即言:

> 復興時期〔即一九四九年政府遷台以來〕的散文,雖由於不可抗拒的原因,而與前三十年的傳統略有中斷的現象;但從文學傳承的意義言,這一時期仍舊是〔一九〕三、四〇年代散文的延續與拓展,尤其前行代更是傳遞薪火者。因此比較兩者之間的關係,一則可以確定台灣的散文與〔一九〕三、四〇年代作家的血緣關係,一則可從其轉變的方向,了解復興時期的作家對政治、社會的態度,是稍有異趣之處。(1993: 134-135)

李豐楙上述這個說法,後來也獲得徐學在《綜論》中的回應。徐學指出,台灣有作為的散文家無不精心研究五四散文(楊

---

[11] 徐學指出,在一九八七年解嚴之前,台灣受戒嚴法令查禁的圖書在千種以上,大部分為一九三〇、一九四〇年代作家的作品。儘管如此,台灣作家還是能夠從國外以及從盜印版中獲取許多五四以來的文學佳作,也有人點點滴滴陸續地評介或編選五四以來優秀的散文作品(1994: 28);這也就是說,政治上的戒嚴並未完全讓五四以來的散文傳統與台灣 (戰後) 散文的發展斷絕。

牧、余光中諸人堪稱代表），力求從中獨闢新境，再上層樓，
「他們的散文創作是『五四』以來有生命力散文的伸展，也是
對『五四』散文初創期某些幼稚和膚淺之處的糾偏與反撥」
（1994: 28）。徐學在此所持的系譜觀顯然是依循李豐楙乃至
於楊牧的論調而來，對於當代台灣散文如何接續五四現代（楊
牧稱之爲「近代」）散文傳統，楊牧早在一九八一年他主編的
《現代中國散文選》（原名爲「中國近代散文選」）的〈前言〉
中，爲此特地描繪了一份「系譜表」[12]。在該文中他率先將五
四散文分成七個「典型品類」：小品、記述、寓言、抒情、議
論、說理與雜文，也即七個「族譜」，每一「族譜」則各有一
位「開山人物」，而在「開山人物」之下則各有一個傳承的作
家系譜[13]（1981：前言 5-7）（見**表 7-1**）。

　　楊牧所繪製的這張「現代散文家系譜表」[14]，其實並不完
整，尤其是第六及第七類，除了述及其二個開山人物（說理，
胡適文體影響至深；雜文，魯迅摠其體例語氣及神情）之外，

---

[12] 楊牧此文較李豐楙上文（《中國現代散文選析》中的〈緒論〉）早四年
　　發表，李豐楙類似的說法受到楊牧的啟發，殆無疑義，蓋李豐楙該文
　　曾引用楊牧的意見（參看其註解十五）。

[13] 「開山人物」底下的二欄「大陸時期作家」與「台灣時期作家」係筆
　　者的分法，楊牧原文只略略提及以五十歲（上下）做為劃分為「兩代」
　　的標準，且此一劃分標準也未施及所有「族譜」，如寓言一類把可歸
　　之於此「派」的包括司馬中原、王尚義、林泠、羅青、童大龍（夏宇）
　　諸人，不分年齡全「兜」在一塊。其實有少數作家如梁實秋、蘇雪林、
　　徐訏等人，其創作歷程即橫跨大陸與台灣二個時期，表 7-1 的劃分也
　　只是權宜之計。

[14] 表 7-1 其實是筆者根據楊牧上文的描述所繪製的；楊牧的說法在文中
　　表達得很清楚，惟若以系譜表格表示，更能讓人一目瞭然。

表 7-1　現代散文家系譜表

族譜種類	開山人物	大陸時期作家	台灣時期作家
小品	周作人	豐子愷、梁實秋	思果、莊因、顏元叔、亮軒、也斯、舒國治
記述	夏丏尊	朱自清、郁達夫、俞平伯、方令孺、朱湘	徐訏、琦君、林海音、張拓蕪、林文月、叢甦、許達然、王孝廉
寓言	許地山	沈從文、梁遇春、李廣田、陸蠡	王鼎鈞、司馬中原、王尚義、林泠、羅青、童大龍
抒情	徐志摩	蘇雪林、何其芳	張秀亞、胡品清、陳之藩、蕭白、余光中、逯耀東、張菱舲、白辛、張曉風、季季、陳芳明、渡也
議論	林語堂	——	言曦、吳魯芹、夏菁
說理	胡適	——	
雜文	魯迅	——	

資料來源：楊牧，《現代中國散文選I》（1981：前言 5-7）。

便不再如上五類一一標示其後「嗣」之作家系譜，楊的理由是：「此二典型的散文重實用，不重文學藝術性的拓植」，故不予再論（同上引，前言7），但這理由似嫌主觀牽強，「說理」固不論，「雜文」一類若只因魯迅「不重文學藝術性的拓植」即以為不值深論，恐生爭議——至少並非所有的雜文都不注重文學藝術性的表現。

系譜圖表的繪製，即便只是粗描輪廓（如楊牧上文），本身仍遭遇不少困難，理由於上引徐學在《綜論》一書中自承的那一段話已說得極為清楚。楊牧所描繪的這張系譜，首先在「族譜種類」的劃分上就出現問題，譬如「議論」與「說理」的區分，「議論」難道不需「說理」嗎？而「說理」不就是要「議論」？至於「小品」與「雜文」的分類，其依據之標準與其他

五類則頗有不同，前者從形制予以劃分，後者則最難界定，在表達的形式上可說是涵括了其他各類——若是如此，則此一品類的劃分便不具意義。其次，最難的是對於個別作家的分屬與歸類，譬如舒國治被歸入「小品」一類、王尙義被劃入「寓言」一類……；而張曉風有寓言性作品，余光中更有說理的文字，凡此「逾矩」、「跨類」的例子不勝枚舉[15]。平心而論，要從作家的「創作血緣」去追溯並確認代與代間的傳承關係，是相當棘手的一件事，畢竟它不像 DNA 鑑定那樣精確且容易。

第三節 同族關係的作家系譜

系譜的排列，如上所述，除了去追溯不同代間垂直的傳承關係之外，亦須從橫的面向去追蹤同代間的同族關係；就散文創作的角度言，散文史家或散文史論家往往是透過「流派」這一「身分的歸屬」來編排這一水平面向的作家系譜。有鑑於此秉持系譜史觀者，除了如前述「縱」論台灣現代散文作家與中國古典散文及五四現代散文兩個文學傳統的傳承關係之外，更要進一步「橫」論同一時期台灣散文作家彼此的同族（派）關係，以呈現出較完整的一份散文史的系譜。

前述李豐楙在爲其主編的《中國現代散文選析》一書中所寫的〈緒論〉一文即呈現了如上的觀點。在該文中，李豐楙首

---

[15] 最有問題的是，沈從文竟以其小說〈月下小景〉具有寓言的旨趣而被歸於「寓言」一類。

先按照歷史的演化將一九四九年國府遷台以來散文的「成
長」，以十年爲斷限分爲三個階段[16]，然後再在三個不同時期
中分述各個代表性散文作家及其表現。然而，有關分論散文作
家部分，李豐楙的論述策略係從作家的同族關係著手，例如他
所論列的第一個十年（一九五一至一九六一）的散文作家，便
依其性質分做三類（也就是三個族譜）探討，以第一類所謂的
「女作家群」而言，被排列在此一族譜內的名單包括：徐鍾珮、
艾雯、張秀亞、琦君、鍾梅音、王文漪、張漱菡、劉枋、王琰
如、林海音、張雪茵、郭晉秀、羅蘭、葉蟬貞、邱七七、葉蘋、
心蕊、陳香梅、侯榕生等人（1993: 143）。

　　在李豐楙編列的「同族」系譜中，最屬特別一支的毋寧是
所謂的「詩人散文家」這一「家族」了。除了第一個階段之外，
散文在第二個（一九六一至一九七○）與第三個階段（一九七
一至一九八四）[17]的「成長」中，詩人散文家做爲一個特定的
支脈，均位居重要的地位，如李氏所言：「詩人散文家，就是
右手寫詩、左手寫散文的一群，他們不但以現代詩影響了散文
界，本身即在散文的獨創性上具有開闊之功」（同上引，150），
隸屬於這一「家族」的包括同一代的余光中、楊牧、張健、管
管、周夢蝶、夏菁、洛夫、張默、葉維廉、羊令野、張拓蕪等

---

[16] 為何以每十年為分期的斷限？李豐楙所持的理由為：「台灣散文的分
　　期問題，比較單純，因為散文三十餘年，既不必如前三十年以政治事
　　件為準據；也不似台灣的新詩、小說，可以詩社的興衰、期刊的始末
　　為分期點。」（1993: 140）

[17] 第三個階段之所以到一九八四年即結束，係因李豐楙當時選編的散文
　　只到該書出版（一九八五）的前一年為止。

人，依李豐楙的分析，前四人的表現且跨越兩個十年（同上引，159）。

　　李豐楙上文的分類編譜，除了女散文家、詩人散文家之外，較顯著的還有第二期的專欄作家（如鳳兮、何凡、彭歌、王鼎鈞等）、第三期的學者散文家（如吳魯芹、傅孝先、顏元叔、葉慶炳、漢寶德等）這些支系，但是他編譜的標準不一，或以作家身分分（如詩人散文家、學者散文家、女性散文家），或以寫作型態分（如專欄作家），或以文類性質分（如遊記作家）[18]，這些支系必須分別被獨立出來看始有意義，若整個兜在一起放入台灣散文脈流演變的大系譜裡來看，勢將混淆不清，令人莫名所以。

　　在嘗試爲台灣散文的流變繪製同族支脈的系譜者中，徐學展示了其最強烈的企圖。在《綜論》及《台灣新文學概觀》（底下簡稱《概觀》）二書中，徐學先依歷史縱斷面的演變，將台灣散文家的族譜分爲四代：第一代即從五四時期便開始創作的老一代作家，第二代爲年齡六十歲上下（至徐寫作該二書的一九九〇年代初）的作家，第三代則爲年齡從四十至六十歲的中堅作家，第四代的青年作家年齡在三十歲上下，爲一九八〇年代以來嶄露頭角的新秀。年代劃分完之後，緊接著徐學再從作家的生活經歷、文化背景與社會角色將這四代的台灣散文家劃

---

[18] 被歸屬於「遊記文學」這一支系的作家（第二期）有：李霖燦（《遊美十記》）、趙君豪（《東說西》）、朱約農（《歐洲假期》）、鍾梅音（《海天遊踪》）等。

分爲三類（也即《概觀》中所說的三大流派）[19]：女作家群、
鄉土派作家群，以及學府派作家群。在《概觀》一書中，徐學
便以這三個「族譜」依序論列（《綜論》對此三支「族譜」的
解讀更爲細緻，中篇〈台灣當代散文譜系解讀〉進一步分從「憂
患詠歎調」、「家國之歌吟」、「女性的音符」、「生命體驗」、
「遊戲精神」、「都市人的體悟」、「放逐者的樂章」七項論
述）。綜合徐學上述諸書的說法，他爲台灣現代散文家繪出了
一張系譜圖（圖 7-1）。

　　徐學認爲，屬女作家群這一支系的散文家，風格以「細膩
委婉見長」，而鄉土派作家群的作品則「以平實蒼勁奪人心
魄」，至於學府派作家群乃以「廣博宏富、雍容蕭穆」擅場，
這三個支系「形成鼎立之勢」（1994: 14），也構成了台灣散
文作家的整體系譜。圖 7-1 這張系譜圖看起來確實顯得粗枝大
葉，縱與橫之系譜分屬稍嫌武斷與主觀，譬如代間的劃分便不
夠明確，以林文月爲例，她在《概觀》中被歸爲第二代，卻在
《綜論》裡被劃入第三代；再者，以作家的身分與角色（含生
活經歷）做爲分「系」的標準更嫌粗糙，再以林文月爲例，她
除了是女性作家之外，同時也具有學者的身分，則爲何不能列
入「學府派」系譜內？徐學了解到只有這三個支系無法盡其分
類的目的，所以在《概觀》中，在用三節分論「學院派散文」、

---

[19] 這三類的劃分標準，這裡取自《綜論》一書的說法。早出的《概觀》
一書持的標準是「從作品的題材、手法及總體風格著眼」（黃重添、
徐學、朱雙一，1991: 172），顯有不妥，以致晚出的《綜論》對此區
分標準做了修正。

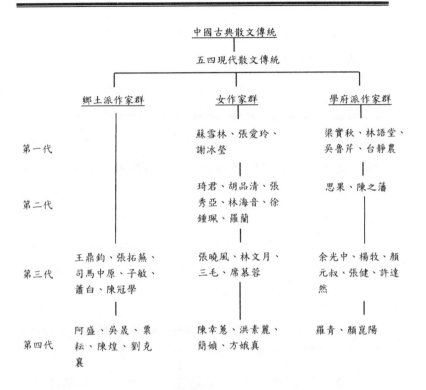

圖 7-1　台灣散文家系譜圖

「女作家散文」及「鄉土派散文」之後，再增列一節〈新生代散文〉討論林清玄、林燿德諸人，以及另一節〈幽默散文〉談論李敖、柏楊、黃凡等人，蓋因後述諸作家在上述三個系脈中找尋不到他們的「同族親屬」。

為了修正圖 7-1 那張粗枝大葉的系譜圖表中的「同族」分類，在《綜論》中，徐學雖然如上所述仍堅持「鄉土派」、「女作家派」及「學府派」三個「流派」的分法，卻在後面分章解讀

此一「台灣當代散文譜系」時,以作家「作品的題材、手法及總
體風格」(這其實是《概觀》一書原來的說法),進一步分成七
項不同的「同族關係」(已如上述),而不再以上述三個「流派」
分章分論,如此的重新歸屬,就族譜的同族關係來看,自當更爲
細緻清晰,即以其第五類「遊戲精神」這一世系(lineage)而言,
徐學在此再將其劃分爲二個支脈,即「幽默」與「閑適」(因這
二者最能表現遊戲的精神),以現代散文來說,前者以林語堂爲
典型,後者以周作人爲代表,而從五四到台灣則由梁實秋統縮這
二支系,這兩支系在梁實秋以下各有不同的統屬作家。幽默,要
具諷諭或自嘲的色彩,自李敖與柏楊以下,屬這一支系的作家包
括:錢歌川、吳魯芹、子敏、顏元叔、夏元瑜、管管、郎雲、余
光中、王鼎鈞、張曉風、趙寧、阿盛、黃凡、陳黎、羅青、袁瓊
瓊、林燿德……。閑適,抒發的是閒情逸志,帶點蒼涼感的張愛
玲,在這一支系顯然「有著不容忽視的影響」,而被歸屬爲這一
支系的作家則有:亮軒、洛夫、席慕蓉、方瑜、袁瓊瓊[20]、顏崑
陽、陳幸蕙、簡媜等人(同上引,143-164)。上述這一「遊戲
精神」世系可以繪製成圖 7-2 的系譜圖。

　　徐學所描繪的這一具「遊戲精神」的作家系譜,顯然較諸
前述以作家的身分與角色來歸類的作法要精確得多,儘管類似
的分類,也很難令作家同時不跨越不同的族譜,譬如簡媜,她
也同時被列入「生命體驗」世系的族譜裡。系譜的繪製本身其

---

[20]　袁瓊瓊在這一「遊戲精神」的系譜內,同時被歸屬在「幽默」與「閑
　　適」這兩個「次支系」裡。

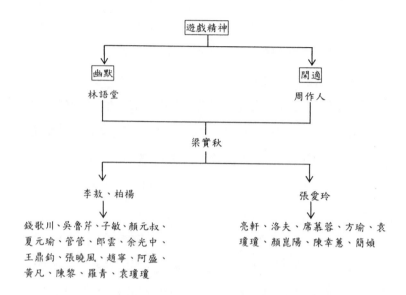

圖 7-2　「遊戲精神」散文家系譜圖

實就是一種類型學（typology）的適用，而將類型學運於散文作家（創作）的分類並以之做爲繪製系譜的基礎，最難的不只是要劃分成幾個支脈（類別）的問題，更在於劃類的標準如何設定，以及跨類別乃至於找不到同族關係的作家如何安置的問題，而這也是散文史撰寫時所面臨的最大的挑戰。

第四節　結語

　　從系譜的角度來看台灣散文史的撰寫，如上所述，在縱的面向，必須交代不同代間作家的傳承關係，此涉及第一，中國

古典散文如何影響台灣現代散文作家,以及作家們又如何延續
這個古老的散文傳統;第二,做爲現代散文嚆矢的五四傳統,
如何接續於在台灣「成長」「壯大」起來的散文脈流?台灣散
文作家又如何發揚光大五四傳統?第三,台灣散文作家創作的
演變情形如何?如何分成不同的世代以爲賡續?至於在橫的
面向,最重要的是:同世代的作家之間如何確認其「親近性」
或同族關係?乃至確認其同族關係的標準或條件究竟是什
麼?

　　在徐學看來,「散文並不像小說與詩歌那樣,有那麼明顯
的階段性,一種文學思潮襲來,作家便群起仿效,形成一波一
波節奏分明起伏有致的創作態勢」(同上引,2)也因此台灣
散文史中向來不曾出現什麼「橫的移植」的爭議或論戰[21]。相
對於其他文類,散文則更深地植根於傳統文化之中,它並不像
其他文類那麼注重技巧,也毋須標榜什麼主義來獨領風騷;它
的變化也比較不是那麼劇烈,文壇風潮對它的波及也總是較爲
緩慢而不太引人注目(同上引,22)這也就是爲什麼僅見的相
關的散文史的撰述會多從系譜學的觀點出發,有寫史企圖的徐
學在《綜論》中遂謂:「與其爲分期而分期地將它裁爲幾塊,
倒不如騰出筆墨來著重挖掘它的文化內涵和獨創性」[22](同上

---

[21] 現代散文並非說完全不受外來影響,楊牧在《現代中國散文選》的〈前
言〉中即談到:「西方和日本小品的影響雖非必然,也約略可見,不
容忽視。」(1981:前言5)
[22] 徐學表示:「力求在此書內對四十年台灣散文做一輪廓性的勾勒。……
以有限的篇幅展示四十年來台灣散文發展的社會背景、文化動力、基
本容貌和獨特風采」(1994:2),撰史的企圖昭然若揭。

引，2），試著在該書中描繪出台灣散文作家的系譜。

　　歷史的演變在散文創作的脈流中儘管不被分期（李豐楙倒是以每十年做了分期），在系譜學的觀點下還是被分成若干世代，世代的傳承性較諸作家的同族性更難以被確認，理由是前者還須找出其間如何影響，而影響與否並非只是確定兩代作家之間作品的相似性質而已。總之，從作品的關係去尋繹作家系譜，不像用 DNA 來確認彼此的血緣關係那樣容易。

　　楊牧在編選《中國現代散文選》時說：「我們相信文學的歷史傳承，相信真正的藝術必須超越地域和政治的局限」，故在該選集中應能為現代散文家勾劃一些試探性的源流梗概（1981: 前言 8）。楊牧此說恐仍不足以採信於人，蓋日據時代的台灣散文作家在他編選的「現代散文史」中竟然缺席了。李豐楙與徐學等人上述諸文（書）壓根兒也不談日據時代的散文作家——何止上述諸家，其實迄今為止面世的各種「中國文學史」（有「台灣卷」部分者）、「台灣文學史」相關的著述，全都缺少這一份散文系譜，似乎原本就不存在「日據時期台灣散文史」；而這一系譜存在與否，乃有待後來的散文史家進一步去予以辯明。

第八章

戰後台灣新詩集出版史的考察

第一節　前言

歷來文學史的發展與文學作品的出版息息相關。文學史的內涵要由作家及其作品所界定，作家及其作品的衍變與嬗遞，決定了文學史的走向與發展；而作家及其作品的呈現則非依賴出版（包括在公開性媒體上的發表）不可，作品如不經出版的管道予以傳佈，則作家不僅不成其為作家，作品本身甚至也不成其為作品。未經公開出版（或發表）[1]而流於孤芳自賞的創作，除了缺少讀者（讀者的參與是完整的文學活動不可少的要素之一）之外，更重要的是，完全不具歷史的意義，而從這個角度看，我們甚至可以說，無出版，則無文學史（no publication, no literary history）。

如果上述的說法確屬無誤，那麼對於台灣新詩歷史變遷的論述，就不能忽略在各個階段詩集出版的情況，各該階段詩集出版的或盛或衰，十足的影響了各該時期新詩創作的表現，從而使不同的時期在詩史的變遷中各自形成不同的意義。詩集出版的情況起碼和詩史的演變有著並行的關係，後者甚至是前者的依變項（dependent variant）。就廣義的出版領域來看，詩刊與詩選集的出版及其與詩史的關係，詩壇及學界多有論及

---

[1] 出版，英文字為 Publish，亦有刊行、發佈、公開之意。狹義的出版，僅指圖書出版；廣義的出版，則包括一切公開發表的行為，雜誌及報紙副刊上的刊載自屬之。

[2]，惜乎詩人個人詩集的出版情況以及其與詩史演變的關係，迄今仍未見有專文或專書的討論。例如詩人岩上在「台灣現代詩史研討會」（一九九五年）上的發言，雖然提及「研究詩史不能只看重詩刊詩社的消長存亡，而必須審視詩人作品的成就」（1996: 643），卻不提詩人作品的出版在詩史上所形成的意義，反而強調詩刊（與詩社）在詩史上的重要地位。再如瘂弦則側重詩選的出版對於詩史發展的意義，認為「人們只要把一冊冊年選依序檢視，就等於巡禮了一遍以創作來說明的文學發展史」（1993: 1），同樣亦忽略了詩集出版的重要性。本章的撰寫即本於彌補此一缺憾，嘗試從詩人詩集的出版來還原各時期新詩創作的原貌，並自其演變的軌跡中檢視其於歷史變遷上的意義。

　　從詩集出版的角度來檢視新詩的演變，其研究方式將不同於一般文學史的撰寫，本章乃採宏觀的立場，以文獻計量學（bibliometrics）的研究方法，爬梳並比較各個時期新詩集出版的方式與數量，進而探究新詩歷史的走向與歷史意義。又稱為書目計量學的文獻計量學，主要係利用數學、統計學和邏輯學的理論和方法，對各類型文獻的本質與結構做數量、品質和運用上的研究與分析（何光國，1994: 8），其所計量的研究對象，一般包括文獻量、作者數與詞彙數，雖然大部分應用在

---

[2] 例如文訊雜誌社編印的《台灣現代詩史論》（1996）的下卷，主題涵蓋史料、史觀與詩史寫作，以及詩刊與詩選的性質和功能問題，惟未論及詩人個人詩集出版與詩史論述的範圍，誠屬憾事。

分析期刊文章的數量上，惟有關詩集（以致文學作品）出版的文獻，在此亦可借用文獻計量學的方法予以分析。底下進行計量的對象包括各時期詩集的出版數量（分爲自費與非自費出版）、詩社出版量、出版社出版量、詩人個人出版量等。出版數量的多寡，具有不同的歷史意義。

　　由於日據時代台灣新詩集（包括日文與漢文）的出版資料蒐羅不易，迄今爲止未見有人做過這類調查和統計[3]，若要將其列爲計量與分析的範圍，勢有所困難。所幸自一九四九年以後迄至二○○○年，有關台灣新詩集出版的情況，包括每一年詩人個人詩集的出版社與出版數量、開本頁數等等，張默在其所著的《台灣現代詩編目──1949~1995 修訂篇》及《台灣現代詩集編目──1949~2000》二書中[4]，均曾做了翔實的統計，這也是目前爲止公認爲最爲可靠的二本新詩史料的專書，體例清晰且完備。本章底下所進行之分析，即本於張默上書所做的調查與統計，而「戰後」所涵蓋之範圍，乃指一九四九年以後

---

[3] 如許俊雅〈日治時代台灣文學史料的蒐藏與應用──以報紙、雜誌為對象〉一文（2003: 29-36），主要係針對日據時代報紙副刊、文藝雜誌（兼及詩刊）的蒐羅與應用問題加以探討，並不論及當時新詩集出版（如何蒐藏）的概況，更甭談其出版數量的統計了。

[4] 張默前書所蒐錄的新詩資料，包括詩人個集、詩選集及詩論評集三者（後兩項不在本章論述之內），而其資料來源，據該書所載，至少參考了林煥彰編〈近三十年新詩書目〉（1976）、國立中央圖書館編印〈現代詩三十年展覽目錄〉（1984）……等三十八種不同資料與作品，相當齊全。至於後書則主要根據前書為基礎，抽出其中個人詩集的部分彙編成冊，補充資料至二○○○年，並重新核對《中華民國作家作品目錄》（新編）中的資料（至一九九九年該書出版前）。

迄今之年代[5]（因一九四五至四九年無紀錄可尋）。

第二節　詩集出版型態

　　在底下檢視新詩集出版與新詩史的關係之前，有必要先了解新詩集的出版方式，蓋此與新詩發展息息相關，並有相當的影響力。按張默在〈新詩集自費出版的研究：一九四九～一九九五〉一文中的分析，台灣出版個人詩集的管道有二：一是交由書店、出版社出版，作者將著作版權賣斷，公開發售；二是詩人自費印製，並找一個詩社或出版機構掛名發行（1996: 380）。這兩種不同的管道，也就是新詩集出版的兩種型態。

　　上述這兩種出版型態，簡言之，即所謂「自費出版」與「非自費出版」；非自費出版也就是由出版社或出版公司（以下均稱出版社）[6]正式出版者。底下話分兩頭進一步說明。

---

[5]　一九四九年以來各個時期的分法，為求方便，則主要以張默在《台灣現代詩集編目——1949~2000》中的分期為依據。二〇〇〇年以後詩集出版之資料，尚未有翔實之統計，為求慎重，故不予列入分析的範圍。蓋此一資料雖可從各年度《文訊雜誌》（每月）的新書出版資料中做出全部的統計數目，但肯定仍有「漏網之魚」，例如個人自費出版詩集便常為《文訊雜誌》所漏列，以一九九四年六月為例，在張默上書中列有尹玲自費出版的詩集《當夜綻放如花》，但該年的六、七、八、九、十、十一、十二月的《文訊雜誌》則未見有該書的出版訊息，即可見一斑。

[6]　出版社係依出版法設置，再以商業登記法申請登記，依出版法施行細則的規定須有資本額三十萬元（原為十萬元），設置之門檻很低，也因此之故，國內才有不少所謂的「一人出版社」。目前出版法已廢止，所以嚴格而言，不會再存在以出版法設置的出版社。而出版公司乃以公司法規定設置的，按設置條件的不同，一般可分為出版有限公司（股

一、自費出版

　　自費出版型態原則上是張默上面所說的第二種出版管道，即由詩人自費印製詩集，找一個詩社或出版機構掛名發行[7]。但是如此分法，在實質上恐不容易與第一種管道做區分，也就是不管印製成本是不是由詩人自行承擔，從外表上看，上述的第一及第二種出版管道難以分辨出何者才是由詩人自掏腰包負擔一切印製成本的，蓋其在詩集的封面與版權頁上均有由出版社出版（若非掛名詩社出版的話）的名義；除非詩人告知，否則該詩集是自費出版或非自費出版，並不易得知。也因爲這個緣故，真正自費出版的詩集數量難以精確推算。

　　事實上，詩人自費出版詩集，也非概屬張默所說的非「找一個詩社或出版機構掛名發行」不可，前輩詩人鄭愁予的《長歌》（1968）、方旗的《端午》（1972），以及中生代詩人夏宇的處女作《備忘錄》（1984）等，都是以詩人個人自費出版的名義出版，並沒有掛上任何出版社的名字，統計自一九四九至二〇〇〇年詩人以自費出版名義出版的詩集，總數爲一一八

　　東要有五人以上，二十一人以下，股東對於公司之責任，以其資本額爲限）與出版股份有限公司（須有七人以上之發起人，股東對於公司之責任，以繳清其股份之金額爲限），公司法對其規定有所不同。大體上，不論是出版有限公司或出版股份有限公司（可公開上市、上櫃，對外募股，時報出版股份有限公司上櫃即爲顯例），在資本額及編制上（即公司規模）均較出版社來得大。惟大多數人不察，不管是出版有限公司、出版股份有限公司或出版社，一律通稱爲出版社。

[7] 例如由創世紀詩社名義出版的黑子的《西門詩抄》，即是此種自費出版型態的顯例。在張默爲該詩集所寫的序文中便曾提及，此爲自費刊行詩集，而由作者委託創世紀詩社代爲出版（黑子，1993: 1）。

本，占個人詩集總數一八四五種的 6.3%，所占比例極小，不
到詩集出版總數的十分之一。這一比例顯示的似乎是，國內詩
集出版仍能為多數的出版社所接受。

　　然而，張默在上文中卻宣稱，依其推算（只能說是「推算」，
理由如上），屬個人自費印行的詩集約占詩集出版總數的一半
（其統計至一九九五年為止時約七百餘種），其間差距為何如
此之大？想來乃國內詩人出版詩集，即便出版成本全係由其自
行支付，仍希望找家出版社或詩社掛個單，所以絕大多數的自
費出版都掛有出版社或詩社的名義，約占七分之六，換言之，
不以任何出版社或詩社名義出版的個人詩集，約占自費出版詩
集總數的七分之一。由此看來，所謂「自費出版」的詩集，還
可分為掛名（出版社或詩社）出版者與不掛名出版者。

　　掛名出版者，又可進一步分為掛詩社之名出版與掛一般出
版社之名出版[8]。首先，以同仁詩社或校園詩社（如政大長廊
詩社、輔大草原詩社、北醫北極星詩社等）之名義出版的詩集，
依張默的統計，約占出版詩集總量的五分之一強，也占自費出
版總數的二分之一弱，「可見各詩社在台灣新詩發展的過程
中，他們確實是前仆後繼無怨無悔地為詩人服役，為新詩的讀
者不斷增加新鮮的地糧」（張默，1996: 384）。

---

[8] 有少數詩集不掛詩社或出版社名義出版，如艾雷《碑的立影》（1965）、
黎明《金陽下》（1965）、方良《朝陽》（1967）、一信《時間》、驍騎
《金色年代》（1968）、綠綺《流浪船》（1968）等掛的是青年詩人聯
誼會的名義；白浪萍《白鷗書》（1967）掛的是中國詩人聯誼會的名
義。

　　依張默上述意見，詩社在新詩集出版方面有相當大的貢獻，而這也是詩社在新詩歷史的演變中應有之功能，不論是居出版大宗的現代詩、藍星、創世紀、笠、葡萄園、秋水詩社，或是僅僅出過少數幾本詩集的星座、風燈、心臟、大海洋詩社，似乎是「前仆後繼無怨無悔地爲詩人服役」。果其然乎？實情恐怕是詩社反過來被詩人「借用」——或者說是「利用」，而詩人借用詩社招牌出版其詩集，以爲背書或壯其聲勢，皆爲可能的原因，但更大的動機是不想令其著作因缺少一塊出版招牌而成「孤魂野鬼」，有予人似非正式出版的印象；而在其出版過程中，詩社除提供其掛牌的「服務」外，似乎也使不上力（無法承擔編製工作，以及爲其分擔若干成本費用），所謂「詩社爲詩人個集出版服役」云云，只是一廂情願的說法。真正由詩社負擔全部印製費用且以詩社名義出版者，恐爲「復社」的現代詩社於一九九一年起每年舉辦的「第一本詩集」年度詩獎所出版的詩集[9]。現代詩社以資助第一本詩集的出版方式給獎，的確是別開生面，這才是詩社爲詩人的「服役」；甚且其資助出版並不以同仁爲限，則詩社出版詩集並非純粹爲詩人掛名而已，惟這已非屬詩人自費出版型態。

---

[9] 一九九一年首度「第一本詩集」的得主爲新加坡青年詩人黃廣青，其詩集《受難前書》被列入「現代詩叢書」之三出版。該叢書第一本爲零雨的《城的連作》，第二本爲夏宇的《腹語術》。據云現代詩社一年一本新詩集的全部印製費用，均由旅美詩人林泠捐助（參見《創世紀》第八五、八六期合輯〈創世紀走廊〉）。復刊的《現代詩》於一九九〇年代末「無疾而終」，未再出刊，於一九九六年六月出版零雨的《特技家族》之後，「現代詩叢書」也就此告終，不再出書。

　　其次，借一般出版社名義出版詩集者，若按張默的推算方式估計，大約也占自費出版總數的一半。當然這一部分的估算最不準確，理由已如上述。書林出版公司的「書林詩叢」便是最好的例子。據筆者所知，該詩叢所出版的詩集其實可分為二類：一類係由書林出版公司依一般出版程序及條件出版者，也就是接受詩人投稿出書，其編校、印製費用全由出版公司承擔，換言之，即上所說的非自費出版型態（後詳），林燿德的《都市終端機》即是依此方式出版；另一類是由詩人自付印製成本但為該詩叢接受，以出版社名義出書，納入該詩叢系列書中，筆者的《S. L.和寶藍色筆記》即屬之，此即為借出版社名義自費出版者。然而，若非一一詢之於出版社或詩人本人，同屬「書林詩叢」何為自費出版，何為非自費出版，恐難揣測得知。

　　一般而言，主流出版社或中大型出版社通常並不接受「掛名出版」這回事，也就是如果它們接受詩集的出版，那麼，除了編製費用全由其負擔外，還會按一般出書條件支付作者版稅。有鑑於此，掛名出版詩集的出版社，除極少數外，多為小型出版社或非主流出版社。然而，詩集出版常被坊間視為「票房毒藥」，以至於有時連找小型出版社掛名也會碰釘子，因而即有詩人乾脆自行成立出版社，專門出版自己及其他詩人的詩集，方便讓詩集掛名找個招牌戴，楊平成立的詩之華出版社即為顯例。

　　最後，還有一種既不以詩社也不以出版社而是以另一種名

義掛名的自費出版方式，可得而言者有二：一是鴻鴻的《黑暗
中的音樂》、羅任玲的《密碼》與楊維晨的《無言歌》（均為
1990）三冊詩集，皆以曼陀羅創意工作室的名義出版，其實曼
陀羅創意工作室是曼陀羅詩社的化身（也是化名），相較於前
此以曼陀羅詩社名義出版的楊維晨的《室內樂》（1986）、徐
雁影的《溫柔的支出》（1989），不知何故，非如此更改名稱
出版不可？是不是以工作室名義出版較詩社來得正式？另一
是羅智成以鬼雨書院名義出版的《畫冊》（1975），鬼雨書院
既非書院也非詩社，更不是什麼出版社，而是詩人虛擬的一個
不存在的「機構」，只存在於羅智成個人想像中的美學體系內，
因此，本書其實是典型的自費出版詩集，只是讓詩人給他冠上
一個「出版機構」的名稱罷了。

二、非自費出版

　　非自費出版型態即是張默前文所說的第一種出版管道。但
是出版的實情可能與張默所描述的狀況稍有差異。張默以為由
出版社出版詩人的詩集，條件是詩人將其著作權賣斷給出版
社，讓出版社公開販售，出版成本自然由出版社負擔。除了極
少數詩人（如鄭愁予、席慕蓉）的少數詩集擁有不錯的銷售佳
績外，絕大部分的新詩集都為「票房毒藥」，出版社即便接受
詩人詩集的出版，很少會用買斷的方式支付詩人稿費──對出
版社而言，這絕對是不划算的一種稿酬條件，也就是說，出版
社即使要按一般出版方式支付稿酬給詩人，頂多也是採版稅的
支付方式給付，而且一般給付的版稅不會高於 10%。就詩人

來說，就算敝帚自珍，恐怕也少有詩人會將其嘔心瀝血的作品賣斷，作品一旦賣斷，除了保有著作人格權之外，詩人本人對之已難以置喙，蓋其已為出版社所擁有，變成「別人的」了。早期著作權概念不發達的時候，詩人將詩集交給出版社出版，即使簽訂有白紙黑字的合同，常因不察，致使該詩集形同賣身契一般簽給出版社「永久出版」（儘管並非唯一出版），鄭愁予交由志文出版社出版的長暢書《鄭愁予詩選集》（1974）便是一例。

事實上，由出版社出版的這種非自費詩集出版型態，如上所述，儘管其編、校、印、訂、銷的各種成本毋須由詩人負擔，而且詩人與出版社雙方亦不以賣斷和買斷方式訂約，嚴格而言，還要再分成支付版稅與不支付版稅二種方式。出版社如支付版稅予詩人，按一般書簽約支付版稅的條件給付，其版稅通常為 10%（大概也不會再高於 10%）；至於這 10%版稅是否在初版之後即行預付，或者等到年中及年尾以實銷數再結算支付，就看雙方簽約時如何談判了。出版社如不採版稅支付方式與詩人訂約──這也由於成本的考量，通常會以贈書若干冊（多於一般出書後送予作者的十冊或二十冊樣書）做為抵付詩人的版稅；至於抵付版稅的贈書冊數要多少才屬合理，亦由雙方簽約時協議。不論是否支付版稅，如果詩集不賣斷，即有出版期限的限制，出版社在詩集出版之後若干年（一般至少要五年），其著作權（或俗稱的版權）將回到詩人手中。

出版社會考慮接受詩集的出版，不外乎一是儘於詩人的威

望與地位,通常這只有已成名且素孚眾望的前輩詩人才享有這等「福份」,如余光中、周夢蝶者流;另一是市場接受度至少要差強人意,能締造銷售佳績更好,席慕蓉、鄭愁予都屬此類。但余光中和鄭愁予早年也都有過自費出版詩集的紀錄,不少前輩詩人的情況亦是如此,要等到他們享有盛名並為文壇、詩壇肯定(以至於得獎)之後,始為出版社所垂青,余光中與鄭愁予如是,餘如洛夫、羅門、向明等都是。依張默提供的資料顯示,未曾自費出版詩集的詩人有:瘂弦、商禽、梅新、管管、敻虹、林泠、吳晟、羅青、張香華、渡也、簡政珍、馮青、林彧、杜十三、侯吉諒、林燿德、許悔之、顏艾琳等人[10](2001; 1996: 171)。

　　至於國內哪些出版社較有意願出版詩人的詩集?試看**表8-1**的統計(1971~2000)[11]。

　　從**表8-1**中可以得知,首先,國內主流出版社包括聯經、遠流、圓神、希代、麥田(城邦集團)(表內未登錄)等,對於詩集之出版興趣缺缺,時報與皇冠雖於三十年內分別出版了二十六本與十五本詩集,但與其大宗之文學書出版量相比,簡直是不成比例(尤其是以文學書為主要出版領域的皇冠),這些主流出版社文學書出版的火力主要仍集中在小說與散文。例

---

[10] 依張默在〈新詩集自費出版的研究〉一文中所列的詩人尚包括鄭愁予,但如前文已指出,鄭愁予於一九六八年曾自費出版《長歌》詩集(張默,2001: 36),這可能因為張默一時不察所致。另外,據筆者的統計,商禽與敻虹二人也都未有自費出版的紀錄,故在此予以補入。

[11] 本表之所以自一九七一年開始統計,蓋因主要出版詩集的出版社率多在一九七〇及八〇年代以後始成立。

表8-1　1971-2000年台灣出版個人詩集之主要出版社暨其詩
集出版統計

出版社＼年代	1971-1980	1981-1990	1991-2000	總計
文史哲	－	8	53	61
爾雅	1	12	32	45
洪範	19	19	12	40
黎明	19	12	3	34
九歌	0	8	25	33
書林	1	8	21	30
時報	4	16	6	26
林白	16	8	2	26
詩之華	－	－	20	20
皇冠	11	6	8	15
備註	文史哲及詩之華尚未成立，故不予統計	詩之華尚未成立，故不予統計		

資料來源：張默，《台灣現代詩集編目──1949~2000》。

如遠流有「小說館」系列，時報也有「藍小說」、「紅小說」
系列。其次，主要的文學出版社，如聯合文學以及俗稱「文學
五小」中的純文學與大地，新詩集出版比例所占極小，其中曾
以席慕蓉詩集席捲書市的大地，更未因此而乘勝追擊。第三，
「文學五小」中的爾雅、洪範、九歌自一九七○年代中後期開
始，對於新詩集之出版即表現出高度的興趣[12]，其中爾雅在一
九九○年代詩集之出版量更飆至三十二本之高，此或與其負責
人隱地在此期間動筆轉而賦詩不無關係[13]。至於書林於一九八

---

[12] 九歌出版社因於一九七八年始成立，故在一九七○年代詩集出版上的
紀錄掛零，一九八○年代之後即表現出穩定的成長。

[13] 隱地自己在爾雅出版的第一本詩集為《法式裸睡》（1995），自此之後

八年推出「書林詩叢」後（第一本爲羅青的《錄影詩學》），
其對詩集之出版亦表現不俗。第四，詩集出版掄元的文史哲主
要是借牌的出版社，惟對於詩人的借牌似乎來者不拒，未見有
審查程序。而於一九九○年代竄起的詩之華則已如前述，其成
立之主要目的在滿足詩人出版詩集之需求，因而始能後來居
上。最後，老牌出版社黎明與林白也出版不少詩集，尤其黎明
出了一系列作家（包括詩人）自選集，令人刮目相看。惜乎經
營策略改變，一九九○年代以後，其於詩集之出版已呈下滑趨
勢。

第三節　詩集出版與新詩史的演變

　　以往論及出版與詩史的關係，如前所述，多從詩刊與詩選
集的出版角度來看，而這又涉及詩社於其中所扮演的角色，如
三大詩社藍星、創世紀和笠都出版自己的詩刊與詩選集（餘如
葡萄園、秋水亦同）。撰史者如大陸學者古繼堂（著有《台灣
新詩發展史》）主要即從詩社（與詩刊）的角度出發來檢視台
灣新詩史的發展（1997）。奚密在論述一九五○及六○年代台
灣新詩的〈在我們貧瘠的餐桌上〉一文，雖表明係從文學社會
學的角度著眼，亦未論及當時詩集出版所顯示的詩史意義
（2000: 198），殊爲可惜。如斯論述，致使詩史的發展成了

至二○○○年，該出版社在五年內共出版二十四本詩集，占該年代的
75%，尤以二○○○年出版的十二冊「世紀詩選」爲人所樂道。

詩社及詩刊史的代名詞。林燿德於是批評：「詩社往往只是一群風格各異的詩人，在情感的凝結下組合而成的散漫組織；當詩社和文學運動結合時，或者形成師徒承傳的流派時，才能顯現其文學史的背景性。」（1995: 17）

　　進一步言，如果不將檢視的焦點放在詩人的作品及其出版的詩集上，那麼即便從文學社會學的角度立論，終究難免隔靴搔癢，不能入木三分。然而，詩集出版的盛衰到底能否反映詩潮的起落，卻也不易斷言。以各年代的詩集出版數量而言，如果不對照各時期的書籍出版總量，那麼詩集出版半世紀以來的確呈正成長趨勢：一九五一至一九六〇年爲一七一種；一九六一至一九七〇年爲二三三種；一九七一至一九八〇年爲二九一種；一九八一至一九九〇年爲五二二種；一九九一至二〇〇〇年爲六二二種；其中一九八〇及九〇年代顯見大幅成長，可見詩人之創作益見興盛。

　　詩集出版數量隨時間前進持續增加，側面至少顯示：創作人口（即詩人數目）與創作量跟著時間成長，這當和教育的普及與教育程度普遍的提高有關，也和經濟成長密切相關，因爲這會直接促進出版事業的蓬勃發展，間接也影響出版社出版詩集的意願；且即使要詩人自掏腰包自費出版詩集，再也不必像張默所描述的當初洛夫自費出版處女作《靈河》（1957）時那般拮据和困窘[14]。問題是：相對於其他出版物的成長，詩集的

---

[14] 據張默所述，一九五七年十二月洛夫出版詩集《靈河》時，因爲缺乏經費，硬著頭皮向其服務的左營軍中電台打報告，跟公家借了三個月

出版恐不能令人樂觀，王德威即指出：

> 文學類出版量和整個出版界類比的情形是：一九五二年台
> 灣整個出版量才共四二七種而已。到了五七年，大陸反右
> 達顛峰時，台灣文學蓬勃現象，可從當年登記的刊物中有
> 四○九種是文學類刊物看出來，占所有出版物的百分之二
> 十六。到一九七八年，台灣全年出版二二四六種，相對於
> 其他各種類別出版物有九四一六種，文學占了百分之二十
> 二，是文學值得驕傲的年月。但到了一九九三年時，整個
> 出版界蓬勃，此年整個出版量為一四七四三種，文學類出
> 版物共有一九五八種，占百分之十三而已，由此看來，文
> 學出版曾歷經一段盛世，但近幾年由於社會、文化結構的
> 變化，情形已有所改變。（1996: 14）

　　就以王德威上所指出而有數據可查的一九五二、一九七八
及一九九三年為抽樣例子，該三年新詩集出版量分別為九、四
十五、七十二冊，各占該年度出版總數的 2.1%、0.47%及
0.48%。一九九三年詩集的出版之所以高達七十二冊，是因為
自一九九○年開始各縣市文化中心開始加入出版詩集的行列
有以致之，如果把這一因素扣除，則該年度出版之詩集只餘五
十一冊，占該年度總出版量的 0.34%，足見詩集出版量已隨時
間的推展，在總體出版數中比例逐年下降，詩人及詩作之總數

儘管有所成長，但自宏觀面觀之，似有益趨衰頹之勢，難以令人樂觀。

　　如果把上述宏觀面再分別從各個時期（即以張默《台灣現代詩集編——1949~2000》中劃分的年代為標準）進一步詳究，可以得出台灣新詩發展的梗概。在底下分述之前先看**表 8-2**及**表 8-3**的統計簡表。

一、一九四〇及五〇年代（1949-1960）

　　戰後的新詩史理應從一九四五年日據時代結束之後開始，但從該年到一九五一年十一月紀弦等人在《自立晚報》創辦《新詩周刊》為止，新詩創作雖未曾中斷，但有關的活動幾至停止，儘管這六、七年間有張彥勳、詹冰、林亨泰、蕭金堆和錦連等人合組的銀鈴會（發行《緣草》、《潮流》）賡續和傳播新詩的種籽，但仍被視為台灣新詩發展的斷層（古繼堂，1997: 62）。若從新詩集出版的角度來看，此一「斷層」之說則不無道理，蓋這段時間詩集的出版活動可說「空白」，唯一的新詩社銀鈴會並無詩集及詩選出版，即可見一斑。而據張默所蒐得資料顯示，一九四九及五〇年兩年亦僅有六種詩集的出版，且一望便知清一色皆為反共詩詩集。

　　從**表 8-2**得知，一九五〇年代共出版詩集一七一種，其中自印詩集十七種，而屬非自印詩集一五三種中，亦多屬「借牌」的詩集，如**表 8-3**中所列，掛名詩社出版的詩集即有三十五種，占所有非自印詩集的 22.8%，這種掛名詩社出版的詩集其

表 8-2　各年代自印與非自印出版詩集之統計

出版型態 / 年代	自印詩集	非自印詩集	總計	備註
1949-1950	2	4	6	
1951-1960	17	153	171	王鎮庚〈周末琴聲〉未標明自印或非自印
1961-1970	19	214	233	
1971-1980	15	276	291	
1981-1990	37	485	522	
1991-2000	31	591	622	
備註		非自印包括自費掛名出版及由出版社正式出版		

資料來源：張默，《台灣現代詩集編目──1949~2000》。

表 8-3　詩社出版個人詩集統計[15]

詩社 / 年代	現代詩	藍星	創世紀	葡萄園	笠	秋水	總計
1951-1960	13	18	4	—	—	—	35
1961-1970	7	11	5	13	16	—	52
1971-1980	2	0	7	5	19	4	37
1981-1990	1	6	6	3	62	9	87
1991-2000	10	2	6	6	7	9	40
總計	33	37	28	27	104	22	251

資料來源：張默，《台灣現代詩集編目──1949~2000》。

15　本表係依詩社成立之時間排序。葡萄園成立於一九六二年，笠成立於一九六四年，故一九五○年代均無詩集出版。秋水成立於一九七四年，故一九五○及六○年代均無詩集出版。

實也是自費出版的詩集，詩社之外，掛名最多的出版社大概就是野風出版社（有十種之多），《野風》是當時著名且頗有銷路的文藝刊物[16]，則借野風之名出書自不言而喻。在一九六五年停刊前，野風確實提供了不少詩集出版的「服務」。鄧禹平的《藍色小夜曲》（1951）、余光中的《舟子的悲歌》（1952）、沉冬的《古城的嘆息》（1951）……均以野風名義出版。

　　就詩社出版的詩集而言，從**表 8-3** 可以看出，當時藍星詩社的創作及活動力可說最為旺盛，在一九五〇年代它出版的詩集最多；不僅如此，它所掌握的刊物也最多，包括最早在《公論報》上刊登的《藍星周刊》，以及由覃子豪主編的《藍星季刊》、余光中和夏菁主編的《藍星詩頁》，同時還有《文學雜誌》上的詩專欄與《文星雜誌》上的詩頁（更有一個時期還在宜蘭縣的《宜蘭青年》上開闢其衛星詩刊）。更重要的是，藍星出版了《藍星詩選》。依大陸學者欺欽的統計，當時僅由藍星自己出版的同仁作品，包括詩集、散文集、評論集共達五十三種，編發各種詩頁、詩刊達三二七期，詩社同仁共出版詩集七十種[17]（趙遐秋、呂正惠，2002: 261）。所以從一九五四至

---

16 《野風》創刊於一九五〇年十一月，係由台糖公司一群愛好文藝又有編輯經驗的青年共同創辦的；其創刊宗旨為「創造新文藝，發掘新作家」，或因此故，它樂意讓詩人借牌出版詩集，創刊初期，《野風》的發行量即頗為可觀（半年左右即突破五千份）。但它的風格較接近今日的《皇冠》，被認為「最具純粹的小市民文學氣質」雜誌（應鳳凰，1996: 87-91）。

17 此一統計的起訖時間未明，當是指一九五〇及六〇年代兩個時期合計的數目。

一九六四年的十年，被人視爲係藍星詩社興旺發達的黃金年代
（同上引）[18]。

　　藍星之外，首揭「現代詩」大纛的現代詩社，除了於一九
五六年提出引人矚目的「六大信條」，在個人詩集出版上亦不
落人後，許多重量級詩人的處女作都以詩社的名義出版，包括
楊喚的《風景》（1954）、鄭愁予的《夢土上》（1955）、李
莎的《琴》（1956）、黃荷生的《觸覺生活》（1956）等，而
紀弦本人早期的作品，從《摘星的少年》（1954）起直至《檳
榔樹戊集》（1974），均以現代詩社的名義出版。另一個代表
性詩人方思，除處女作《時間》（1953）以中興文學出版社名
義出版外，另二本詩集《夜》（1955）與《豎琴與長笛》（1958）
亦均掛在現代詩社名下。

　　至於在此階段仍屬草創時期的創世紀只出版了四本詩
集：李冰《聖門集》（1957）、洛夫《靈河》（1957）、林間
《綠屋詩抄》（1958）、碧果《秋‧看這個人》（1959）。從
詩集出版蕭索的情況（其他同仁亦無自印詩集出版）觀之，屬
創世紀時代的日子還未到來，這期間創世紀雖於其詩刊提出
「新民族詩型」的口號，顯然仍未找到自己的方向。

---

[18] 藍星創社之初，即由於同仁之間彼此互有歧見，組織過於鬆散，而顯
　　得不夠團結，所以即令他們編選出版的書刊最多，終究影響詩社後來
　　的發展和集體的成就；加上一般咸信「藍星詩社個人的成就，較詩社
　　的成就與貢獻大」，更加深其先天散而不聚的固有性格（古繼堂，
　　1997:182-183；趙遐秋、呂正惠，2002: 262）。

二、一九六〇年代（1961-1970）

　　一九六〇年代除了上述三大詩社持續其創作與出版活動外，還出現一些曇花一現的小詩社，它們亦以其詩社名義出版詩人詩集，包括星座（十四種）、縱橫（五種）、海洋（三種）、布穀（二種）、海鷗（一種）、南北笛（一種）、盤古（一種）等。其中由來台留學僑生（王潤華、林綠、黃德偉、翱翱、陳慧樺）組成的星座詩社於短短五年間（一九六四年成立，一九六九年結束）即出版十四種詩集，的確令人刮目相看，但詩社在未跨入一九七〇年代即星散，終難成大器。其餘詩社則不值談論。

　　三大詩社中的現代詩由於凝聚力鬆散，提出「六大信條」的掌門人紀弦復經各種流彈襲擊，羊令野與葉泥更另組南北笛詩社，進入一九六〇年代以後即顯疲態。以詩集出版而言，這個時期現代詩社所出版的七本詩集中，光是紀弦個人即占有四本之多，風光不再。誠如古繼堂所言：「這個詩社的成員，在結盟以前既不屬於一個流派，結盟以後又沒有一致的藝術追求，因而它的成立就預告著它的轟轟烈烈的外表裡潛藏著嚴重的內在危機」（1997: 122）。到了一九六四年，紀弦終於在《現代詩》四十五期中宣告停刊，下台一鞠躬，直到一九八二年始復刊。

　　賡續一九五〇年代鼎盛的藍星，一九六〇年代初期還出版有蓉子、覃子豪、葉珊、古貝、羅門、藍菱等人的七本詩集（俱

在一九六四年之前出版）；但是後來由於覃子豪去世，鍾鼎文退出，余光中、夏菁、吳望堯、黃用等人先後放洋，一九六四年以後已呈半癱瘓狀態，致使六〇年代中後期僅有吳宏一《回首》（1965）、蓉子《蓉子詩抄》（1965）、張健《春安‧大地》（1966）及羅門《死亡之塔》（1969）四本詩集的出版，以致到了下一階段一九七〇年代，詩社出版詩集的紀錄甚至掛零，而這也側面說明，藍星全盛時期業已結束。

　　現代詩與藍星走向沒落之際，恰是創世紀逐步邁向成熟之時。它在一九五〇年代雖是現代主義三大詩社中之最弱者，但進入一九六〇年代以後，卻頓時成了古繼堂所說的「現代派中的暴發戶」，趁現代詩和藍星之危驟然升起，一躍而爲三大詩社之首（1997: 267）。自一九五九年《創世紀》詩刊第十一期進行改版之後的六〇年代十年間，可謂是創世紀的黃金時代（蕭蕭，1994b: 213）。然而，若從詩集出版數量觀察，上述說法恐有待進一步檢證。蓋此時期創世紀只出了五本詩集，若再加上同仁不以詩社名義出版的詩集，亦僅十三種之多，無法和現代詩與藍星相比。或者創世紀此際之傲視詩壇，乃拜賜於該刊所登載之好詩係所有詩刊之最，楊牧及蕭蕭即持此論（沈志方，1994:6）。但是在詩選集的編纂與出版上，創世紀卻繳出了一張相當不錯的成績單，包括《六十年代詩選》（1961）、《中國現代詩選》（1967）、《七十年代詩選》（1967）、《中國現代詩論選》與《現代詩人書簡集》（1969），甚有口碑。

　　值得一提的是分別於一九六二年與六四年創社的葡萄園

和笠詩社，在一九六○年代上半期成立之後，以不同於現代主義風格的這二個向以明朗詩風擅場的詩社，即分別出版了十三種和十六種不同的詩集，可謂後來居上。其中笠詩社於六五年十月一口氣即出版白萩、桓夫、詹冰、吳瀛濤、杜國清、林宗源、趙天儀、蔡淇津等八人的八本詩集，奠下以後集體出版的模式。

三、一九七○年代（1971-1980）

進入一九七○年代以後，現代詩和藍星皆偃旗息鼓，前者只出了紀弦的兩本詩集《五八詩抄》（1971）和《檳榔樹戊集》（1974）；後者詩集出版紀錄則掛零，已如前述。惟藍星同仁此時已化整為零，各尋出版社出版自己的詩集，包括蓉子、余光中張健各二本，羅門、夏菁、方明、王憲陽各一本。至於創世紀此時期也只出版藍菱、大荒、張默等人的七冊詩集而已；而《創世紀》詩刊更曾在一九六九年至一九七二年間休刊三年，顯而易見，一九七○年代詩壇氛圍已不同於往昔。一九七二與七三年由關傑明與唐文標掀起的現代詩論戰，正說明三大詩社領軍現代主義的時代已過，新一代詩人與詩社紛紛「揭竿而起」，詩潮的演變翻起新的一頁。此時期笠詩社出版有十九本詩集，亦預示未來詩社此消彼長的趨勢走向。

除上述老牌詩社外，於此時期出版詩集的詩社有：葡萄園（五種）、秋水（四種）、北極星（五種）、山水（三種），以及神州、桂冠、長廊、軌跡星（各一種）。然而，新崛起的

主要代表性詩社諸如龍族、主流、大地、後浪、草根、陽光小集等,卻不見有個人詩集的出版,詩社同仁並不以自己參與的詩社名義出版詩集,譬如龍族陳芳明的《含憂草》(1973)即以大江出版社的名義自費出版;同屬龍族的林煥彰的《歷程》(1972)詩集則是由林白出版社出版。大地陳慧樺的《雲想與山茶》(1976)由國家書店出版。草根羅青的《吃西瓜的方法》(1972)及《神州豪俠傳》(1975)則分別交由幼獅與武陵兩家出版社出版。

這些重要新興詩社除了出版詩刊外,並不熱衷以出版詩集來彰顯詩社的集團性格;即便言及詩選的編纂,這期間除了龍族與大地主編出版《龍族詩選》(1973,林白出版)和《大地之歌》(1976,東大出版)之外,並未見有其他新興詩社編纂出版的詩選(雖然笠詩社於一九七九年出版了一本《美麗島詩集》)。此一時期僅出版詩集二九一種,相對於總體出書量的比例偏低,或因此故。

從另一個角度看,老牌詩社或解散或消沉(至少從出書量上看是如此),而新興詩社亦不時興以詩社名義為詩人個集背書,那麼讓詩集之出版回歸到詩人本身,不必再向詩社借牌,正是讓詩史之發展從詩社回到詩人身上,畢竟詩史不是詩社史,而是詩人詩集出版的歷史。把詩社這塊招牌打散,於今已成重鎮的中壯輩詩人值此時期紛紛崛起,包括羅青、羅智成、陳義芝、杜十三、游喚、蕭蕭、蘇紹連、沈花末、席慕蓉、白靈、汪啟疆、陳坤崙、楊子澗、向陽、陳黎、吳晟……都不以

詩社的名義，出版了他們的處女詩集。

四、一九八○年代（1981-1990）

　　由於台灣主要的出版社，諸如聯經（1974）、時報（1975）、遠流（1975）……皆成立在一九七○年代，加上大地（1972）、爾雅（1975）、洪範（1976）、九歌（1978）等文學專業出版社亦都在此一時期相繼成立，這股累積起來的出版活力，再加上進入一九八○年代後相繼成立的包括晨星（1981）、前衛（1982）、蘭亭（1982）、新地（1984）、漢藝色研（1985）、圓神（1985）……走文學路線的出版社的推波助瀾，使得接下來的一九八○與九○年代，不僅整體出版事業蓬勃發展，出版量年年攀高，且文學書籍的出版也因之更形熱絡，尤其是在一九八○年代，而詩集出版的總數亦水漲船高，如**表 8-2** 所示，八○年代有五二二本，九○年代則有六二二本。然而如前所述，不說別的，只以一九九○年一年出版新書一六一五六種而言，一九八○年代十年之間總共才出版詩集五二二本，如此怎能與之相提並論？詩集占總體出版品的生產比例，只能說每況愈下，以致從一九九○年代開始，「文學沒落」、「文學死亡」、「新詩死亡」這種驚悚的「末世論」陸續出現，若從出版的角度觀之，並非無的放矢。

　　老牌詩社除了笠一反常態在這個時期出版了六十二本詩集（且該社同仁前後從一九八二年起至一九九○年編選出版了五本《亞洲現代詩集》），其餘則不足觀哉（雖然創世紀與藍

星分別於一九八四年與一九八六年編選出版了《創世紀詩選》
與《星空無限藍：藍星詩選》）。笠從創社以來，如上所述，
在出版策略上喜以集體出版形式推出，藉此以壯其氣勢，分別
在一九八六年二月及一九九〇年三月一次出齊三十種與二十
四種詩人個集，其中諸如巫永福、陳秀喜、陳千武、杜潘芳格
等前輩詩人，老而彌堅，李魁賢、林宗源、杜國清、非馬、李
敏勇等也都有數種新詩集問世，成了笠詩社的中堅。笠詩人出
版詩集，除少數人之外，似多喜以詩社名義出書，足見其濃厚
之集團性格；惟這或許也因其不爲主流出版社所接納（前衛、
春暉出版社例外）有以致之。

　　如果把焦點從詩社轉到個別詩人身上，正可印證「長江後
浪推前浪，一代新人換舊人」這句話。前輩詩人儘管仍有不少
人創作不輟，陸續有詩集出版，例如張健（十三種）、洛夫（六
種）、余光中（五種）、羅門（四種）、向明（四種）、葉維
廉（四種）、蓉子（四種）、林亨泰（三種）、白萩（二種）、
鄭愁予（二種）、瘂弦（二種）、商禽（二種）、張默（二種）、
楊牧（二種）、碧果（二種）等人，都各有二本以上的詩集出
版，其中張健出版十三種詩集，高居榜首，且其中六冊詩集均
掛名藍星出版。藍星雖有張健死心塌地地捧場（包括一九九〇
年代出版的二本，亦皆爲張健的作品），惟自一九八〇年代以
後在詩集出版上足見其已無心推動，而其向心力向來即薄弱自
此亦可見一斑。

　　上所舉前輩詩人中，洛夫、余光中、羅門、向明及葉維廉

諸人，由於創作量均維持相當的水準，在一九八〇年代中自仍保有其重要的地位。洛夫與余光中尤爲翹楚，從其老而彌堅豐沛的創作量即可見之。此外，仍保有一定創作量但卻愈見減弱而出版有一本詩集的前輩詩人則有辛鬱、管管、梅新、羅英、彭邦楨、林泠、朵思、大荒、紀弦等人。其中林泠於一九八二年出版的《林泠詩集》（洪範）是其處女作，這大概是老一代詩人中最晚出其第一本詩集者。詩人地位的高低多少和其創作量（詩集出版）多寡有正比例的關係，像瘂弦以一部詩集享譽詩壇[19]，半數和其多年身爲《聯合報副刊》的掌門人有關，儘管其詩作也自成典型。

　　具有重要意義的不是前輩詩人的老當益壯，而是新一代詩人群的崛起，於上一階段出現詩壇如今已成中壯輩的詩人，包括張錯、向陽、林煥彰、羅青、吳晟、席慕蓉、羅智成、蘇紹連、渡也、陳義芝、杜十三、古添洪、蕭蕭等人，表現仍然亮麗（出版詩集至少二種以上）；更重要的是所謂「新世代詩人」的大舉登台，包括劉克襄（四種）、林燿德（四種）、簡政珍（三種）、馮青（三種）、陳克華（三種）、候吉諒（三種）、

---

[19] 瘂弦在一九八一年四月出版了《瘂弦詩集》，依其自述，此書脫胎於一九七一年晨鐘版的《深淵》，並增添其收在一九七七年黎明版《瘂弦自選集》裡的「廿五歲前少作」；而《深淵》其實又是脫胎於一九五九年由香港國際圖書公司出版的《瘂弦詩抄》，再往前推《瘂弦詩抄》乃是處女作《苦苓林的一夜》一書的「翻版」（改書名，重製封面）（1981: 2-3）。代表作《深淵》雖有一九六八年的眾人版及前述的晨鐘版（一九七九年曾再版），但基本上都同屬一書。從《深淵》一書書末所附作品年表即可得知，瘂弦所有作品都寫於一九五〇及六〇年代（1979: 251-256），之後並不見其有新作發表或出版。

詹澈（二種）、焦桐（二種）、黃智溶（二種）、王添源（一
種）、夏宇（一種）、莫那能（一種）、零雨（一種）、路寒
袖（一種）、鴻鴻（一種）、羅任玲（一種）、許悔之（一種）、
林群盛（一種）等，均有初試啼聲之作。由於有這一批生力軍
的加入，才使得此一時期詩集之出版量能超過五百種。

五、一九九○年代（1991-2000）

　　整體而言，一九九○年代是詩社沒落的時代，不僅以詩社
掛名出版的詩集數量上大為滑落，連當時存在的詩社數目也減
少至一九八○年代初期的一半，而新興詩社更不願以集團名義
出版詩集。「詩社日趨衰敗」之說顯見並非空穴來風。以笠詩
社為例，值此一階段已不復見之前詩人集體出版的盛況了，或
因此故，其出版詩集只得七種而已[20]。原來詩集出版已趨停止
的現代詩，則如前所述，由於林泠個人在經費上的挹注，於一
九九一年起推出「第一本詩集」的贈獎活動，致使其在詩社出
版詩集的紀錄上首度掄元（十種）。只是好景不常，九○年代
後期因其再度休刊，詩叢之出版計劃亦因而結束。現代詩社怕
從此已成歷史名詞。

　　值得一提的是，從一九九○年十一月由台中縣立文化中心
出版陳千武、蘇紹連及路寒袖三人的詩集以來，由於「地方文
化（學）熱」的抬頭，自此之後，其他各縣市文化中心（改制

---

[20] 若不談詩集出版，笠詩社在一九九○年代的活動力其實未見稍戢，如
　　其於一九九二年九月即編選出版《混聲合唱——笠詩選》一大冊（約
　　一五○○首），二○○○年九月更舉辦了一場盛大的「笠詩社學術研
　　討會」。

後成爲文化局）陸續跟進，有計劃地出版各地縣籍作家作品，跨過一九九○年以後，也延燒到詩集的出版上頭，使得九○年代由縣市文化中心或文化局出版的詩集高達一一三種，這還不包括詩選集在內。也就是由於這點，以省籍詩人爲主的笠詩社的詩集出版量得以驟減，蓋其同仁詩集之出版已由各人隸屬的縣市文化中心或文化局所分擔。然而，若將總體出書量六二二種扣去這一一三種只得五○九種，相對於台灣這十年間的總出書量，則簡直不能相提並論。

　　就詩人個人而言，資深詩人如林亨泰、余光中、洛夫、紀弦、羅門、夐虹、非馬、鄭愁予、巫永福、楊牧、白萩、梅新、張默、向明、詹冰、杜國清、朵思、張健、碧果、陳秀喜、李魁賢、蓉子、辛鬱、王祿松、綠蒂、岩上……等人均有二種（含）以上的詩集出版，其中洛夫、羅門出版有八種、余光中有六種，林亨泰有四種，產量豐富（但其中均有舊作重編之作）。沒有繳出白卷的資深詩人包括上官予、周鼎、王憲陽、錦連、黃荷生、杜潘芳格、文曉村、林宗源、夏菁、葉維廉、趙天儀……亦都出版有一種詩集。

　　至於在此之前已經露臉並占有一席之地的詩人，諸如陳黎、陳克華、杜十三、李敏勇、黃勁連、夏宇、許悔之、張錯、蔣勳、席慕蓉、渡也、楊平、陳義芝、汪啓疆、簡政珍、路寒袖、羅智成、蕭蕭、蘇紹連、王添源、零雨、焦桐、侯吉諒、鍾順文、白靈……均有至少二種以上詩集的出版。其中陳克華、陳黎與張錯分別出版有八、六、五種詩集之多，高居詩集

出版的前三名,也象徵他們在一九九〇年代詩壇所居的重要地位。此一時期以出版其第一本詩集竄起詩壇(非指進入詩壇的時間)的新面孔包括:尹玲、孟樊、隱地、方群、須文蔚、瓦歷斯·諾幹、顏艾琳、江文瑜、陳大為、唐捐、紀小樣、丁威仁……等,他們一出手往往不同於前輩和中壯輩詩人,從他們身上可以嗅出和上一代不同的氣息。一九九〇年代是世紀末的年代,也是台灣詩壇上老中青一同競技的時代。

這個百花齊放所謂「後」(Post-)思潮的時代,已宣告另一個時代——也是另一個新世紀的來臨,此時「網路寫手」已呼之欲出,而網路媒體不僅同時改變詩作發表與出版的慣有模式,進一步更阻礙新興詩社的成立,創立於一九九四年的植物園現代詩社大概是二十世紀最後一個由詩人組成的「實體詩社」了。

第四節　結語

從上述資料看,如果不拿總體出書量以及文學書出版總量來做對比,則自一九五〇至九〇年代個人詩集之出版比例始終迭有成長,一九六〇年代較諸五〇年代成長 36%,七〇年代較諸六〇年代成長 24%,八〇年代比七〇年代成長 79%,九〇年代比八〇年代成長 19%。儘管詩集的出版,如上所述,向來被譏為「票房毒藥」,惟上述逐次成長的詩集出版趨勢,似也意味著「詩人根本不信邪,反正詩集的讀者只是一小撮小

眾化的愛詩人」，而「各詩社策劃統一規格的自選詩（如笠詩
社的『台灣詩庫』，一次推出三十多種，『自選集』也有二十
餘種），也陸續推波助瀾，源源向坊間和愛詩人的書齋進軍」
（張默，1996: 385）。

　　然而，詩社在新詩歷史的演變中真享有這麼舉足輕重的地
位嗎？理所當然，台灣詩史的演變過程中絕對少不了詩社這一
章，但新詩史畢竟不是詩社史；何況就詩集的創作與出版而
言，不管其是否由出版社出版以至於掛何種詩社名義，最終仍
須回歸到詩人本身來，上述**表 8-3**的統計，最多只是說明了詩
社在詩史演變中的重要，但這並不意味有誇大其角色的必要
性，詩史的重心依然落在詩人及其作品上。

　　重心既在詩人的作品上，那麼檢視詩集出版的歷史即有其
必要。回顧歷年出版的詩集，一九八〇年代以前的開本主要以
卅二開為主、廿五開為輔（餘有十六、二十、廿五、卅六、四
十、五十開各種開本，但比例較少）。九〇年代起，由於出版
市場時興廿五開本書籍，此時詩集的開本則反過來以廿五開為
主，卅二開為輔。不過，採四十開本的夏宇《備忘錄》詩集一
出版，因其編製設計令人耳目一新，遂帶動一股自製詩集的風
潮，而有各種大小開本不同的實驗作品出現（張默，
1996:386）。早期篇幅更傾向於輕薄，頁數多在百頁以下，以
一九五〇年代為例，百頁以上的詩集僅得二十九本[21]，六〇年

---

[21] 一九五〇年代如表 8-2 的統計，出版詩集總數為一七一種，其中篇幅
　　未達一百頁以上之詩集有一〇八種，惟依張默資料所示，有三十四種

代則亦只得九十三本,比例不到百分之四十。要到一九七〇年代以後,詩集的頁數才開始大量增加(百頁以上有二六六種,其中二百頁以上更有七十一種)。張默分析其原因「蓋早年詩人大多生活清苦,要張羅出版一本詩集的印刷費,是何等的艱苦,故不得不在頁碼多少、紙張厚薄、封面儘量不用彩色等等的考量下,藉以降低印刷的成本」(1996: 385)。

歷史的考量當然不能只著重在詩集「硬體」的編製上,更不能「唯量是賴」,而後者乃是文獻計量學研究方法先天上的一項缺失。詩集出版量(以及詩作發表量)的多寡,不能標識一位詩人詩藝與成就的高低,前者並非後者的充分條件;雖然如此,前者卻絕對是後者的必要條件。沒有詩集出版或者出版詩集太少,幾乎很難在歷史上留名。只想要以一部詩集躋身大詩人行列,以致享有桂冠,簡直是痴人說夢。上所說瘂弦是個特例,不足為訓(那有月暈效應)。甚至以超現實主義獨步詩壇而迄今只出過二本詩集(重編的詩選集不算)的商禽,是否還能成為「十大詩人」,不禁令人存疑[22]。相同的情況,中壯輩詩人如曾名享一時的施善繼、陳家帶、楊澤等人,如果在未來再沒有新詩集的出版,將很快被淹沒於詩史的洪流中。余光中、洛夫、楊牧、羅門、向明、蓉子、李魁賢、張錯、陳黎、陳義芝、蘇紹連、杜十三、陳克華……皆以其創作不輟,詩集

未知其頁數,故不列入計算。

[22] 二〇〇五年十一月五日由國立台北教育大學台灣文學所及《當代詩學》主辦的「台灣十大詩人票選」活動,瘂弦與商禽二人仍同時再度入榜。該票選活動由國內詩人投票,顯示瘂、商二氏在二十一世紀的台灣詩壇仍享有超人氣的地位。

出版不斷，而留有一席地位。總之，詩集的出版不僅對詩人個人也對新詩的發展有著重要的貢獻，即便到了發表管道異於之前年代的網路新世紀，詩集出版之重要性仍不能等閒視之。

第九章

以文學史料建構文學史

第一節　前言

　　創刊於一九七二年九月一日的《書評書目》,在它頭一期封面的內頁上登載了如下一則「廣告」:「《書評書目》是中華民國雜誌史上第一本專門性的書評雜誌」,這一句頗有自詡味道的話,如果不把它視爲一則廣告詞,恐怕就要貽笑方家了。根據林景淵的調查,崛起於上個世紀三〇年代的書訊、書評及書目類雜誌,儘管是屢仆屢起,累計至今已有近百種之多,特別是在一九四五年以前,這一類雜誌有如雨後春筍,接連不斷問世(2001)。《書評書目》那一段廣告詞如果改爲「自國府遷台後」(雜誌史上的第一本),就比較不會引起爭議。

　　相較於兩岸分治前的時期,近半個世紀台灣地區所發行的書訊、書評及書目類雜誌(底下概以書訊雜誌統稱,蓋後兩者嚴格而言也都算概括在前者的範圍內),在數量上的確是少了很多,舉其犖犖大端,除了上述的《書評書目》外,大抵有創刊於一九八三年七月的《文訊》、同年十月的《新書月刊》、一九九一年十二月的《誠品閱讀》等[1]。一般而言,這類書訊

---

[1]　《誠品閱讀》前後只維持兩年時間;直至二〇〇〇年七月改以服務會員方式(贈閱)推出新版的《誠品好讀》。這兩份前後不同版型的讀書雜誌,都是全彩大開本的刊物。與《書評書目》等書訊類雜誌不同的是,《閱讀》及《好讀》較偏重人文性的思考,雖然每期後面也都提供一些中外文新書書目及出版消息,但在「書訊」的提供上顯然偏少,且其重點推介的新書,都與誠品每月強力推銷的「選書」活動有關;外文書部分更側重誠品自己所進的新書。有鑑於此,本章不將其列入討論的範圍。此外,報紙型的書訊刊物則有創刊於一九七五年元

雜誌皆屬短命刊物，林景淵即指出，大陸時期的書訊雜誌，發
行一年以上的僅有六種而已，大半的雜誌均在半年前後即銷聲
匿跡。例如曾經被譽爲「全國讀書界唯一刊物」創刊於一九三
○年十一月的上海《讀書月刊》，不僅由光華書局出資編印[2]，
其作者陣容更是一時之選，包括胡適、王雲五、沈從文、趙景
深等人，均爲該刊撰文；然而，最終仍逃脫不了夭折的命運，
在一九三三年十月停刊（2001）。反觀日本的出版專業雜誌《出
版 News》以及岩波書店印行的《圖書》雜誌，都有一甲子的
歲月（2001），不得不令人感慨：爲何日本能而我們不能？

　　事實上，書訊雜誌短命的情形，在近半個世紀的台灣地區
顯然已獲改善，以分別創刊於一九七○及八○年代的《書評書
目》、《文訊》、《新書月刊》爲例，除了後者只維持兩年廿
四期的壽命外，《書評書目》出刊一百期，前後支撐有十年之
久，至於《文訊》更屬長命人瑞，不僅跨越二十世紀，出版超
過二百期，迄今且歷經二十餘寒暑歲月——這項長壽紀錄已爲
「中華民國書訊雜誌史」之冠，當無疑義。書訊雜誌不如報紙
附帶的閱讀版或讀書版（或稱爲書評版）本身有報社當後盾，
例如《紐約時報書評》（*New York Times Book Review*）、《泰
晤士報文學補編》（*Times Literary Supplement*），或者《中國
時報·開卷版》、《聯合報·讀書人版》等，銷路本屬有限，

　　月的《愛書人》，但由於其不符狹義的雜誌定義，在此亦不予一併檢
　　視。
[2] 光華書局爲配合該刊發行，曾招募「讀書會」會員，據說會員有四千
　　人之普，也算相當難能可貴了（林景淵，2001）。

先天上便註定短命，不易維續。《書評書目》與《文訊》若非
背後有強而有力的財團和政黨（洪健全教育文化基金會──屬
國際牌電器集團，以及中國國民黨）的挹注，恐怕其下場亦復
如是，甭說還要有十年、二十年的「長命」。

　　即便是只有兩年壽命的《新書月刊》，在生存環境不易的
台灣地區能創辦這種銷路有限的書訊型專業雜誌，已屬難能可
貴，在雜誌史上都可記上一筆了，更何況長達十年、二十年以
上的《書評書目》及《文訊》；它們不僅在各該時期提供出版
訊息，推介新書，肩負文學傳播的任務，同時更以史料呈現的
方式，反映各階段歷史的面貌，從文學的角度來看，自一九七
〇年代以來，《書評書目》、《新書月刊》以及《文訊》這三
份書訊雜誌，其所呈現的內容，本身即具有「以文學史料建構
文學史」的意義，就這個階段文學的撰史者而言，歷史正與這
三本雜誌同在。

第二節　廣義的文學雜誌

　　不論是《書評書目》、《新書月刊》或《文訊》，其創刊
目的皆在為讀者提供出版資訊、推介及品評新書，誠如《新書
月刊》發行人劉紹唐在發刊詞〈橋樑・管道・櫥窗〉中所說，
為「出版業者與愛書的讀者之間，建築一座橋樑、一條管道、
一個展示的櫥窗」；同時也在服務出版界同業，為出版資料的
蒐集與整理做出貢獻，其具體項目就像劉紹唐在上述發刊詞中

對於《新書月刊》主要內容的描述，包括：新書刊報導、新書刊評介、新書序跋、作者專訪、雜誌業專訪、出版業專訪、出版界重要活動、好書推薦、每月新書目錄、外國新書介紹、作者與出版業者史話、出版業各種統計與索引、著作權專論，以及讀者出版者與圖書館服務（1983: 1）。

　　不論上述具體的項目如何，書訊雜誌涉及的永遠都是作者、出版者與讀者三方及其彼此之間的關係，針對的對象則始終有一個，那就是──書；至於關涉「書」此一對象物，雖如上述涉及諸多項目，要之，不外乎下列三項，即書訊、書評、書目。這三項書訊雜誌的主要內容，其中如同劉紹唐在上文所說，又以資訊評論，更確切地說是書評為主。蓋資訊及書目的蒐集、整理與發布，乃為書訊雜誌的「應有之義」，也就是它先天上就該做的事；但是一份書訊雜誌辦得是否夠份量、是否具有其獨特的風格、是否受人重視，主要還是看它如何做（How）以及做出什麼（What）資訊評論（或書評）。資訊評論或書評則主要和作家有關，不論是評論人或被評論對象。就上述三本書訊雜誌來看，在有關書評與作家部分，其中文學占有相當的比重，從某方面說，這些書訊雜誌即便不屬文學雜誌，總也稱得上是廣義的文學雜誌的一環。

　　先就書評部分來說，自《書評書目》於一九七二年創刊以來，文壇上見得著的書評，率多刊登在書訊雜誌（或文學雜誌）

[3]上，而書訊雜誌刊登的書評則以文學類書評居多（因當時出版的書種亦以文學書為主），不惟如此，連書評作者也多是文人作家。或因此故，「當時書評的概念主要與文學批評密切相關，談論書評，就是進行文學評批」（巫維珍，2002: 43）。例如當時在文壇上引起爭議的李昂的得獎（《聯合報》小說獎）作品《殺夫》，便曾在《書評書目》引發熱烈的討論。白先勇的同性戀小說《孽子》也見之於《新書月刊》的書評中。至於期數最多也最長的《文訊》刊登的文學書評，已不勝枚舉，自其一九八○年代初創刊以來，這二十多年台灣文學史（及出版史）中凡是出現過的重要作品，幾乎悉數被「一網打盡」。在《文訊》創刊後的早期階段（一至三十九期），書評除了是該刊的主要內容外，且全數皆為文學書評（巫維珍，2002: 45），這成了該刊的另一項特色。書評就是文學批評，這說明了其首期即以「如何樹立嚴正的文藝批評」為專題乃其來有自。

次就作家部分而言，如前所述，數量占有大宗的文學書評，其撰述者也多為文人作家，例如《新書月刊》在創刊時即闢有「名家談讀書」與「書評書介」專欄，評介者如梁實秋、無名氏、王夢鷗……皆為一時之選；在後來改為「評與介」專欄，也登過蕭蕭的〈十行天地兩行淚——論向陽的「十行詩」〉、蕭錦綿的〈滑稽多刺的玫瑰——細讀王禎和的新作《玫瑰玫瑰

---

[3] 一九七○及八○年代的報紙副刊雅不願刊登書評，其所持的理由是有變相為新書打廣告之嫌，當時亦無類似今天專屬的書訊或書評版面，遂使書評文章轉戰於一般的文學雜誌與書訊雜誌。一九九○年代中葉以後，不僅各主要報紙紛紛闢有書訊類的專版或專刊，連原來的副刊也開始刊登書評，甚至包括序跋性質的文章。

我愛你》〉等文學書評文章。又如《文訊》在未改版的十五期
便曾特闢一「作家綜論」欄目，邀集林錫嘉、林文義、向陽、
張默、李瑞騰等人來一起「綜論」蕭蕭的作品，也就是「作家
論作家」。

　　作家部份可得而言者當不只上述一端。上述三份書訊雜誌
創刊之初即特重文人作家的介紹，如《書評書目》有「作家話
像」專欄，以第八期為例，便介紹了白萩、余光中、林煥彰、
洛夫、紀弦、葉珊、瘂弦等七位詩人[4]。《新書月刊》則闢有
「人物」專欄，介紹過的文人作家隨手拈來即有：白先勇、李
昂、余光中、張默、商禽、張系國、季季、廖輝英、王禎和、
隱地、馬森、瓊瑤、黃春明、龍應台、林海音、蘇偉貞……等；
更具特色的是，它在「人物」專欄部分另闢一「新秀特寫」欄
目，介紹了簡媜、郭箏、廖文彬……等等在一九八〇年代初期
剛剛「冒出頭」的作家。至於《文訊》在文人作家的介紹及檔
案資料的保存上更有過之而無不及，即不談迄今其所保存的作
家資料至少有一千八百筆[5]，從其創刊之初特闢的「文宿專
訪」、「作家側寫」，以至於「年輕出擊」到二度改版以後的

---

[4]　由於「作家話像」的介紹，譬如我們才因而得知林煥彰因幼時家貧只
　　唸到國校（小學）畢業，以及葉珊（早年楊牧所使用的另一個筆名）
　　才讀高一時便與陳錦標合辦《海鷗詩刊》的「祕辛」。
[5]　《文訊》曾二度執行文建會委託的《中華民國作家作品目錄》編輯計
　　畫案，根據其第二次執行的《中華民國作家作品目錄：一九九九》（一
　　九九九年六月出版）上所載，收有一千八百位作家的資料檔案，足見
　　「文藝資料研究及服務中心」的抬頭，並非浪得虛名。

「人物春秋」大欄目[6]，介紹及專訪過的作家不知凡幾，在此也不必一一列舉了。

　　早期的《書評書目》、《新書月刊》及《文訊》之所以偏重文學書及文人作家的評介與報導，有其當時所處的時代因素及社會背景使然。由於彼時政治尚未解嚴，報禁亦未解除，文學活動較受到關注，譬如報紙副刊便享有重要的地位，文學書也居出版的大宗，那也是「文學五小」（純文學、大地、洪範、爾雅、九歌五家文學出版社）的黃金時代，能入「文學五小」，在這五家出版社出書，彷彿就得到一頂「文學桂冠」，令人稱羨。中後期的《文訊》在李瑞騰接任總編輯後，雖有意走出文學格局，「由文學擴及到整個文化層面」[7]，話雖如此，其最大的改變不過將每期企劃的主題與書評專欄擴展到「其他文藝」的部分（如電影、戲劇、音樂、美術等類別）；然而，在作家介紹、書訊報導等方面仍是維持其一貫以文學領軍的風格。有鑑於此，文壇上仍舊習慣將它們視為「文學雜誌」。

6　「人物春秋」欄目底下又可細分為「作家行止」、「資深作家」、「文壇新秀」、「創作自述」、「懷念作家」、「焦點人物」、「學人專訪」等小欄目，這些欄目並非每一期全部出現（但至少都保有四至五個欄目），迄今已成為《文訊》重要的特色之一。

7　《文訊》第四十期（一九八九年二月）第二度大幅改版，在卷首〈敬致讀者〉一文中即指出，該刊「決定重新自我定位，把《文訊》的『文』放大語意，由文學擴及到整個文化層面」。

第三節　沒有主義的立場

　　如上所述，與文學（出版、創作、閱讀、活動）密不可分的這三份書訊雜誌，既可被視爲一種廣義的文學雜誌，那麼除了它們先天上被定位爲「書訊」的性質外，這三本書訊雜誌究竟又是什麼樣的「文學雜誌」？

　　即便不標榜任何口號，文學雜誌也難脫離流派色彩，或主張某種創作主義，或服膺某種文學思潮，或提倡某種文學運動，不一而足，總之，要文學雜誌採取中庸持平的立場，不偏不倚的態度，超然客觀的精神，無異緣木求魚。試想只要把《幼獅文藝》、《聯合文學》、《中外文學》換一批人經營，編輯群予以全部換血，就可想而知會出現什麼樣不同的面貌，遑論那些向來即具「戰鬥精神」的大大小小詩刊——最明顯的例子，莫過於《藍星詩刊》易手經營變成《藍星詩學》後，原味大爲走樣，此「藍星」已非彼藍星。

　　過往台灣文學雜誌的歷史已爲我們證明了這點。創刊於一九六〇年三月的《現代文學》在頭一期的〈發刊詞〉中即強調要「分期有系統地翻譯介紹西方近代藝術學派和潮流，批評和思想，並盡可能選擇其代表作品」予以介紹，在呼籲「新文學批評系統建立」的迫切性需要之餘，開始引介西方文學思潮，尤其是現代主義的代表性作家，例如艾略特、葉慈、里爾克、勞倫斯、卡夫卡、喬埃思、福克納……。緊接著的《文學季刊》

（一九六六年）及《文季》（一九七二年），則開始並嘗試探
索「如何讓文學從現代主義走回現實主義的道路」，刊物的主
要同仁及作家包括陳映真、尉天驄、唐文標、黃春明、王禎和，
不僅掀起一九七七年的鄉土文學論戰（涉入者有陳映真、尉天
驄、黃春明、王拓等人），他們的創作與理論，如同呂正惠所
指出的，除了「對新興的鄉土文學產生另一種新的指引作用」，
更表現出對「階級文學」的關懷（1995: 153）。

　　再以本土派文學大本營的《台灣文藝》（一九六四年）、
《文學界》（一九八二年）與《文學台灣》（一九九一年）三
本雜誌來看[8]，誠如彭瑞金所說：「三刊都不曾提出明確的『創
刊宗旨』、『文學信條』或『理論基礎』之類的正式文學主張
來，完全談不上『意識』或『思想』之連絡、辯證」（1996: 184），
然彭瑞金亦同時指出，它們均刻意扮演「異議」的文藝角色，
亦即三刊均為「異議文學雜誌」，尤其是《台灣文藝》，長期
以來旨在「建立有批判能力的寫實文學」（同上引，183,
198-199）。值得一提的是《文學界》對「文學史料的出土和
整理」的重視，自它創刊以後即著手推動台灣文學的研究，而
有「史料蒐求、整理以及文學史撰寫的推展計劃」，最終促成
葉石濤的《台灣文學史綱》的出版（同上引，191）。

　　反觀《書評書目》、《新書月刊》及《文訊》三本書訊雜

---

[8] 這三本雜誌成員雖有重疊，惟除《文學界》與《文學台灣》有部分的
承續關係外，《台灣文藝》自發刊迄今近四十年，雖然屢次易手經營，
從未中斷，風格始終如一，並和後兩者一直是平行的存在（彭瑞金，
1996: 183）。

誌，從文學的角度來看，只是較爲客觀地爲歷史留下忠實的紀錄，雖然間亦介紹海外書訊及外國作家與作品[9]，但主要的書訊、書評與書目範圍都是放在當代台灣文壇上，《書評書目》有「兩月新書」及「每月新書」（因第九期起從雙月刊改爲月刊），《新書月刊》有「書目資料」、「每月新出版圖書目錄」及「藝文大事日記」，《文訊》則有「文學出版」、「文學訊息」、「文學新書」、「出版記事」等固定專欄，爲每個階段的文學書出版、創作與活動，以資料呈現的方式留下紀錄。《文訊》後期的「文學新書」專欄，之前撰稿者雖按例都有一段劃龍點睛似的「前言」，但這種內容提要如同巫維珍所說：「具有觀察文學書籍出版生態之功能，形成《文訊》重要的文學資料庫，具有整理、累積文學史料的意義」，尤其是對於其所臚列的每一部文學新書的內容提要，已形成《文訊》觀察文學出版的根柢，自然也是讀者獲知新書資訊的來源（2002: 46）。

　　可貴的是，爲文學史留下史料的這些書訊雜誌，相對於前述提及的一般性文學雜誌（如《現代文學》、《文學季刊》、《台灣文藝》、《文學界》、《文學台灣》……），從不主張什麼主義、提倡什麼口號，不論是左翼或右翼作家、西化派或

---

[9] 例如王岫在《新書月刊》曾介紹過由美國藍燈書屋、福特基金會及國家人文科學獎助會金援的「美國文庫」〔愛普斯坦（J. Epstein）與哈佛大學教授艾倫（D. Aron）合編〕，收入文庫中的書，主要都是經典文學名著。這套書由紐約維京出版社（The Viking Press）發行。王岫介紹這個文庫叢書的立意，想必是要和當時時報出版公司出版的「中國歷代經典寶庫」拿來做對照。

本土派作品,大體上都可以不分軒輊地被納入這些書訊雜誌
內,作家個人不會因為他或她的意識形態立場或特定的創作理
念而被排拒在外。在《文訊》兩百期紀念專輯中,龔鵬程曾一
針見血地指出:「歷來《文訊》不曾標榜什麼主義、政策、流
派、團體,而是以整理文藝史料、紀錄文藝現象、服務文藝作
家、評述文藝出版、討論文藝界問題為職事的」(2002b: 34),
這番話對《書評書目》及《新書月刊》大抵上也適用。正因為
如此,在二○○三年元月傳出《文訊》即將因經費的短絀而決
定停刊的消息,連一向是國民黨政敵的陳芳明也不得不出面為
文聲援:國民黨若要「捻熄這份理想」,就該正視它的嚴重性。
陳芳明認為,類似《文訊》這種月刊性質的資訊雜誌,即在其
他國家也很難發現,其可貴處在於「它不止於提供研究者最新
出版消息與學術動向,而且也形塑了一種研究態度與探索視
野」(2003)。

　　這正是書訊雜誌和類如《文學界》這樣的文學雜誌差異之
所在。相較於前者的「沒有主義」,同樣重視文學史料的蒐集
與整理的《文學界》,則有很鮮明的立場,其目的即在建構由
台灣作家詮釋的台灣文學史,以凸顯建構台灣文學理論的重要
性(彭瑞金,1996: 200),由此可見其立場再清楚不過了;
相形之下,書訊雜誌所提供的文學史料,只讓資料自己說話,
雜誌本身並不代它發言,毋寧說其所提供的文學史料更能接近
真實的歷史本身。

第四節 鏡映的功能

書訊雜誌上述那種「沒有主義」的立場，恰恰說明它鏡映功能的重要性。上所說書訊雜誌只讓資料本身說話，具體而言，它是藉由書訊及書目的蒐集、整理與報導而予以呈現的，如上所述，《書評書目》、《新書月刊》與《文訊》每期固定都闢有相關的書訊及書目欄目，或隔月或每月定期加以報導，這些報導長期累積下來已變成史料，而這些史料正一一反映了各個歷史時期的文學面貌，不論是作家作品的表現，或者是文學思潮的走向，這些書訊雜誌予後來的研究者甚至是撰史者提供了按圖索驥的功能。把各個時期的這些史料一如地圖般地展開，它們便具體而微地反映出各該時段的文學形貌。

底下舉個例子說明。眾所皆知，新批評（new criticism）做為一門批評學派或文學理論被引進台灣文壇，時在一九六〇年代末期，始作俑者為台大外文系教授顏元叔，出版於一九七二年五月的《文學的玄思》這本書，可說是顏氏於此時大力引進英美新批評理論初步努力的成果（該書係其於一九六〇年代末所發表有關新批評文章的合集），如今回顧這段新批評進入台灣文壇的歷史，《文學的玄思》這本小書所占的位置不能說不重要，翻開《書評書目》創刊號，便可見到高全之〈評《文學的玄思》〉（1972: 38-47）這篇具「歷史指標」性的文章；甚至到了十三期還可看到陳芳明對於顏元叔新批評方法質疑

的長文〈細讀顏元叔的詩評〉（1974: 21-41）。不惟如此，該
期另外刊登了吳魯芹翻譯史賓岡（J. E. Spingarn）一篇介紹新
批評的文章〈新批評〉（1974: 55-61）；而之前的第十一期則
已刊登過思兼一篇書評文章〈讀《西洋文學批評史》〉，《西
洋文學批評史》是新批評派的兩位健將衛姆塞特（William K.
Wimsatt, Jr.）和布魯克斯（Cleanth Brooks）合著的一部文學
批評史大書，譯者正是在台灣倡行新批評的顏元叔。《書評書
目》在一九七〇年代早期所刊登的上述這些有關新批評的評介
文章，不言可喻，已爲我們鏡映出這段新批評在台灣文壇與學
術界崛起的狀況，至少它是側面呈現出台灣這段新批評的歷
史。

　　進一步言，書訊雜誌所呈現看似單純的文學鏡映功能，有
時不意之間竟也製造出文學風潮來，儘管這是始料所未及的。
例如一九八〇年代初爆發的「台灣結與中國結」之爭，導火線
竟是在九十三期的《書評書目》。該期《書評書目》刊登了詹
宏志的〈兩種文學心靈──評兩篇《聯合報》小說獎得獎作
品〉，在該文的開頭，詹宏志首先就語重心長地表示：「有時
候我很憂心，杞憂著我們三十年來的文學努力，會不會成爲一
種徒然的浪費？如果三百年後，有人在他中國文學史的末章，
要一百個字來描寫這三十年的我們，他將會怎麼形容？」，接
著引用小說家東年告訴他的話做爲回答：「這一切，在將來都
只算是邊疆文學」（1981a: 23）。詹宏志在《書評書目》上所
發表的上述那一段話，想不到後來便引來高天生、宋澤萊、葉

石濤、彭瑞金、宋冬陽（陳芳明）等持「台灣文學論」者不同
程度的反擊（文章分別刊登在《台灣文藝》與《文學界》）。
詹宏志隨後在第九十七期《書評書目》中所發表的另一篇文章
〈在我們的時代裡──《六十九年短篇小說選》編選序言〉，
依然堅持上文的說法（1981b: 33-40）。這一段「台灣結與中
國結」之爭，《書評書目》本身不僅見證了這一段歷史，它儼
然更是這一論爭的始作俑者，雖然會引爆此一論爭遠非其所
願。

　　此外，書訊雜誌所發揮的鏡映功能，亦可從其對文學書目
的編纂看出來。關於這一點，有十年歷史的《書評書目》及發
刊二十餘年的《文訊》，已繳出了相當可觀的成績，而這些成
績都可以做為文學年鑑編纂的基礎。例如《書評書目》即陸續
刊載過邱隆發的〈二十五年來現代詩總目〉、鄭明娳的〈近二
十年短篇小說別集總目〉、李魁賢的〈現代詩總目錄補遺〉及
林煥彰的〈現代詩總目錄續補〉……；至於《文訊》，不談它
晚近自一九九六年至一九九九年所主編的四個年度的《台灣文
學年鑑》，以及一九九六年所策劃進行的「台灣地區文史哲專
業人才調查計畫」，光是在早期便已刊登過鐘麗慧的〈近三十
年來散文集提要〉、〈近三十年來小說選集提要〉、〈近三十
年來文學批評選集提要〉，以及陳信元的〈台灣地區刊登、出
版及研究大陸文學作品編目〉，這些書目在今日看來，都已成
為極為珍貴的史料，透過這些書目，正翔實地反映出當時文學
創作與出版的概況，而這些適足以成為文學史撰寫的粗胚。

第五節　結語

　　不可否認，當初出資創辦書訊雜誌者或多或少皆有其獨特的立場，例如《新書月刊》便由當時國內二十家大書局及出版社聯合贊助的，《文訊》更是由中國國民黨出資籌辦的；然而或許因為書訊雜誌本身的特性使然（雖然書訊的提供與書評的立論不見得完全客觀），出資者始終未能干預其編輯走向，如同劉紹唐在《新書月刊》發刊詞中所說，這份刊物絕不代表某一個人或某一出版社，也不以營利為目的，係秉持「客觀普遍、公正無私、服務至上、讀者第一」的基本態度來創辦（1983: 1），《書評書目》和《文訊》的情形亦同。特別是《文訊》，「正因為它從誕生便已烙上政黨的印記，幾任的總編輯反而戒慎恐懼，自覺地想去超越特定的政治立場與意識形態，讓這份刊物能展現最大的包容性」（顏崑陽，2002: 30）。

　　正因為如此，《書評書目》、《新書月刊》與《文訊》始能以其提供的翔實的史料，建構出一九七〇年代以來台灣地區的文學史，誠如顏崑陽所說：

　　雖然，文學「史料」的集存，仍不免在選擇過程中，自覺或不自覺地涉入主觀的意向；但是，相較於無可商略的特定政治立場與意識形態，儘量抱持超越的態度，客觀地以集存文學「史料」為編輯方針，應該是減低政治對文學的支配力，而相對客觀地呈現文學歷史的最可行的一條路。

（2002: 30）

　　這正是書訊雜誌主其事者（包括編輯者與出資者）可以自我期許的地方。雖然有人慨嘆書訊雜誌經常生年不百，夭折短命（至今已有二十多年歷史的《文訊》已打破此種說法）；但是書訊雜誌最怕的「並非無疾而終，而是抑鬱以終」，它真正致命的病因是──寂寞（鐘麗慧，1988: 50）。《書評書目》與《新書月刊》的下場或許如此，惟就《文訊》來說，恐非屬實，即以上述傳出停刊消息為例，伸出援手者竟大有人在，「德不孤，必有鄰」，咸信《文訊》將長命百歲，為建構台灣文學史而戮力不墜。

第十章

臺灣同志書刊出版文化史
的考察

第一節　前言

　　文化做為一種物質的實踐形式（a form of material）或學科的領域（a field of discipline），向來都被視為一種次要的力量。就正統的馬克思主義而言，屬於上層建築的文化只能是經濟領域這種下層建築的依賴變項，也就是文化如何展現是要由經濟所決定的。就現代主義來說，文化特意被政治、社會等領域隔離，如同文化學者柯諾（Steven Conner）所指出的，所有美學及文化活動的政治面向都被現代主義給壓抑了。柯氏認為，現今氣勢如日中天的後現代主義則一反前面的馬克思主義及現代主義的主張，不僅不再重蹈傳統左派那種庸俗的「經濟決定論」的論調，而且還要回過頭來強調文化本身的政治面向，活絡所謂的「文化政治」（cultural politics）（1997: 251）。

　　柯諾援用了傅柯（Michel Foucault）及皮喬（Michael Pecheux）等人的觀點，指出後現代的文化政治的發展可以有底下兩種方式：首先，文化應該要從物質層面出發，它不應該單純地被視為再現的領域（the sphere of representations），也就是說它不再和「真實」生活的殘酷事實有所距離，生活中處處均有權力關係的存在，處於生活中的文化也就和政治脫離不了關係，蓋政治本身即是一種權力關係的顯現。其次，所謂的權力不再是像階級、國家這種龐大群體或單一集團的「宏觀政治的術語」（the macro political term），而是一個存在於社會

每個角落的權力關係網絡的「微觀政治的術語」（the micro political term）（251-252）。就前者而言，文化應該要從經濟的必需性（economic necessity）中解放；就後者來看，政治也應該是一種像紀登士（Anthony Giddens）所說的「生活的政治」（life politics），而生活政治關涉的乃是個人在自我實現的過程中所引發的政治問題。

　　顯然這樣的文化政治，它就不再是傳統宏觀式政治的附庸，反倒是和個人（或個人所在的社群）的生活較為密切，尤其是紀登士所說的，它涉及到「個人自我實現的過程」。而個人在自我實現的過程中所引發的政治問題，亦即文化政治所要面對的問題，這個問題簡而言之即認同的問題。因此，文化政治也就是認同政治（identity politics），如同喬丹（Glenn Jordan）和魏登（Chris Weedon）兩位文化學者所說的：

> 哪種人的文化是正統的？哪種人的文化則是臣屬的？什麼樣的文化會被認為是值得展示？而哪些則需要隱藏？誰的歷史需要被記憶？誰的又要被遺忘？什麼樣的社會生活形象要予以規劃？而哪些要被邊緣化？什麼聲音能被聽到？而哪些則必須保持沉默？誰可以代表人？其代表又基於何種基礎？上述種種均是文化政治的領域。（1995: 4）

　　我們的社會係由被區隔為很多不同部份的團體所構成，問題在於這些社會區分（social division）多半是不平等的，總是

有些團體享有更多的權力與更高的地位,這些支配者經由一些
文化制度的實踐與生產(the practices and products of cultural
institutions)——諸如語言、家庭、媒體、教育體制、法律以
及宗教組織等等,予以再製及保有其地位,所以喬、魏二氏即
坦言:「社會的不平等係藉由其文化而被合法化」(1995: 5)。
「哪種人的文化是正統的?哪種人的文化則是臣屬的」——這
個問題應該換成:「誰決定哪種人的文化是正統或臣屬的?」
而這個問題即是權力的問題,也是政治的問題,更確切的說,
就是文化政治的問題。

　　然而,誰是「誰」呢?我們自然可以不假思索地回答,這
個「誰」就是社會中的支配者或支配團體,支配團體爲掌握其
權力必須仰賴文化(即各種文化制度),以便臻至事半功倍的
控制。不過,社會的不平等本身並非止滯不動的,一九六〇年
代以來西方風起雲湧的新社會運動(new social movements)
已爲我們證實了這一點。傅柯即指出,有權力即有反抗。就弱
勢或邊緣的團體來說,同支配團體一樣,它們的反抗也要依靠
文化。它們的聲音要被聽到,它們的文化要被公開的展示出
來,以至於它們本身要獲得正式的承認,進而建構其自身的意
義,都要透過文化建制,這些文化建制不僅不是空中樓閣,亦
非高不可攀,它們均屬於我們日常生活的領域。

　　出版做爲一種文化制度的實踐與生產,顯而易見,是支配
者與弱勢者彼此相互交戰的一個領域,在此當中,社會主義國
家和資本主義國家呈現出很不一樣的光景。受限於市場法則的

後者，被支配者仍有相當的空間予以反撲──只要在政治上不受箝制的話。這樣的空間到底有多大？自然要視其社會發展的情況而定，不能一概而論。

　　拿「同性戀者」或稱「同志」（tongzhi）來說[1]，無論是在西方或東方，顯然它都是一個弱勢的族群，在臺灣當然也不例外。不過，同樣是資本主義社會，歐美民主國家的同志，向支配者反撲的時間及力量，都要比台灣來得早和強，以出版這種文化建制為例，台灣的同志還要遲至一九九〇年代以後，才開始藉由它從事文化政治的活動。比上不足比下有餘，台灣海峽對岸由共產黨統治的社會主義社會，相形之下，其同志的文化政治活動較諸台灣則更為延遲與羸弱。

　　出版作為一種文化政治，不論是支配者或是被支配者，如上所述，都是不能忽視的；對後者來說它要抵抗前者的壓制，以建構自己的認同（identity），尤顯重要。同志已如前述乃是一個弱勢的族群，本章即以其為例，試圖探討做為被支配者團體的台灣同志如何藉由書刊（圖書和刊物）的出版進行其文化政治的活動，這當中則顯現出何種歷史意義，以及在演變的過程中有無面臨困境等等。

---

[1] 在台灣，「同志」一詞已成為同性戀者的代稱。由於「同性戀」一詞本身是醫學性的術語，且有一種精神疾病的暗示味道，故較不為圈內人所喜。一九九〇年代中期以後，無論是在傳播媒體上或一般人的言談中，「同志」多半已取代「同性戀者」，而成為通用的稱呼了（紀大偉，1997: 37）。

第二節　書刊出版的雙重奏

一、同志圖書的出版

　　白先勇於一九八三年出版的長篇小說《孽子》，一直以來都被視爲是台灣最早的一部同志文學書（張小虹，1997: 1）。事實上，白先勇更早於一九七七年出版的《寂寞的十七歲》即已涉及同志題材，這兩本都是遠景版。如不以專書而論，一九七四年林懷民於大地出版社所出版的《蟬》一書，可說是台灣最早和同志有關的文學書，只是它是短篇小說集（並非全書各篇均以同志爲題材）；另外，李昂於一九七六年出版的《人間世》中收錄的〈莫春〉，也是極早的一篇女同志短篇小說。然而，即便包括非文學類書籍，林懷民該短篇小說集也算是歷史最悠久的同志書了[2]。

　　不要說是還被白色恐怖的影子籠罩的一九七〇年代，縱使是到了反對運動崛起，聲勢日益浩浩蕩蕩的一九八〇年代，有關的同志書籍的出版，依舊可說是寥若晨星，以紀大偉和林秀

---

[2] 有關台灣同志書刊的出版，包括書籍（專書）、雜誌、單篇文章，以至於博碩士論文，紀大偉等人將之分門別類，蒐羅詳盡，曾列出相當完整的書單，分別見之於他本人主編的《酷兒啟示錄》（1997，元尊文化）與《酷兒狂歡節》（1997，元尊文化）二書，以及張小虹的《慾望新地圖》（1996，聯合文學）一書中的附錄。這是台灣迄至二十世紀末為止所羅列的最整全的同志書目，只是其定義的「同志書刊」過於寬鬆——同志寫的但並非以同志本身為題材的書籍也算是同志書嗎？

梅所整理臚列的同志書籍出版書目來看，一九八〇年代總共有
十一本同志書的出版（文學類七本，非文學類四本），惟嚴格
說，這十一本並非今天我們所說的（也算是較爲狹義的）同志
書。譬如王禎和的《玫瑰玫瑰我愛你》（1984，遠景），把它
列爲同志小說未免太唐突了；又如彭懷真兩本論述的專書《同
性戀自殺精神病》（1983，台北橄欖基金會）與《同性戀者的
愛與性》（1987，台北洞察），如果勉強算是同志書，那大概
也是不爲同志所喜歡的「僞書」了。大體上可以說，同志書的
出版，不論是哪一種類別，在台灣一九七〇及一九八〇年代是
空白的，即使有少數幾本書的出版，出版者亦非從同志書的角
度出發。

　　真正同志書的出版要從一九九〇年代肇始，而這和一九九
〇年代興盛的主要爲弱勢族群發聲的新社會運動有關[3]。即以
文學書爲例，光是到一九九五年（一九九〇年代上半期），有
關的著作就有三、四十本之多——這還不包含翻譯的文學書。
然則什麼是同志文學書？簡言之，即以同志情慾爲文學題材所
創作出版的書籍。同志文學書出版從此之能開始大步向前走，
當和眾多優秀寫手或作家的出現有關，諸如藍玉湖、吳繼文、
凌煙、邱妙津、許佑生、紀大偉、洪凌、陳雪、杜修蘭、黃碧

---

[3] 新社會運動崛起的時間大約在一九六〇年代，包括學生運動、女性主
義運動、同性戀運動、少數民族運動、原住民運動、行動不便者運動、
環保運動、動物權運動……不一而足，所以這個「運動」的英文字用
的是複數不是單數。基本上，台灣真正出現新社會運動的時間，大約
落後歐美二十年，也即在一九八〇年代。

雲、曹麗娟……等,在一九九〇年代的台灣文壇都極爲耀眼。
有好作家就有好作品,同志小說更是在台灣各大文學獎中掄元
[4]。

　　一九九〇年代同志圖書出版之興盛,不只在數量上之增
多,更重要的是,品種之繁富(繁雜與豐富),令人嘆爲觀止,
有詩、散文、小說的文學創作;有電影的報導和論析;有人物
爲主的寫真;也有傳記的自我剖白[5];更有相關理論的引介。
這當中甚至有來自大陸及香港作家與學者的唱和(其中香港大
學社會學系講師周華山大概是最具代表性的了)。作家之中,
像許佑生、紀大偉、洪凌、陳雪等人,即便不被稱爲「同志作
家」,至少可見其清楚的同志寫作策略;學者當中,張小虹幾
乎成了這個領域的代言人。

　　然而,無論任何類型的寫作,或者是那一種內容的書籍,
基本上都要在出版公司或出版者的支持下才能公諸於世,進而
形成百花齊放的場面,這些豐富的同志圖書多散見在時報、聯
文、皇冠、元尊(已結束營業)等出版公司。顯而易見,這些

---

[4] 得獎紀錄有:一九九〇年凌煙《失聲畫眉》,《自立晚報》百萬小說獎;
　一九九一年曹麗娟〈童女之舞〉,《聯合報》短篇小說獎;一九九四年
　朱天文《荒人手記》,《中國時報》百萬小說獎;一九九五年邱妙津《鱷
　魚手記》,《中國時報》文學獎推薦獎;一九九六年杜修蘭《逆女》,《皇
　冠》百萬大眾小說獎;一九九六年紀大偉〈膜〉,《聯合報》中篇小說
　獎;一九九六年曹麗娟〈關於他的白髮及其他〉,《聯合文學》小說新
　人獎小說推薦獎。
[5] 唐山出版社出版的敬恆的《我的同性戀經驗I》(1996),堪稱代表。外
　國的翻譯書中,較有名的是廖娟秀譯的《愛之生死——韓森的愛滋歲
　月》(1995,大村)。二十一世紀以後,則以晶晶書庫負責人賴正哲於
　二〇〇五年出版的《去公司上班》一書較具典型。

出版公司並不以單開系列或特別企劃的方式來對待這些同志
書，同志書在各該出版社的系列叢書中其實是很零散的（如：
時報「紅小說」系列中邱妙津的《鱷魚手記》、朱天文的《荒
人手記》，以及吳繼文的《世紀末少年愛讀本》等），並不是
很集中，可見缺少統一的規劃。這也就是說，一本同志書（尤
其是對文學書來說）是否決定出版，基本上和它是不是「同志」
的書無太大的關係，著眼點反而是它值不值得出版（比如在文
學的創作上是否優異？），甚至它在市場上有無賣點（比如說
至少出版社不會虧本），這種未經刻意企劃零零散散的出版，
自然而然談不上是不是一種文化政治，儘管其有可能間接助長
了同志文化政治的興起。

　　真正有意識集中出版並且透過刻意的經營以形成同志書
出版特色的出版社，大致說來只有三家，一是於一九九○年代
轉型的號角出版社，負責人陳銘磻以「時代語言」系列，持續
且密集地打響男同志書出版的名號，但也讓陳銘磻一開始就要
冒被有色眼光看待的「危險」。或許證明了男同志書在小眾市
場上仍有其相當穩固的一批讀者，有利可圖，讓陳銘磻乘勝追
擊再開了另一家旺角出版社，以另一同志書系「彩虹會館」系
列，攻入同一市場。號角與旺角兩家出版社的男同志書，走的
是商業化色彩極濃的路線，諸如《男人的內褲》（1993）、《男
人的肉體》（1994）（二書均爲沈芸生主編）……這類圖書，
光是聽書名就能讓男同志「怦然心動」，激起其購買的潛在慾
望。

　　相形之下，另一家成立於一九九五年十二月的開心陽光出
版社，所呈現出來的經營理念和型態，完全是另外一種不同的
典型。背後的原因之一或許和開心陽光的創辦人兼負責人楊宗
潤本人身為同志有很大的關係[6]。開心陽光草創之初於一九九
五年出版的兩本書《破水而出》及《我心深處》，依據楊宗潤
本人所說：「我很希望這兩本書的出版可以打破一般社會大眾
對同性戀的僵化思考與刻板印象──同志都是女性的」；又
說：「台灣同志在經歷長期的不公平待遇後，真的很需要一些
出版品來餵哺他們饑渴的心靈……。我希望能藉由出版的書籍
告訴他們，自我改造的重要性。『開心陽光』不過是提供一個
讓同志學習更快樂、更健康、更自信的樣本」（安克強，1996：
52-53）。顯而易見，開心陽光自從創辦以來，不僅走同志的
專業化出版路線，背後出版者「文化政治」的用心更是昭然若
揭。且楊本人還身體力行，編了一本《眾裡尋他──開心陽光
當代華文同志小說選（一）》（1996），提倡同志文學的寫作，
以致有後來於一九九八年舉辦的第一屆全球華文同志文學獎
[7]。開心陽光的出版旋即受到當時台灣文化界的肯定，其出版

---

[6] 安克強在第三期《熱愛》雜誌（1996 年 10 月號）上曾採訪楊宗潤，
　在該篇報導文章〈楊宗潤為同志捎來開心陽光〉中，楊本人即自承：
　「或許我從不刻意隱藏自己的同志傾向，所以當我週遭的人知道我要
　成立一家同志出版社後，其實並沒有太多的訝異，頂多只是他們猜測
　多年的事得到證實罷了！」（安克強，1996：51）。
[7] 該文學獎得獎作品後來於一九九九年二月結集出版，由安克強掛名主
　編、熱愛出版事業公司出版，書名為《樓蘭女與六月青──一九九八
　第一屆全球華文同志文學獎得獎作品集》。該文學獎只設短篇小說及
　報導文學兩個獎項，參加者不限同志。

的《當代同性戀歷史》即獲該年度《中國時報》開卷版的十大
好書獎。

除上述兩家出版公司（號角和旺角視爲同一家）之外，由
一九九六年六月國內第一家以商業出版性質走進店銷市場的
《熱愛》同志雜誌衍生而來的熱愛出版公司，亦沿襲出版界慣
有的「雜誌而優則圖書」（即指先辦雜誌，在市場接受度良好、
開創成功之後，繼而再跨足圖書的出版，使雜誌和圖書兩者的
出版相互爲用，相輔相成，《聯合文學》即是顯例）的經營手
法，從一九九〇年代中葉以後開始持續地有計劃出版各種不同
類型的同志圖書，諸如「熱愛叢書」、「激愛男風系列」、「熱
愛生活系列」、「熱愛攝影集」等不同系列的叢書。顯然，熱
愛走的是偏向商業性質的出版路線，例如一九九九年八月由該
公司編輯群所編寫出版的《絕地反攻——同志實用教戰手則》
一書即爲顯例，該書在教導同志如何避免與應付其所面對的麻
煩（如如何爲父母親介紹自己的另一半）時，雖有爲同志提供
一個如何肯定自我的訣竅，惟仍可以看出出版者背後頗濃的商
業取向的企劃意圖。

二、同志雜誌的出版

不像同志圖書的出版——雖然零零星星，但始於一九七〇
年代便有相關的著作問世，同志雜誌可說是一九九〇年代才出
現於台灣的產物，早在第一本所謂的專業同志雜誌（《愛福好
自在報》，一般簡稱爲《愛報》）現身之前，於一九九一年十

月創刊的具有前衛性格的《島嶼邊緣》便曾於一九九三年率先推出「同性戀電影專輯」，後來更於一九九四年一月（第三卷第二期）企劃「酷兒QUEER」專輯，並在隨後的第十一期（一九九四年六月）起連續四期闢有「酷兒啟示錄」專欄，由紀大偉、洪凌等人執筆。《島嶼邊緣》可說是最早對形塑同志文化、建構同志認同較有自覺和野心的刊物。除了《島嶼邊緣》之外，其它非屬專業性的同志雜誌，諸如《婦女新知》（創刊於一九八二年二月，但於一九九〇年代以後始有關懷同志的專輯出現）、《騷動》（創刊於一九九六年六月）、《破報》（報紙型的雙週刊，創刊於一九九五年九月）等刊物，亦常對同志施以「關愛的眼神」，尤其是《破報》，在九〇年代經常推出同志的議題。這些非專業性的雜誌，對於推動同志的文化政治，多少起了推波助瀾之功。

然而，除了圖書，同志文化政治的推動主要還是落在九〇年代相繼現身的專業性同志雜誌。依其創刊先後有如下十三本形式不一的刊物：

1. 《愛報》（創刊於一九九二年十二月，為台灣第一份公開的女同志刊物）。

2. 《亞洲女同性戀聯盟》（創刊於一九九四年六月，為台灣女同性戀聯盟的刊物，不定期出版）[8]。

---

[8] 《亞洲女同性戀聯盟》因係不定期的「刊物」，究竟出了幾期，筆者手頭缺乏資料，其內容則以整理並介紹亞洲女同性戀聯盟以及世界各地女同志團體的歷史與資訊為主，同時亦刊載女同志的文學作品。

3.《女朋友》（創刊於一九九四年八月，是女同志團體我們之間的刊物）。

4.《同志小報》（創刊於一九九四年十月，是同志工作坊出版的刊物）。

5.《同言無忌》（創刊於一九九六年一月，爲台灣第一份男同志刊物）。

6.《熱愛》（創刊於一九九六年六月，爲中文市場中首見之豪華大本同志刊物，以大量圖片取勝，遠銷海外）。

7.《同志之光》（創刊於一九九六年九月，是台灣第一個同志教會同光教會的刊物）。

8.《最愛》（創刊於一九九七年一月，爲大然出版社出版，翻譯自日本作品的漫畫雜誌，內容描寫的全爲少男之間的戀情）。

9.《男人誌》（一九九七年創刊，原子實業出版，走流行感的男同志雜誌）。

10.《同位素》（一九九七年十月於東台灣創刊，後改以電子報形式出刊，是台灣第一份同志電子刊物，號稱最大的同志電子報，擁有三萬餘名訂戶，吸納不少網路作家）。

11.《土狗》（創刊於一九九八年一月，繼《熱愛》之後走市場路線的同志雜誌）。

12.《激愛》（創刊於一九九八年二月，爲《熱愛》的姊妹刊物，讀者對象以男同志爲主，也是圖文並茂的大本

雜誌）。

13.《Good Guy》（二○○四年七月創刊，熱愛出版，延
續《熱愛》及《激愛》停刊後的男同志雜誌，走大眾化
路線）。

除了漫畫同志雜誌《最愛》之外，上述這些絕大部分於一
九九○年代始冒出來的同志雜誌，大體上可分爲不走市場路線
純屬小眾讀者的同志刊物，以及走市場路線而以銷售爲主的同
志刊物。前者多和同志（男同志或女同志）團體或組織結合，
可以說是「機關刊物」；後者則以市場化經營方式出現，更講
究包裝和行銷策略，希冀將同志讀者的市場極大化，因此不和
團體「結盟」。此其一。不走市場路線的同志刊物，由於訴求
的同志讀者對象固定，基本上不講究形式上的包裝（這大概也
和其普遍缺乏充足的經費有關），但也因此更具實驗及前衛性
格，如《同言無忌》就經常出現「別有意圖」的男性裸露的男
體照片，刊登的文章有時也會讓人覺得「很厲害」。以市場爲
導向的刊物，在一九九○年代如《熱愛》、《激愛》及《土狗》
等（主要是這三本「上市」的雜誌），都有萬本以上的發行量
（王雅各，1999: 163）；二十一世紀以來則有《男人誌》、
《Good Guy》等男同志雜誌，爲了上檯面，甚至與一般性主
流雜誌一較長短，其編輯以及內容的編排就必須圖文並茂（卻
也因此喪失了自己特有的「個性」）。此其二。

爲了穩固讀者及發行數量，上述不走「大眾化」市場路線
的專業性同志雜誌，如上所述，乃以招募會員的方式，在壯大

自己組織（因其刊物多與所附屬團體或組織結合）之外，兼有
緊抓固定數量的讀者（即會員），蓋組織的會員就是最基本的
讀者。以《女朋友》爲例，由於其隸屬團體我們之間成立五年
多即擁有四百多名會員，而且還有兩百多名的訂戶，加上零
售，每期的銷售量近一千本，比起其它著名的雜誌還多（李安
妮，1995: 24）。或許拜我們之間係最早（一九九〇年二月）
成立的同志團體，組織較爲穩定，使得《女朋友》成爲這類同
志雜誌中出刊最正常，發行最穩定，以及壽命也最長的刊物[9]。

　　當然，有關同志議題或以同志題材爲主要內容的出版，一
九九〇年代以來不限於圖書與雜誌，電臺不算外[10]，以報紙爲
例，一九九四年及一九九六年《中國時報》的〈家庭版〉及〈家
庭週報・男男女女〉便出現過「看見同性戀」專欄；一九九六
年（現已停刊）的《自立早報》亦曾有過〈同志公園〉專版；
以及一九九六年《立報》曾經推出〈同志風雲〉版。在唱片的
出版方面，恨流行也在一九九七年二月及一九九八年六月前後

---

[9]　除了《女朋友》較長壽，持續到二〇〇二年之後始停刊之外，其他同
　　類型同志刊物，較早大約從二〇〇〇年中起在唐山書店、女書店、誠
　　品書店，以及晶晶書庫以往幾個買得到這類同志雜誌的書店，都已杳
　　然無蹤，這顯示：若非這些刊物已然停刊，便是嚴重脫期，難以爲繼；
　　要不然就是發行不好。

[10]　以同志題材或聽眾爲訴求的廣播節目，較早以前有中廣的「女人加油
　　站」的「女朋友」單元，由藍懷恩、賴芬蘭共同主持；台北之音的「台
　　北有點晚」（每周有一次同志專題），由李文媛主持；台北電台的「台
　　北同話」，由何甦主持；男同志 Vicent 創設哈囉網路廣播網，並於一
　　九九九年開設男同志廣播節目「真情酷兒」；二十一世伊始，Vicent
　　於二〇〇三年七月四日更製作了一個電台節目「拉子三缺一」（由維
　　維、小玉、AD 三人共同主持）。

發行過兩張《撫摸》及《擁抱》同志音樂專輯,在圈內一度引
起熱烈的迴響(王雅各,1999: 164)。然而,如同報紙同志
專版或專欄的推出,只能算是曇花一現,上述那些不走市場化
路線的專業型同志雜誌,看來前途多半坎坷(參看註 9 的說
明),真是合了「創業維艱,守成不易」這句話。

第三節　認同政治三部曲

　　如前所述,文化政治其實是也就認同政治,就同志書刊的
出版而言,除了一般商業性的考慮之外,其目的無非想為同志
本身塑造一種可被接受的認同,以此來確認同志自己的身分,
而倘若同志的身份又能被社會大眾接受,那就更可說是同志文
化政治的成功了。出版作為廣義文化的一環,藉由觀念的辨
正、鼓吹,在正視同志本為弱勢族群的情形下,以著書(文)
立說,去撼動既有的權力關係,即便革不了異性戀者的命,至
少也能取得與之同等的地位,維持對等的權力關係──這就是
一種政治的行動,而這種政治行動係來自同志書刊的出版,一
言以蔽之,出版的文化政治建構了同志的認同。
　　這樣的認同政治基本上可以分成三個方面來談,這三方面
也就是同志認同政治形成的三個步驟,即所謂的「三部曲」。

一、召喚

　　召喚(interpellation)一詞原係西方馬克思主義者阿圖舍

（Louis Althusser）所提出來的概念[11]，它指涉種主體被呼喚
（hailed）或被傳呼（addressed）的過程，而主體之所以被呼
喚則是和意識形態對於主體的建構有關，申言之，人們是透過
意識形態對他們召喚的方式來「認識」（或「誤認」）他們自
己，並進而反過來認識自己的自主性，因此所謂的「召喚」，
換句話說，也就是將他們做爲主體來招呼，直呼其名（Althusser
1971: 169）。

　　同志書刊的出版首先要做的是號召同志的認同，而所謂
「號召」主要是對於同志的召喚，也就是張小虹所說的：從「我」
的故事到「我們」的集結（1995: 2）。當然另一方面，它也
針對那些認同同志的異性戀者，同時向他們招手。召喚是同志
認同自身的第一步，有了召喚——喚起同志的我群意識，真正
面對自己，認識自己，進而才能肯定自己。以臺大女同性戀文
化研究社合著出版的《我們是女同性戀》（1995）爲例，背後
出版的意圖昭然若揭，那就是以此試圖對於女同志族群的召
喚，在四麻真平爲本書寫的推薦序〈女人愛女人——拒絕做爲
道德恐慌的祭品〉中，便說得極爲清楚：

　　　女人愛女人，女人認同女人，是我們共同的信念，更是我

---

[11] 社會學家韋伯（Max Weber）在〈學術做爲一種志業〉（"Science as a
Vocation"）一文中也曾提出「召喚」（calling）說，惟他所謂的「召
喚」，指的是從事學術工作者內心那種對學術工作的「陶醉感」，也就
是對於學術工作的熱情（Weber，1985: 123-124），和阿圖舍所說的「召
喚」意思不同。

們對這個異性戀父權社會的宣言,我們拒絕再在傳統的男/女性別角色上被定位,強迫進入被一個男人獨佔,毫無自我,只是面貌模糊的生育機器,永遠服不完勞役的不完美的妻子、母親,陷入注定瘋狂、無望的扭曲性愛關係和家庭生活中。《我們是女同性戀》不是因為我們恨男人,而是因為我們愛女人,我們想要熱情的擁抱,享受女人愛女人的歡愉。(1995: 6)

由於召喚才能凝聚族群意識,這在任何一種族群的認同運動均須如此,不獨同志為然。楊宗潤便談到開心陽光自創立之後開始出書以來,即受到很多同志熱情的協助,例如有人主動提供剪報、資訊,有人表示要義務做校對和編輯的工作,更有人拿出了他幾十萬字從未發表的作品。於是楊宗潤不無「開心」地表示:「開心陽光的成立,讓同志的書寫者與閱讀者都找到了自己的家,而我正是這個家的大家長」(安克強,1996: 53)。有了「家」(也就是象徵有了「歸屬」)才有號召的力量,以及更重要的寄託的對象,進而凝聚起我群意識來,愉悅地肯定自身的存在,誠如四麻真平上述的序文所說:

《我們是女同性戀》要打開一個可以讓女人歡愉的空間,不再有壓抑,不要有罪惡感。我們驕傲地認同《我們是女同性戀》,不論你是我們的朋友、老師、兄弟姊妹、父母,或是任何一個認同、並支持我們的人,請和我們一起打破異性戀霸權的藩籬,只要你拉起善意的天線,你就會接受

到我們的電波，你會發現我們處處都在。讓我們的情慾人權得以伸張，讓每一個發現、認同自己是同性戀的女人，都有一個喜悅的開始。愛女人是我們的權利、義務和責任。（1995: 7）

顯然，「讓每一個發現、認同自己是同性戀的女人，都有一個喜悅的開始」，正是要從出版著手的。說得更明白一點，如果沒有《我》書的出版，四麻真平這句話就無從發表，更不會有上面那段對女同志以及認同（或接受）女同志存在的其它人（朋友、老師、兄弟姊妹、父母等）呼籲的話。

二、出櫃

一直以來同志被英美的俚語形容為「躲在衣櫃裏」（in the closet）的人，而他（她）們之所以躲在衣櫃內，是因為他（她）們始終不敢以真面目示人。Closet 一字其實不只衣櫃之意，它還有更糟糕的意思，即指廁所或馬桶間，這種秘密的「內室」或「小房間」，更有一層隱含「污穢」的意思——就異性戀者所指責的同志而言，尤為如是。而異性戀霸權對付同志的辦法，就是把他（她）關進櫃子裡，大體上這有三個步驟（張娟芬，1998:15）：

1.第一步，是運用各種檢查制度封殺同志，禁止同性成婚、養育後代，甚至在都市更新的過程中抹去同志的集體歷史。

2.第二步,是對異性戀定義從寬,對同志定義從嚴,以「同
　性愛」的煙幕彈來模糊焦點,使眾人對同性戀視而不見。
3.第三步,是為同志添加「男人婆」、「娘娘腔」等污名,
　把同志和「痛苦」、「犯罪」劃上等號。

　　所謂「出櫃」也就是「現身」（come out）,同志出櫃就
是要打破上述被異性戀霸權所營造的「衣櫃處境」（也是「衣
櫃困境」）。同志要去其污名,則事先必須勇敢、堅毅地走出
衣櫃。白先勇在《孽子》的開場白說:

> 在我們的王國裡,只有黑夜,沒有白天。天一亮,我們的
> 王國便隱形了起來,因為這是一個極不合法的國度:我們
> 沒有政府,沒有憲法,不被承認,不受尊重,我們有的只
> 是一群烏合之眾的國民。……我們那個無政府的王國,並
> 不能給予我們任何的庇護,我們都得靠自己的動物本能,
> 在黑暗中摸索出一條求存之道。（2000: 10）

　　如何「在黑暗中摸索出一條求存之道」?白先勇本人即藉
《孽子》的出版以求出櫃（雖然他並未在該書中自承自己是同
志,但如眾所皆知,這並不妨害他訴求出櫃的策略）。同志出
櫃的呼聲在一九九〇年代以來愈來愈高漲,《島嶼邊緣》第九
期（一九九三年十月）署名平非的一位作者,在該期排在首篇
的文章中即明確呼籲「出櫃之必要」（有出櫃必要者不只是同
志,還包括雙性戀、雜性戀）,這樣的呼籲自然為後來的各類
書刊（作者）所支持,使得同志出櫃宛如時髦的主張。

　　出櫃之呼聲雖然得到回應，不過真正說來，以書刊的出版
來看，這種回應多半是「心嚮往之」，絕大多數的同志仍不敢
在書刊中真正「現身」，如同《我們是女同性戀》一書中所說：
「藉用文字來發聲，讓我們被『看見』，說『我們在這裡』，
有它重要的意義」；然而「在書中我們都沒有使用真名」，理
由是因為她們「拒絕只為滿足異性戀者偷窺的快感」以及惡意
的將她們對號入座（四麻真平，1995: 6）。話雖如此，背後
仍難掩其不敢真正現身的意圖，蓋如真要出櫃，又何必怕被對
號入座？

　　撇開出版不談，從一九八〇年代以來，同志現身之消息時
有所聞。最早是一九八六年祁家威與其同性伴侶向法院登記辦
理結婚，卻為法院所拒的事件[12]；後來一九九一年則有首對女
同志伴侶公開在雙方家長祝福下結婚的消息。直至一九九五年
第三屆立法委員選舉，在台北市南區更有莊松富以同志身分登
記參選[13]。然而，真正以作家身分現身並訴諸出版手段且掀起
傳媒熱門話題的是許佑生個人，他與同性情人哈瑞曼（Gary
Harriman）在一九九六年十一月所舉行的結婚典禮，造成轟
動，喜帖上印的「男婚男嫁」即是來自他前年所出版的長篇小

---

[12] 在法院不受理下，祁家威轉向立法院請願，結果立法院的答覆為：「同
　　性戀者為少數之變態，純為滿足情慾者，違背社會善良風俗」，足見
　　當時台灣同志所處的困境，實在是很艱難。
[13] 在該屆選舉期間，曾由我們之間、同志工作坊等七個同志社團，以及
　　台大、政大、師大等十一個大學的同志學生社團，提出「新現身運動
　　——同志政見換同志選票」連署宣言。

說的書名，而該本小說不啻就是他本人身爲同志的寫照。在同年稍後出版的散文集《但愛無妨》，可說是他正式公開宣布男同志身分之後的第一本著作，書中敘述了他現身的心情（〈姐姐的家書〉一文堪稱代表），令人有「不足爲外人道也」的感受。

　　許佑生的出櫃，從當時媒體的反映來看，基本上算是正面的，但是隨後並未傳出作家公然在書中現身的例子（之前的女同志作家邱妙津在自殺前並未公然現身，她是在身後才出櫃）。可見以出版做爲召喚同志的手段較易於實踐，但是做爲出櫃的門徑，還是相當困難。

三、去污名

　　爲什麼大部分的同志不敢公然現身呢？因爲不論中外，同性戀或同志已成爲一種污名（notoriety），而有誰願意被污名化呢？也因爲這樣，許佑生的勇氣值得令人嘉許。關於同志的污名，根據同志運動的健將張娟芬個人「長期的觀察可以發現，在一般的刻板印象中，所謂同性戀，第一是『性倒錯』，女的是男人婆，男的是娘娘腔；第二是『帶原者』，他們不只傳染愛滋病，還把『痛苦』傳染給別人；第三是『天生的罪犯』，不是猥褻就是情殺。這重重的污名，爲同志所處的衣櫃披上了黑暗、悲慘的外衣」（1998: 42）

　　張娟芬在《姊妹「戲」牆──女同志運動學》一書中曾舉了顧肇森出版於一九八六年的小說集《貓臉的歲月》中的一篇短篇小說〈張偉〉爲例，說明同志被污名的那種心境。小說主

角張偉在唸建中的時候愛上了同班同學，兩小無猜，魂牽夢
繫。某天中午他去圖書館，在塵封的書架上翻到一本《變態心
理學》，震驚窘迫之餘「可以聽見自己沈沈的心跳：原來我
是……」，那三個字依然說不出口，用刪節號代替（顧肇森，
1994: 135-164；張娟芬：1998: 42）。簡言之，同志被污名化
的一個最簡單也最常用詞彙就是──心理變態。

　　同性戀是否屬於心理變態？或者說是違反自然？以《破
報》大量刊登有關同志議題的報導及批判的文章而言，做爲雜
誌的出版，《破報》背後用心再清楚不過了，也就是它有爲同
志去污名的意圖，譬如在第四期所刊登的小明雄的〈同性愛是
否「違反自然」？〉一文，便強烈地主張同性戀絕不是異常的
行爲。小明雄指出，人類學家福特（C. S. Ford）及比契（F. A.
Beach）在調查世界上七十六個近代非西方的文化社會中，便
發現有 64%的社會將同性戀行爲視爲社會中可以接受與正常
的事實。他們二人還發現不少種族文化中，例如在非洲的史懷
（Siwan）族，同性之愛是受到鼓勵的，而且每個人都被認爲
是一定要有的經驗（1995: 25）。所以，小明雄下結論道：

> 歷史學家與人類學家在研究各個地區與種族文化的浩瀚
> 資料中，亦說明幾乎沒有一個種族或者一個文化區域是沒
> 有同性愛行為的。而且，他們發現大部分社會中，雙性愛
> 被視為正常的。……但是我們並非說，同性愛者遠遠超越
> 異性愛者。我們祇是指出一點：大多數的社會中，每個人

均有同性愛與異性愛行為。如果以大多數人的社會現象做
為標準，那麼祇有雙性愛，而不是異性愛，才是「生物界
中的正常現象」！當然，我們並非說完全行同性愛或完全
行異性愛，都是屬於「違反自然」。因為，無論在社會上
少數人在性方面的行為怎樣，都不能說是「不正常」；像
生活中少數人是禿頭，用左手工作或是身高六呎以上的，
也不能說是「不正常」。（1995: 25）

這種去污名的主張，透過若干專書的出版，例如張娟芬上
書，以及王雅各的《台灣男同志平權運動史》（1999），還有
台大女同性戀文化研究社的《我們是女同性戀》等，在一九九
○年代的台灣，慢慢地傳佈開來，儘管還未能讓普遍的社會大
眾所接受，但至少使得醫界和心理學界對於「心理變態」的說
法有了重新省視的機會。

第四節　書刊出版的變奏

同志書刊的出版，如上所述，是要形成一種具有我群意識
的認同，就像王雅各在上書中所說的，以同志刊物為例，它除
了提供編輯群本身合作共事的機會外，也成為一種讀者之間相
互交流的場域。藉由訂閱、打電話、傳真、網路、讀者投書等
各種方式，形成了一個廣大的「隱形集結」。而這些同志出版
的網絡，至少具有以下三個重要的意義（1999: 165-166）：

1. 刊物網絡形成了同志相互認識、交流和互動的動態環境。
2. 它提供了不同同志認同、討論、對話的思考空間。
3. 它展現了有別於異性戀主流文化的同志文化的主體性。

因此，王雅各認為：「終極而言，同志社群是以這些同志媒介所塑造、建立的」（同上引，166）。然而，晚近這種出版的認同政治，顯然產生了一些變化。表面上來看，一些同志書刊的出版走向，愈來愈有媚俗化的趨勢，例如《土狗》（*Together*）所出版的一些具煽情味道的圖片書或攝影集；深一層來看，則不妨可以說這是商業化手法在作怪。如果這指的是針對號角或旺角出版社而言，倒也罷了——因為它們一開始的定位即很清楚，雖然它們走的是小眾「市場」。但是，這裡指的是原來具有認同政治傾向的專業性同志出版社開心陽光。

開心陽光創設之初所出版的一系列同志書籍，稱為「同志愛情」系列，顯而易見，此一系列叢書頗具文化政治的色彩，發行人楊宗潤的用心昭然若揭，可以說係實踐了楊本人抱持的理想。但後來再推出的「開心果」系列及「硬糖果」系列，雖然「看」起來甜蜜可口，且頗撩人遐思，然而卻少了原先那種「政治」的味道，更不見有「經典」的影子，明顯向商業化靠攏；與此同時則捧紅了以同志情慾小說家聞名的亞瑟潘。

開心陽光為何如此「急轉彎」？一言以蔽之，為求生存也。楊宗潤在為亞瑟潘的《直男人會轉彎》一書所寫的序〈偶爾轉

彎又何妨〉（2000：未編頁碼）中，曾自述說開心陽光草創之
初的頭兩年，都處在虧損狀態，要維繫出版社的生存不是一件
容易的事。正因爲如此，開心陽光在出版的經營上必須改弦易
轍──否則恐怕無法能長久「開心」下去。要讓開心陽光久久
長長，「開心果」及「硬糖果」便因應而生了。於是，開心陽
光開始塗上商業化的色彩。

　　不獨有偶，就雜誌來說，即連一開始便走一般店銷市場的
《熱愛》，情況也不比開心陽光好到那裡，安克強（《熱愛》
的第一任總編輯）在他所主編的《樓蘭女與六月青──1998
第一屆全球華文同志文學獎得獎作品集》一書的序文〈種同志
的因，結文學的果〉中，即不諱言地指出，《熱愛》成立之初，
頭一年「財務仍十分拮据」，正因爲如此，當初擬舉辦的同志
文學獎甄選，始延後到第二年以後才辦。由此可見，同志書刊
的市場，雖經一九九〇年代蓬勃地發展起來，惟一開始的經營
並非那麼容易。

　　儘管如此，《熱愛》（以及後來出刊的《激愛》）的商業
化走向，之後證明算是相當地成功。《熱愛》創刊頭兩年，每
期即有二萬本左右的發行量，而且訂戶遍佈台灣、日本、香港、
美國和歐洲。它的經營得法，也讓後來創刊的《土狗》「見賢
思齊」，據說一開始就有一萬本的發行量（王雅各，1999:
163），讓一般商業性雜誌瞠目結舌，更令人文性雜誌自嘆弗
如。同志雜誌市場被開發之後，《熱愛》更乘勝追擊，同時成
立出版部門（出版公司），陸續推出「熱愛叢書」、「激愛男

風」、「熱愛生活」，以及「熱愛攝影集」等不同的書系，炒
熱同志書籍的出版。後來《熱愛》雖於第四十八期、《激愛》
於第三十九期偃旗息鼓，但熱愛卻也緊接著於二〇〇四年七月
推出《Good Guy》。

　　熱愛出版公司這種「腳踏兩條船」的經營策略，從書籍來
講，由於它能持續、穩定地出書，相對地，必然壓縮開心陽光
和號角、旺角等出版社的生存空間[14]，間接使它們彼此之間的
競爭白熱化，即以開心陽光為例，此時此刻，為求生存，不能
只談出版理想，同時還要兼顧市場與利潤的創造，所以才有「開
心果」等系列的推出。不過，也由於競爭的激烈，相似地商業
化走向，使得這幾家出版社或出版公司所推出的若干書系，看
來極為接近。再從雜誌來說，內容五花八門的《熱愛》（《激
愛》、《土狗》），由於編印漂亮吸引人，發行量與銷售量穩
定成長之餘，同樣也對原有的同志刊物或多或少造成衝擊，例
如《同言無忌》等，顯而易見，前者比後者「好看」，更能讓
同志感受到，他（她）們的世界其實和一般人（指異性戀）並
沒有太大的差別。

　　我們要問的是，同志書刊出版的這種「變奏」——奏起「商

---

[14] 開心陽光的楊宗潤在接受《熱愛》總編輯安克強的採訪時即曾表示，
開心陽光剛開始的總體銷售量，他個人本來還算滿意，不過在《熱愛》
出版之後，他就不滿意了（安克強，1996: 53）。顯然開心陽光的市場
受到了《熱愛》的影響，蓋彼此的競爭勢所必然，畢竟同志仍非「大
眾人口」，市場有限；後來確也證明，開心陽光受到衝擊，提前走下
坡，出版因而受阻。

業凱歌」,究竟是與其文化政治的初衷(如楊宗潤自己所說:
「我希望能藉由出版的書籍告訴他們〔指同志〕,自我改造的
重要性」)背道而馳,還是也爲同志的認同政治以另外一種方
式加了一把勁?變奏,不過是音樂的另一種表現形式,同志書
刊的商業化轉向,未必就有害於其文化政治的目的。不妨說,
如同變奏曲一樣,它是以另一種方式來促成同志的認同政治。

　　誠如楊宗潤所言,就開心陽光的出版來說,「不過是提供
一個讓同志學習更快樂、更健康、更自信的樣本」(安克強,
1996: 53)。平心而論,商業化的出版,比較能一掃那種「悲
苦」的陰霾,因爲它看起來和一般主流市場的出版物沒什麼兩
樣(比如羅曼史、情色小說、身體寫真等),至少它可以傳達
出一項訊息,那就是:「異性戀能,爲什麼同性戀就不能?」。
性取向的不同,並不能說就是代表同志的吃、喝、拉、撒均和
一般人(異性戀)相異。況且,商業化的成功,只會吸引、凝
聚更多的同志族群──讓他或她們閱讀屬於自己的作品。

　　不過,同志書刊出版的商業化,不可避免地也承襲了商業
化本身所帶來的流弊,諸如通俗的用語、模式化的故事、媚俗
的內容、煽情的照片及文字、凸出的美編,以及追求流行的訊
息等,便成了同志書刊出版的主流,相形之下,深刻的批判理
論及反省、檢視的文字,則較不受到出版者的垂青。或許緣於
此故,一些較嚴肅性、批判性的創作和理論著作,反倒是由非
專業性同志出版社的一般出版公司出版,如前述提到的時報、
聯文、元尊、聯經等;或者由一些一般性的人文刊物像《中外

文學》等刊登。商業化的同志書刊和一般主流（異性戀）以大
眾化爲導向的書刊一樣，多少也會有麻痺讀者的作用。

　　如果麻痺是同志樂曲的「變奏」，那麼在終章它該如何結
束呢？換言之，同志書刊的出版下一步該如何走？尤其在二〇
〇〇年伊始，根據報紙的報導，同志書刊的市場呈現出急遽萎
縮的態勢（徐淑卿，2000: 41），例如開心陽光到了二十一世
紀已經變成「不開心」了，似乎不再有新書出版，已不見「陽
光」。不過，有趣的是，經過一、二年的「盤整」，同志書刊
有再度復甦的現象，像接續男同志楊宗潤開心陽光之後於二〇
〇〇年五月成立的是女同志小玉創辦的集合出版社，其推出的
〈夜幕低垂〉（女同志）與〈春光乍洩〉（男同志）二個書系，
頗有口碑。近幾年來，西方若干重要的同志書籍，例如《藍調
石牆T》、《男同志性愛聖經》、《女人要的不只是愛》……
中譯本先後出版，已使出版形成多元化現象；加上同志文化的
學術研究取向的轉趨濃厚，如《污名與性取向》（Gergoru M.
Herek著，江淑琳譯）（2001）、《霓虹國度中同志的隱現與
操演》（謝臥龍編）（2004）等書的出版，使得同志書籍的出
版越來越爲蓬勃，也促使同志運動加速發展。

第五節　結語

　　喚起同志的我族意識，以肯定自身的認同，開心地走在陽
光下，不再躲藏在櫃中；並在肯定自己的身份之餘，進而洗刷

長久以來被迫冠上的污名，甚至藉此挑戰異性戀霸權
（hegemony），試圖翻轉既有的權力結構——這是同志書刊
出版擬臻至的一種文化政治。事實上，任何一種出版均可以產
生相當程度的政治作用，亦即「出版物本身會說話」，它不是
在維繫、鞏固，便是在挑戰或顛覆既有的權力關係與結構，要
不然即在形塑或促成一種新的權力關係與結構。同志書刊的出
版，做爲一種文化政治，亦對既有以異性戀爲主的權力關係與
結構形成挑戰（至少是質疑）。

就台灣的情形來看，同志書刊的出版所形成的文化政治，
特別具有意義。蓋台灣同志所進行的平權運動，迥異於西方「個
人現身」式的抗爭模式，除了極少數的例外（如祁家威、莊松
富、許佑生、蔡康永），主要係以「集體現身」的方式來進行，
而所謂「集體現身」主要是「透過同志媒介（如書刊）的生產、
編纂、書寫、閱讀和回應等過程，建構出一個運動和論述的網
絡，並清晰的刻劃出一個可以辨認的『同志社群』」（王雅各，
1999: 166）。試想，今天如果少了開心陽光、集合、旺角、
《熱愛》、《女朋友》、《土狗》……等出版社及雜誌社，即
便同志的平權運動也會興起，其運動的力量必會大打折扣的。

更重要的是，由於書刊的無由出版（只由非專業的一般性
出版公司或雜誌社零零星星地出書或刊登），同志就很難有發
聲的機會，而難以翻轉沈默弱者的命運。同志必須先要有發言
（聲）的機會，才能有進一步鬆動既有以異性戀爲主的權力結
構的可能。書刊的出版——不管是否商業化，至少爲同志提供

了這樣一種契機，就像四麻真平在《我們是女同性戀》一書的
推薦序裡開頭所說：

> 出一本這樣的書，是我們共同的夢想。在不能「現身」的
> 台灣社會裡，我們不能完整的表達自己，被限制、被孤立、
> 被噤聲。出一本這樣的書，就是要打開這種種對我們不利
> 的限制與疆界，用我們自己的語言、自己的經驗，自由的
> 表達我們自己。（1995: 5）

不管以異性戀爲主的台灣社會是否接納了同志族群的存
在，至少同志書刊的出版，能讓同志用他或她們自己的語言、
自己的經驗，自由的表達他或她們自己。這或許是台灣同志書
刊出版的真諦。

引用書目

一、中文部分

《大不列顛百科全書》（中文版）。1987，台北：丹青。

三毛。1991。《撒哈拉的故事》，台北：皇冠。

小明雄。1995。〈同性愛是否「違反自然」？〉，《破報》第
　　4期，頁25。

小野。1988。《蛹之生》，台北：遠流。

公仲、汪義生。1989。《台灣新文學史初編》，南昌：江西人
　　民。

王幼華。1992。〈論鷺江版《台灣新文學概觀》〉，《中國論
　　壇》32卷9期，頁53-62。

王禎和。1984。《玫瑰玫瑰我愛你》，台北：遠景。

王雅各。1999。《台灣男同志平權運動史》，台北：開心陽光。

王晉民編。1994。《台灣當代文學史》，南寧：廣西人民及教
　　育。

王德威。1998。〈典律的生成——小說爾雅三十年〉，陳義芝
　　編，《台灣現代小說　史綜論》，台北：聯經。

王德威。1996。〈由創作到出版——論台灣文學的生產機制〉，

文訊雜誌社編印，《台灣文學出版》，台北：文建會。

文曉村編。1992。《葡萄園三十周年詩選》，台北：文史哲。

台大女同性戀研究社。1995。《我們是女同性戀》，台北：碩
人。

白少帆等。1987。《現代台灣文學史》，瀋陽：遼寧大學。

白先勇。2000。《孽子》，台北：允晨。

白靈。1996。〈詩的夢幻隊伍──《八十四年詩選》上場〉，辛
鬱、白靈主編，《八十四年詩選》，台北：現代詩社。

皮述民等。2003。《二十世紀中國新文學史》（三版），台北：
駱駝。

四麻真平。1995。〈女人愛女人──拒絕做為道德恐慌的祭
品〉，台大女同性戀研究社，《我們是女同性戀》推薦序，
台北：碩人。

古繼堂。1989。《台灣新詩發展史》，北京：人民文學。

古繼堂。1997。《台灣新詩發展史》，增訂再版，台北：文史
哲。

朱立元。1989。《接受美學》，上海：上海人民。

朱棟霖、丁帆、朱曉進主編。2000。《二十世紀中國文學史》
（下冊），台北：文史哲。

朱雙一。2002。《戰後台灣新世代文學論》，台北：揚智。

安克強。1996。〈楊宗潤為同志捎來開心陽光〉，《熱愛》第
3期，頁50-53。

宋今人。1962。〈出版者的話〉，司馬翎，《八表雄風》，台

北：真善美。

宋冬陽（陳芳明）。1988。《放膽文章拚命酒》，台北：林白。

呂正惠。1988a。〈評葉石濤《台灣文學史綱》〉，《台灣社會研究季刊》第 1 卷第 1 期，頁 221-232。

呂正惠。1988b。〈現代主義在台灣──從文藝社會學的角度來考察〉，《台灣社會研究季刊》第 1 卷第 4 期，頁 181-209。

呂正惠。1995。〈七、八十年代台灣鄉土文學的源流與變遷──政治、社會及思想背景的探討〉，收入張寶琴、邵玉銘、瘂弦主編，《四十年來中國文學》，台北：聯合文學。

何光國。1994。《文獻計量學導論》，台北：三民。

何欣。1979。《中國現代小說的主潮》，台北：遠景。

余光中。1972。〈總序〉，中國現代文學大系編輯委員會編，《中國現代文學大系：詩 1》，台北：巨人。

余光中。1994。〈傳後之門？〉，《台灣詩學季刊》第 6 期，頁 9-10。

向明。1994。〈民主詩選〉，《台灣詩學季刊》第 6 期，頁 15-16。

沈志方。1994。〈序‧四十年的狂與狷〉，洛夫、沈志方主編，《創世紀四十年詩選：1954－1994》，台北：創世紀。

沈芸生主編。1993。《男人的內褲》，台北：號角。

沈芸生主編。1994。《男人的肉體》，台北：號角。

沈登恩主編。1984。《諸子百家看金庸》，台北：遠景。

吳浩。1996。〈史家紀傳是這種紀法嗎？──關於王晉民《台灣當代文學史》詩部分〉，《台灣詩學季刊》第 14 期，

頁 9-11。

吳興文。1996。〈從暢銷書排行榜看台灣的文學出版──以九
　　〇年代金石文化廣場暢銷書排行榜為例〉，文訊雜誌社
　　編，《台灣文學出版》，台北：文建會。

巫維珍。2002。〈《文訊》二〇〇期書評分析〉，《文訊》第
　　200 期，頁 43-47。

李安妮。1995。〈在平易中伴同志成長──《女朋友》增版下
　　鄉去〉，《破報》第 4 期，頁 24。

李南衡編。1979。《文獻資料選集》，台北：明潭。

李敖。1965。〈沒有窗，哪有「窗外」？〉，《文星》第 93
　　期，頁 4-15。

李昂。1976。《人間世》，台北：大漢。

李勇。2004。《通俗文學理論》，北京：知識。

李瑞騰。1994。〈詩選怎麼編？〉，《台灣詩學季刊》第 6 期，
　　頁 7-8。

李魁賢。1994。〈詩選的偏見〉，《台灣詩學季刊》第 6 期，頁
　　19-20。

李魁賢。2001。〈詩的選擇──《混聲合唱》笠詩選編後記〉，
　　趙天儀等編，《混聲合唱──「笠」詩選》，高雄：春暉。

李豐楙。1993。〈《中國現代散文選析》緒論〉，何寄澎主編，
　　《當代台灣文學評論大系（5）──散文批評卷》，台北：
　　正中。

岩上。1994。〈對詩選編輯的一些看法〉，《台灣詩學季刊》第

6 期，頁 17-18。

岩上。1996。〈現代詩史成長的軌跡〉，文訊雜誌社編印，《台灣文學出版》，台北：文建會。

杭之（陳忠信）。1987。〈總論——從大眾文化觀點看三十年來的暢銷書〉，時代話題編輯委員會，《從《藍與黑》到《暗夜》》，台北：久大。

金元浦。1998。《接受反應文論》，濟南：山東教育。

林于弘。2001。〈神殿的起造與傾頹——從「年度詩選」看八〇年代前期的新詩版圖爭霸〉，《台灣詩學季刊》第 34 期，頁 21-38。

林泠。1990。《林泠詩集》，四版，台北：洪範。

林庚。1947。《中國文學史》，廈門：廈門大學。

林庚。1995。《中國文學簡史》，北京：北京大學。

林芳玫。1994。《解讀瓊瑤愛情王國》，台北：時報。

林景淵。2001。〈煙消雲散又何奈何——記書訊、書評雜誌之消長〉，《自由時報》副刊版，2001.3.25。

林載爵。1986。《台灣文學的兩種精神》，台南：台南市立文化中心。

林燿德。1992。〈雨後，跨海殘紅〉，《中國論壇》第 32 卷第 9 期，頁 47-51。

林燿德。1995。《世紀末現代詩論集》，台北：羚傑。

林懷民。1974。《蟬》，台北：大地。

明道文藝台灣流行文藝作品調查小組。1995。〈台灣流行文藝

作品調查研究〉，台北：文化建設基金管理委員會。

孟樊。1992。〈書寫台灣詩史的問題──簡評古繼堂的《台灣新詩發展史》〉，《中國論壇》第 32 卷第 9 期，頁 73-76。

孟樊。1998。《當代台灣新詩理論》（二版），台北：揚智。

孟樊。2003。《台灣後現代詩的理論與實際》，台北：揚智。

洛夫。1978。《洛夫詩論選集》，台南：金川。

南方朔。2004。〈只要閱讀，就該喜歡〉，《聯合報》副刊版，2004.5.10。

洪子誠、劉登翰。1993。《中國當代新詩史》，北京：人民文學。

紀大偉。1997。《酷兒啓示錄──當代台灣 QREER 論述讀本》，台北：元尊文化。

高全之。1972。〈評《文學的玄思》〉，《書評書目》創刊號，頁 38-47。

夏志清原著，劉紹銘等譯。1979。《中國現代小說史》，香港：友聯。

席慕蓉。1981。《七里香》，台北：大地。

席慕蓉。1983。《無怨的青春》，台北：大地。

席慕蓉。1987。《時光九篇》，台北：爾雅。

奚密。2000。〈在我們貧瘠的餐桌上──五○年代的《現代詩》季刊〉，周英雄、劉紀蕙編，《書寫台灣──文學史、後殖民與後現代》，台北：麥田。

徐淑卿。2000。〈同志書市的早早現象〉，《中國時報》，2005.

6.15。

徐學。1994。《台灣當代散文綜論》,福州:海峽文藝。

師瓊瑜。2005。《寂靜之聲》,台北:聯合文學。

陳千武。1979。《現代詩淺說》,台中:學人。

陳千武。1997。《詩文學散論》,台中:台中市立文化中心。

陳必祥主編。1991。《通俗文學概論》,杭州:杭州大學。

陳平原。1993。《小說史:理論與實踐》,北京:北京大學。

陳芳明。1974。〈細讀顏元叔的詩評〉,《書評書目》第 13
    期,頁 21-41。

陳芳明。2002。《後殖民台灣——文學史論及其周邊》,台北:
    麥田。

陳芳明。2003。〈在捻熄理想之前〉,《聯合報》副刊版,2003.1.8。

陳宛茜。2004。〈通俗贏經典,最愛不見得最好〉,《聯合報》
    B6 版,2004.5.11。

陳俊榮。2004。〈新歷史主義的台灣文學史觀〉,《中外文學》
    第 32 卷第 8 期,頁 35-53。

陳俊榮。2005。〈中國大陸的台灣新詩史觀〉,《當代詩學》
    第 1 期,頁 119-141。

陳淑貞。2004。〈「最愛小說大選」的蝴蝶效應〉,《聯合報》
    副刊版,2004.4.9。

陳器文。1999。〈《家變》小識——論王文興《家變》〉,陳
    義芝編,《台灣文學經典研討會論文集》,台北:聯經。

陳義芝編。1998。《台灣現代小說史綜論》,台北:聯經。

陳義芝編。1999。《台灣文學經典研討會論文集》，台北：聯
　　經。

陳萬益選編。2004。《國民文選・散文卷Ⅰ》，台北：玉山社。

許俊雅。1992。《日據時期台灣小說研究》，國立台灣師範大
　　學國文研究所博士論文，1992 年 5 月。

許俊雅。1996。〈戰後台灣小說的階段性變化〉，文訊雜誌社
　　編印，《台灣文學發展現象》，台北：文建會。

許俊雅。2003。〈日治時代台灣文學史料的蒐藏與應用——以
　　報紙、雜誌為例〉，《文訊》第 214 期，頁 29-36。

許俊雅。2005。《見樹又見林——文學看台灣》，台北：渤海
　　堂。

黑子。1993。《西門詩抄》，台北：創世紀。

覃子豪。1976。《論現代詩》，台中：普天。

黃得時。1979。〈台灣新文學運動概況〉，李南衡主編，《文
　　獻資料選集》，台北：明潭。

黃得時。1999。〈台灣文學史第一章——明鄭時代〉，葉石濤
　　編譯，《台灣文學集 2：日文作品選集》，高雄：春暉。

黃重添、莊明萱、闕豐齡。1991。《台灣新文學概觀》，廈門：
　　鷺江。

張小虹。1995。〈從「我」的故事到「我們」的集結〉，台大
　　女同性戀研究社，《我們是女同性戀》，台北：碩人。

張小虹。1997。〈不肖文學妖孽史——以《孽子》為例〉，發
　　表於文建會主辦「台灣現代小說史研究會」，1997 年 12

月 24 日～26 日。

張明雄。2000。《台灣現代小說的誕生》，台北：前衛。

張容。1993。《法國當代文學》，台北：遠流。

張娟芬。1998。《姊妹「戲」牆——女同志運動學》，台北：
聯合文學。

張啓疆。1992。〈「中國文學」收編史——淺析《台港文學導
論》〉、《中國論壇》32 卷 9 期，頁 63-67。

張默等編。1979。《中國當代十大詩人選集》，台北：源成。

張默。1994a。《台灣現代詩編目（1949-1991）》，台北：爾雅。

張默。1994b。〈攀登時間的峰頂——漫談編輯「詩選」之種種〉，
《台灣詩學季刊》第 6 期，頁 31-41。

張默。1996。《台灣現代詩編目：1949-1995 修訂篇》，台北：
爾雅。

張默。2001。《台灣現代詩集編目：1949-2000》，台北：台
北市政府文化局。

張默、張漢良編。1994。《創世紀四十年總目：1954-1994》，
台北：創世紀。

張默、蕭蕭編。2002。《新詩三百首》，三版，台北：九歌。

張漢良。1984。〈創世紀：詩潮與詩史〉，瘂弦等編，《創世紀
詩選》，台北：爾雅。

張漢良。1988。〈詩歌、詩選，與文學史——「七十六年詩選」
導言〉，《七十六年詩選》，台北：爾雅。

張廣智。1988。《影視史學》，台北：揚智。

彭瑞金。1991。《台灣新文學運動四十年》，台北：自立晚報。

彭瑞金。1996。〈從《台灣文藝》、《文學界》、《文學台灣》看戰後台灣文學理論的再建構〉，文訊雜誌社編印，《台灣文學發展現象》，台北：文建會。

彭懷真。1983。《同性戀自殺精神病》，台北：橄欖基金會。

彭懷真。1987。《同性戀者的愛與性》，台北：洞察。

游勝冠。1996。《台灣文學本土論的興起與發展》，台北：前衛。

游喚。1992。〈有問題的台灣新詩發展史〉，《台灣詩學季刊》第 1 期，頁 22-27。

游喚。1993。〈大陸有關台灣詩詮釋手法之商榷〉，《台灣詩學季刊》第 2 期，頁 8-20。

游喚。1994。〈詩選的性質與功能──一種批評詮釋的策略〉，《台灣詩學季刊》第 6 期，頁 27-30。

楊牧編。1981。《現代中國散文選 I 》，台北：洪範。

楊宗潤編。1996。《眾裡尋他──開心陽光當代華文同志小說選(一)》，台北：開心陽光。

楊宗潤。2000。〈偶爾轉彎又何妨〉，亞瑟潘，《直男人會轉彎》，台北：開心陽光。

楊宗翰。2002。《台灣現代詩史──批判的閱讀》，台北：巨流。

楊宗翰。2004。〈台灣新詩史：書寫的構圖〉，《創世紀》第 140-141 期，頁 111-117。

楊青矗。2003。《台詩三百首》,台北:敦理。

楊照。1995。《文學、社會與歷史想像——戰後文學史散論》,台北:聯合文學。

楊照。1998。《夢與灰燼——戰後文學史散論二集》,台北:聯合文學。

葉石濤。1978。〈台灣鄉土文學史導論〉,尉天驄主編,《鄉土文學討論集》,台北:作者自印。

葉石濤。1987。《台灣文學史綱》,高雄:文學界雜誌社。

葉石濤編譯。1999。《台灣文學集 2:日文作品選集》,高雄:春暉。

葉芊芊。2000。《給我白馬王子》,高雄:毅霖文化科技。

葉洪生。1992。〈當代台灣武俠小說的成人童話世界——透視四十年來台灣武俠創作的發展與流變〉,林燿德、孟樊編,《流行天下——當代台灣通俗文學論》,台北:時報。

葉洪生。1994。《武俠小說談藝錄——葉洪生論劍》,台北:聯經。

詹宏志。1981a。〈兩種文學心靈〉——評兩篇《聯合報》小說獎得獎作品〉,《書評書目》第 93 期,頁 23-32。

詹宏志。1981b。〈在我們的時代裡——六十九年短篇小說選》編選序言〉,《書評書目》第 97 期,頁 33-40。

敬恒。1996。《我的同性戀經驗 I》,台北:唐山。

董樂山。1995。《邊緣人語》,瀋陽:遼寧教育。

趙遐秋、呂正惠主編。2002。《台灣新文學思潮史綱》,台北:

人間。

鄭明娳。1993。《通俗文學》，台北：揚智。

鄭炯明編。1989。《台灣精神的崛起──「笠」詩論選集》，
　　高雄：文學界。

鄭振鐸。1996。《中國俗文學史》，台北：東方。

蔡智恆。1998。《第一次的親密接觸》，台北：紅色。

賴正哲。2005。《去公司上班》，台北：女書。

劉克襄。1984。〈金安城小記〉，蕭蕭編，《七十二年詩選》，
　　台北：爾雅。

劉秀美。2001。《五十年來的台灣通俗小說》，台北：文津。

劉素玉。1987。〈三十年台灣脈動‧三十本暢銷書〉，時代話
　　題編輯委員會，《從《藍與黑》到《暗夜》》，台北：久
　　大。

劉紹唐。1983。〈橋樑‧管道‧櫥窗〉，《新書月刊》創刊號，
　　頁1。

劉登翰等編。1991。《台灣文學史‧上卷》，福州：海峽文藝。

劉登翰等編。1993。《台灣文學史‧下卷》，福州：海峽文藝。

瘂弦。1979。《深淵》，台北：晨鐘。

瘂弦。1981。《瘂弦詩集》，台北：洪範。

瘂弦。1993。〈年輪的形成：寫在「八十一年詩選」卷前〉，向
　　明、張默編，《八十一年詩選》，台北：現代詩社。

瘂弦編。1994。《散文的創造》（上冊），台北：聯經。

應鳳凰。1996。〈五十年代台灣文藝雜誌與文化資本〉，文訊

雜誌社編，《台灣文學出版》，台北：文建會。

謝臥龍主編。2004。《霓虹國度中同志的隱現與操演》，台北：
　　唐山。

謝冕、牛漢編。1999。《新詩三百首》，北京：中國青年。

戴燕。2002。《文學史的權力》，北京：北京大學出版社。

隱地。1994。《出版心事》，台北：爾雅。

顏崑陽。2002。〈踏著台灣文學史的軌跡〉，《文訊》第 200
　　期，頁 29-30。

羅青。1988。《詩人之燈》，台北：光復。

蕭蕭。1994a。〈大學「現代詩」課堂上適用哪本詩選集？〉，《台
　　灣詩學季刊》第 6 期，頁 21-25。

蕭蕭。1994b。〈創世紀風雲──爲文學史作證・爲現代詩傳
　　燈〉，張默、張漢良主編，《創世紀四十年總目：
　　1954-1994》，台北：創世紀。

譚五昌編。1999。《中國新詩三百首》，北京：北京。

譚正璧。2001。《中國女性文學史》，天津：百花文藝。

藍博洲。1993。《白色恐佈》，台北：揚智。

瓊瑤。1993。《彩雲飛》，台北：皇冠。

鐘麗慧。1988。〈書訊──抑鬱寡歡的圖書雜誌〉，《文訊》
　　第 37 期，頁 49-50。

鐘麗慧。1996。〈「五小」的崛起──文學出版社的個案分析〉，
　　文訊雜誌社編，《台灣文學出版》，台北：文建會。

顧肇森。1994。《冬日之旅》，台北：洪範。

龔鵬程。1999。〈小說的通路——論夏志清《中國現代小說
　　史》〉，陳義芝編，《台灣文學經典研討會論文集》，台
　　北：聯經。

龔鵬程。2002a。〈總序〉，南宮博，《洛神》，台北：麥田。

龔鵬程。2002b。〈老驥伏櫪，期再壯志千里〉，《文訊》第
　　200 期，頁 34-36。

二、英文部分

Althusser, Louis. 1971. *Lenin and Philosophy and Other Essays.*
Trans. Ben Brewstew. Lodon: New Left Books.

Anderson, Benedict. 1991. *Imagined Communities: Reflections
on the Origin and Spread of Nationalism.* 2nd ed. London:
Verso.

Barry, Peter. 1995. *Beginning Theory: An Introduction to
Literary and Cultural Theory.* Manchester and New York:
Manchester University Press.

Berger, Stefan, et al. 1999. "Apologies for the Nation-State in
Western Europe since 1800," Stefan Berger, et al., eds.,
Writing National Histories: Western Europe since 1800.
London: Routledge.

Brandes, Georg. 1901. *Main Currents in Nineteenth-Century
Literature.* New York: Macmillan.

Brannigan, John. 1998. *New Historicism and Cultural*

Materialism. London: Macmillan.

Connor, Steven. 1997. *Posmodernist Culture: An Introduction to Theories of the Contemporary*. Oxford: Blackwell.

Derrida, Jacques. 1976. *Of Grammatology*. Trans. Guyatri Chakravorty Spivak. Baltimore and London: The Johns Hopkins U.P..

Derrida, Jacques. 1981. *Positions*. Trans. Alan Bass. London: Athlone Press.

Dollimore, Jonathan. 1994. *Political Sakespeare: Essays in Cultural Materialism*. Ithaca and London: Cornell University Press.

Ellmann, Richard and Robert O'Clair (eds.). 1989. *Norton Anthology of Modern Poetry*. New York and London: W.W. Norton & Company.

Escarpit, Robert 著,葉淑燕譯。1990。《文學社會學》,台北: 遠流。

Fish, Stanley E. 1980. "Interpreting the *Variorum*", Jane P. Tompkins ed., *Reader-Response Criticism*. Baltimore and London: The Johns Hopkins University Press.

Foucault, Michel 著,王德威譯。1993。《知識的考掘》,台 北:麥田。

Foucault, Michel. 1980. *Power/Knowledge: Selected Interviews and Other Writings 1972-1977*. Ed. Colin Gordon, Trans.

Gordon et al., Brighton: Harvester.

Gellner, Ernest. 1983. *Nations and Nationalism*. Ithaca: Cornell U.P..

Giddens, Anthony. 1991. *Modernity and Self-Identity*. Cambridge: Polity Press.

Herek , Gergoru M.著，江淑琳譯。2001。《污名與性取向》，台北：唐山。

Hobsbawn, Eric J. 1990. *Nations and Nationalism Since 1780: Programme, Myth, Reality*. Cambridge: Cambridge U. P..

Holub, Robert C. 1984. *Reception Theory: A Critical Introduction*. London：Methuen.

Hoover, Paul (ed.). 1994. *Postmodern American Poetry: A Norton Anthology*. New York and London: W.W. Norton & Company.

Jauss, Hans Robert. 1982. *Toward an Aesthetic of Reception*, Trans Timothy. Brighton: Harvester Press.

Jordan , Glem and Chris Weedon. 1995. *Cultural Politics : Class , Gender , Race and the Postmodern world*. Oxford : Blackwell.

Klarer, Mario. 1999. *An Introduction to Literary Studies*. London and New York: Routledge.

McGann, Jerome J. 1985. *The Beauty of Inflections: Literary Investigations in Historical Method and Theory*. Oxford:

Clarendon Press.

Mills, Sara. 1997. *Discourse*. London and New York: Routiedge.

Montrose, Louis A.著，陳界華譯，1992，〈文本與歷史〉，《中外文學》第 20 卷第 12 期，頁 65-109。

Perkins, David. 1992. *Is Literary History Possible ?* Baltimore and London : The Johns Hopkins U.P..

Perroux, Francois 著，張寧、丰子義譯。1987。《新發展觀》，北京：華夏。

Peyre, Henri 編，徐繼增譯。1992。《方法、批評及文學史——朗松文論選》，北京：中國社會科學。

Smart, Barry. 1985. *Michel Foucault*. London: Routledge.

Spikes, Michael P. 1997. *Understanding Contemporary American Literary Theory*. Columbia, South Carolina: University of South Carolina Press.

Spingarn, J. E.著，吳魯芹譯。1974。〈新批評〉，《書評書目》第 13 期，頁 55-61。

Veeser, H. Aram (ed). 1989, *The New Historicism*. New York and London: Routledge.

Watt, Ian. 2000. *The Rise of the Novel: Studies in Defoe, Richardson and Fielding*. London: Pimlico.

Weber, Max 著，錢永祥編譯。1985。《學術與政治：韋伯選集(I)》，台北：允晨。

Wellek, Ren'e and Austin Warren. 1977. *Theory of Literature.*

3rd ed. New York and London : a Harvest/HBJ Book.

White, Hayden. 1973. *Metahistory: The Historical Imagination in Nineteenth-Century Europe.* Baltimore: The Johns Hopkins University Press.

White, Hayden. 1978. *Tropics of Discourse: Essays in Cultural Criticism.* Baltimore: The Johns Hopkins University Press.

White, Hayden. 1989. "New Nistoricism: A Comment." H. Aram Veeser ed., *The New Historicism.* New York and London: Routledge.

White, Hayden 著，張京媛譯。1993。〈作爲文學虛構的歷史文本〉，張京媛編，《新歷史主義與文學批評》，北京：北京大學。

Cultural Map 系列 25

文學史如何可能——台灣新文學史論

作　　者／孟樊
出 版 者／揚智文化事業股份有限公司
發 行 人／葉忠賢
總 編 輯／林新倫
登 記 證／局版北市業字第 1117 號
地　　址／台北市新生南路三段 88 號 5 樓之 6
電　　話／(02)2366-0309　2366-0313
傳　　真／(02)2366-0310
網　　址／http://www.ycrc.com.tw
 E-mail ／service@ycrc.com.tw
郵撥帳號／19735365
戶　　名／葉忠賢
法律顧問／北辰著作權事務所　蕭雄淋律師
印　　刷／鼎易彩色印刷股份有限公司
 I S B N ／957-818-772-6
初版一刷／2006 年 1 月
定　　價／新台幣 350 元

國家圖書館出版品預行編目資料

文學史如何可能：臺灣新文學史論/ 孟樊著.
-- 初版. -- 臺北市：揚智文化, 2006 [民
95]
　　面 ；　 公分. -- (Cultural Map 系列；25)
參考書目:面
　ISBN　957-818-772-6(平裝)

1. 臺灣文學 - 歷史　2. 臺灣文學 - 評論

850.329　　　　　　　　　　　95000041